Book Witch

억대 연봉 부르는 웹소설 작가수업

KB142849

억대 연봉 부르는 웹소설 작가수업

ⓒ 북마녀 2021

초판 1쇄 발행 2021년 1월 5일
초판 5쇄 발행 2024년 2월 20일

지은이 북마녀
펴낸이 박성인

기획편집 강하나
디자인 데시그 호예원

펴낸곳 허들링북스
출판등록 2020년 3월 27일 제2020-000036호
주소 서울시 강서구 공항대로 219, 3층 309-1호(마곡동, 센테니아)
전화 02-2668-9692 **팩스** 02-2668-9693
이메일 contents@huddlingbooks.com

ISBN 979-11-970301-6-1(03800)

북마녀의 베스트 작가 실전 트레이닝

억대 연봉 부르는
웹소설 작가수업

북마녀 지음

오틀링북스

웹소설 작가는
취미가 아니다

누구나 될 수 있지만, 모두가 뜨진 못한다

각종 뉴스 매체들이 하루가 멀다고 웹소설 관련 기사를 쏟아낸다. 그리고 언론 기사들은 웹소설 시장의 규모와 S급 작가들의 수익을 이야기하며 '누구나 될 수 있다'고 말한다. 대중 역시 마찬가지다. 인세를 받아 값비싼 외제 차를 현금으로 지르고 아파트를 샀다는 성공한 작가들의 화려한 모습에 주목한다.

웹소설은 언뜻 스토리텔링이 쉬워 보인다. 거대한 문단 권력과 '등단'이라는 벽이 서 있는 시장보다는 웹소설 시장의 데뷔 허들이 낮은 것도 사실이다. 그렇게 많은 웹소설 독자들과 글을 써 보지 않은 이들, 그리고 등단 여부를 떠나 순문학을 쓰던 이들까지 방향을 틀어 '그까짓 웹소설 나도 쓸 수 있다'며 호기롭게 달려들고 있다.

작년부터 웹소설 강좌가 거의 모든 온라인 클래스 플랫폼에 생겼다.

그 업체들의 마케팅 포인트는 하나같이 '부업', '알바', '취미로 돈 벌자'이다. 이런 카피에 낚여 웹소설 작가의 꿈을 키우고 있다면, 혹시라도 이 책을 그런 마음으로 구매한 것이라면, 단언컨대 얼마 못 가 그 낭만적인 상상이 철저히 깨질 것이다.

웹소설 작가의 매출은 부익부 빈익빈, 그야말로 '작바작'이다. 그래서 수익의 평균을 내는 것도 의미 없고, 피라미드의 최상위층 극소수 작가들의 수익을 계산하는 것은 더욱 의미 없다.

매년 종합소득세 신고 계절이 찾아오면 수천만 원의 세금을 내며 스트레스를 받는 작가가 있는가 하면, 종합소득세 신고를 굳이 안 해도 될 만큼 수익이 적어서 슬퍼하는 작가도 부지기수다. 매달 치킨값 혹은 커피값 인세만 나오는 작가도 수없이 많고, 매달 '판매 내역 없음'이 쓰인 메일을 받는 작가도 상당수다. 여러분이 이런 작가들을 보지 못한 이유는 첫째 본인이 그 현황을 공개하지 않고, 둘째 여러분이 그런 작가들에게 전혀 관심이 없기 때문이다.

웹소설 작가의 현실은 녹록지 않다. 시간 날 때, 쓰고 싶을 때 가끔 작업하면 되는 일이 절대로 아니다. 작가의 수익은 누구도 보장해주지 않으며, 매달 같은 액수가 나오지도 않는다. 투자한 시간만큼 수익이 따박따박 나오길 바란다면, 다른 아르바이트를 찾아보는 게 낫다.

북마녀가 가장 효율적인 방법을 안내한다

잘 나가는 웹소설 작가 중 꽤 많은 수가 직장을 다니면서 여가 시간에 웹소설을 쓰고 있는 것은 분명하다. 개중에는 '대박'이라고 부를 수 있을 만큼 크게 성공한 사례도 없지 않다. 그 대열에 여러분이 오르게 될지 그 누구도 모를 일이다. 계약, 성공적인 론칭, 통장에 들어오는 놀라운 액수의 인세…… 꿈만 같은 상황이 현실로 일어날 수 있다!

너무나 감사하게도 웹소설로 성공하는 길에는 '효율적인' 방법이 존재한다. 여러분이 글을 써서 돈을 벌고 싶고, 수많은 분야 중 웹소설을 선택했다면 반드시 이 방법을 터득해 가면서 원고를 써야 한다.

모르고 뛰어들면 시행착오가 너무 많아진다. 물론 과도한 고민과 망설임보다는 시행착오가 차라리 낫다. 북마녀는 '도전과 경험의 교훈'을 사랑한다. 겪어 보면 교훈이 뼈에 새겨지고 체화되기 때문이다.

그러나 여러분은 마음이 급하지 않은가. 여러분의 조급증이 바로 이 책의 존재 이유다.

약 2년간 유튜브 북마녀 채널에 웹소설 강좌 영상을 올리고, 6년간 글쓰기 스터디 '일요습작클럽'에서 작가 지망생들을 가르쳐 왔다. 그 과정에서 작가 지망생들의 성공과 실패 사례를 데이터화하고 분석할 수 있었다. 또한 출판사 편집자로서 편집 실무를 다루면서 연이어 성공하는 작가와 시장에서 잊히는 작가, 그리고 시작은 미미했으나 크게 성장하여 S급 작가 반열에 오르는 작가들의 모습을 지켜보며 자연스럽게 패턴을 분석하게 되었다.

이 책은 북마녀가 신인 작가들에게 전하고 싶은 핵심요소를 모두 담고 있다. 웹소설 시장의 성장에 따른 변화와 함께 결코 변하지 않는 웹소설 스토리 작법의 규칙, 웹소설 시장에 처음 발을 들이는 신인 작가들이 꼭 알고 있어야 할 실무적인 지식과 정보도 최대한 많이 담으려고 노력했다. 특히 파트 2, 3, 5에는 웹소설 뿐만 아니라 모든 분야의 소설을 쓰는 지망생들에게 두루두루 적용할 수 있는 내용이 포함되어 있다.

그러므로 웹소설 시장을 아예 모르는 왕초보 지망생에게도, 나름대로 원고를 써본 분들에게도 도움이 될 것이라 자신한다. 이전에 나온 작법서들도 좋은 내용이 많겠지만, 북마녀의 가이드에서 더 큰 '사이다'를 느낀다면 더없이 기쁘겠다.

수많은 웹소설 작가 지망생들이 가려는 길은 자갈길이 맞다. 그러나 그 길을 조금은 편안하게 걸어갈 수 있도록, 북마녀는 밟히는 자갈을 캐기 위해 호미를 들고 서 있겠다. 이 책이 북마녀의 호미 역할을 톡톡히 해 여러분의 마음속 고민을 시원하게 캐낼 수 있길 바란다.

---

* 이 책에서 설명한 내용 중 시장 현황에 관한 세세한 정보는 플랫폼 정책과 시장 변화에 따라 달라질 수 있습니다.

목차

PART 1

웹소설,
장르별로 이해하기

"필력이 안 된다고 안 쓰고 있으면
필력은 영원히 안 된다."

- 북마녀 -

나에게 맞는
세부 장르 택하기

웹소설에 처음 뛰어드는 사람들은 내가 쓰고 싶은 스토리가 머리에 있는 상태에서 그것이 어느 장르인지를 찾으려고 한다. 그렇게 오랜 시간 노력하여 쓴 소설이 어정쩡한 정체성으로 인해 팔리지 않거나 출판사에서 받아주지 않는 경우를 겪고 혼란에 빠지고 만다. 이 시점이 시간 낭비를 가장 많이 하게 되는 구간이다.

노력 대비 빠르고 쉽게 성과를 얻고 싶다면, 웹소설 시장이 '장르별'로 움직인다는 사실을 인정해야 한다. 웹소설을 쓸 때는 내가 쓰고 싶은 장르를 정하고, 그다음 해당 장르에 맞는 스토리를 짜는 순서로 진행하는 것이 시행착오를 줄이는 길이다.

현 웹소설 시장의 주요 장르는 크게 남성향, 여성향으로 나뉜다. 이는 독자들의 성별을 기준으로 말하는 것이다. 물론 여성 독자가 판타지를 보기도, 남성 독자가 로맨스를 보기도 한다. 그러나 각 장르를 주로 감상하고 향유하는 독자들은 어느 정도 성별에 따라 분리된 것이 사실이다.

웹소설은 주요 독자 성별이 곧 그 장르의 성향이다. 장르가 다르더라도 주요 독자의 성별이 동일하다면 어느 정도 비슷한 성향을 띤다.

장르별 특징이 고착화되었다고 해도 과언이 아니며, 이를 바꾸거나 거부하는 것이 현실적으로 불가능하다.

웹소설을 처음 접하는 지망생, 특히 순문학만을 접하던 사람들이 이를 혼동할 때가 많다. 여성향은 결코 '여성을 향해, 여성을 쫓아가는 남자의 이야기'가 아니라는 사실을 유념하자.

그러므로 메인 독자들의 성별에 따라 달라지는 성향과 취향을 적극적으로 반영하는 것이 작가로서 좋은 성과를 얻고 오래 가는 길이다. 즉, 작가의 성별이 여성이라도 판타지를 쓰고자 한다면 남성 독자들이 원하는 바를 스토리에 투영해야 한다. 반대로 작가의 성별이 남성이라도 로맨스를 쓸 수 있다. 대신, 여성 독자들의 로망을 스토리에 제대로 녹여야 성공할 수 있다.

▲ 웹소설 주요 카테고리

남성향	판타지	현대 판타지(현판)	무협
여성향	로맨스	로맨스 판타지(로판)	BL

이 기준에 따라 웹소설 시장을 이끌어가는 여섯 장르를 정리하면 로맨스, 로맨스 판타지(로판), BL이 여성향 장르에 해당한다. 판타지, 현대 판타지(현판), 무협은 남성향 장르에 해당한다. 물론 장르를 하나 골랐다고 끝이 아니다. 바로 원고를 쓰기 시작하기보다는 자신이 잘 쓸 수 있는 세부 장르를 현명하게 선택해야 삽질을 피할 수 있다.

웹소설 시장 전체적으로 통용되는 장르의 카테고리는 유사하다. 사실상 카테고리의 이름이 장르명 그 자체이지만, 플랫폼에 따라 조금씩 다른 양상을 띤다.

웹소설 작가는 자신이 쓰는 작품이 어느 플랫폼에서 어떤 카테고리에 해당하는지 인지하고 있어야 한다. 플랫폼의 변화에도 관심을 가져야 한다. 그래야 출판 계약 시점과 출판 후 마케팅 시점에 상대적으로 불리해지는 상황을 피할 수 있다.

또한 현재 여러분이 당장 웹소설을 써서 보다 쉽게 돈을 벌고 싶다면, 카테고리가 헷갈리지 않는 방향으로 스토리를 짜서 쓰기를 권한다. 글을 쓰는 자신도 어느 카테고리에 넣어야 하는지 헷갈리고 남에게 물어봐야 한다면, 차후 유통과 마케팅에 문제가 생길 가능성이 높다.

데뷔하여 자리를 잡은 후에 시장의 변화를 이끌 수 있는 작품을 써라. 그때가 되면 독자들에게 새로운 방향을 선보이고 웹소설 시장을 선도할 수 있다. 지망생 신분으로 기존 시장의 패턴을 깨부수는 작품을 쓰면 보통은 지망생 본인만 아무도 모르게 깨진다.

로맨스

현대 로맨스

남녀 간의 사랑 이야기를 주로 다루는 장르가 바로 '로맨스'다. 이때, 현대를 배경으로 한 작품은 전체, 15금, 19금 등 등급에 상관없이 '현대 로맨스' 카테고리에 해당한다. 판타지 소재가 섞여 있더라도 배경이 현대라면 모두 현대 로맨스로 취급한다. 네이버 시리즈, 카카오페이지, 리디북스, 원스토어 등 모든 플랫폼에 적용된다.

현대 로맨스(현로)는 우리가 살고 있는 현재를 그대로 녹여내면 되기 때문에 사실상 배경 관련 자료 조사도 필요 없는 경우가 많다. 물론 주인공들이 독특한 전문직 종사자일 경우에는 직업 에피소드가 나오게 되므로 관련 정보를 정리해둘 필요는 있다. 그러나 이야기의 주요 내용이 러브스토리이기 때문에 그 전문 지식을 깊고 자세히 풀어야 할 때는 많지 않다. 현로에서 직장 이야기와 전문 지식을 너무 방대하게 푸느라 주인공의 연애 문제가 지체되면 독자들이 매우 싫어한다.

현대 로맨스는 쉽게 도전할 수 있는 만큼 다수의 여성 작가 지망생들이 뛰어드는 장르다. 그만큼 경쟁이 치열하다는 뜻이다. 또한, 현대를 배경으로 짤 수 있는 에피소드에 한계가 있고 제약이 있다 보니 작품들이 서로 비슷하다는 비판을 받는 것도 사실이다.

동양풍 로맨스

시대극 로맨스, 사극 로맨스, 동양풍 로맨스 등 다양한 이름으로 불리는 장르다. 주로 황제, 임금 등 왕정 제도로 돌아가는 시대를 배경으로 한 로맨스를 말한다.

예전에는 '조선', '고려' 등 실존했던 시대를 배경으로 한 작품들이 많았다. 하지만 최근에는 작가가 새로운 세계관을 설정한 작품들이 점점 늘어나는 추세다.

동양풍 로맨스를 주로 읽는 독자들은 역사 관련 지식이 높은 편이다. 어쭙잖게 실존한 시대를 배경으로 깔면 독자들의 비판을 크게 받을 수 있다.

역사 지식이 높은 것과 그 지식을 작품에 녹여내는 것은 별개의 문제다. 자료 조사를 최대한 많이 했다고 자신하더라도 내용 전개뿐만 아니라 세세한 디테일에서 실수하는 경우가 다반사다.

특히 조선 시대는 사료가 너무 많아서 잘못 건드리면 큰일 날 수 있다. 일제 강점기를 시대적 배경으로 삼으면서 스토리상 캐릭터가 친일 행적을 보이거나 역사를 왜곡하는 것도 독자들의 큰 저항을 받을 수 있다.

그렇기 때문에 작가가 직접 국가 등 배경 설정을 아예 새로 짜는 경우가 많아졌다. 그렇다고 완전히 새로울 필요는 없다. 예를 들어, 중국-한국-일본의 역사를 베이스로 삼아 대륙이 넓은 나라, 삼면이 바다인 나라, 섬나라 이렇게 설정하고 국가명을 다르게 해도 딱히 문제가 되지 않는다. 어차피 이 세상에 없는 시대와 국가를 배경으로 만드는 것이므로, 세밀한 자료 조사 없이 여러 왕정국가의 정치 제도, 신분 제도를 섞어서 만들어도 무방하다.

현대 배경에서는 거의 쓰이지 않는 한자어 표현을 꾸준히 활용하는 것이 동양풍 로맨스 특유의 멋을 살리는 길이다. 다만 사전을 찾아봐야 할 정도로 어려운 한자어는 금물! 독자가 읽었을 때 무슨 뜻인지 어렴풋하게라도 이해되는 수준의 단어들을 써야 한다. 과거에는 한자어 뒤에 괄호를 치고 한자를 기재하는 경우도 허다했으나, 현재는 중요한 지명 외에는 그렇게 하는 경우가 거의 없다.

또한, 우리가 평소 자주 쓰는 외래어를 동양풍 로맨스에서 쓰면 곤란하다. 예를 들어 테이블, 안내 데스크, 침대 시트는 동양풍에서 나올 수 없는 단어다.

판타지성 로맨스는
왜 로판 카테고리가 아닌가요?

로맨스 판타지 카테고리가 등장하면서 플랫폼 MD와 출판사 담당자가 혼란에 빠졌던 시절이 있었다. 현대 혹은 가상시대, 초능력 등 환상 소재를 배경으로 하는 판타지 로맨스가 어느 카테고리에서 유통되어야 하는지 담당자들도 헷갈렸던 것이다. 이 혼돈의 시기에 론칭된 몇몇 작품들이 퀄리티와 무관하게 카테고리 문제로 매출이 낮게 나와 편집자들과 작가들이 냉가슴을 앓기도 했다.

현재는 현대를 배경으로 하는 판타지성 소재의 로맨스를 '로맨스' 카테고리에서 유통하는 것으로 정착이 되었다. 또한, 현대에서 옛 시대로 빙의를 하거나, 반대로 옛 시대의 인물이 현대로 넘어오는 판타지 설정의 도입부라도 모두 로맨스 카테고리라고 생각하면 된다. 그래도 작품과 플랫폼마다 조금씩 다를 수 있음을 유념하라.

다음 파트에서 나올 로맨스 판타지 카테고리에서 설명하겠지만, 로맨스 판타지 카테고리는 태생적 문제로 인해 서양풍 로맨스에 국한되는 경향이 있다.

로맨스,
15금에 '씬' 써도 되나요?

로맨스의 경우, 작품의 등급과 분량이 유통과 프로모션에 엄청난 영향을 미친다. 로맨스의 등급별 현황이 눈에 띄게 다르므로 이 점을 명심하여 스토리를 정비해야 한다.

단도직입적으로 말하면 15금 이하 스토리는 반드시 장편으로 쓰는 것이 좋다. 15금 단편을 쓴다고 출판을 못 하는 것은 아니지만, 돈이 되지 않는다. 이를 출판사에서 인지하고 있기 때문에 출판 계약이 힘들 수 있다. 현 웹소설 시장에서 카카오페이지와 네이버 시리즈의 주요 프로모션은 모두 15금 이하로만 이루어지는데, 단편은 이 프로모션 진입이 사실상 불가능하다.

로맨스 카테고리에서 장편이란 최소 70화가량을 말하며, 현재 점점 길어지는 추세다. 아무래도 동양풍 로맨스가 세계관이 크다 보니 100화 이상 긴 장편으로 나오는 경우가 많이 생긴다. 하지만 현대 로맨스 역시 100화를 훌쩍 넘기는 일이 허다하다. 그래야 연참(하루에 2회 차 이상 공개하는 것)도 가능하고 추가 프로모션도 쉬워진다.

이 시점에서 다음과 같은 의문이 생길 것이다. 전체 혹은 15금 등급 수준의 순수한 스토리로 어떻게 70화 이상, 100화 이상을 풀어나갈 수 있는가?

플라토닉 러브로 썸만 타라는 뜻인가? 북마녀의 답은 이것이다.

"스토리는 야해도 된다. 그러나 묘사는 야하면 안 된다!"

남녀가 썸을 타고 연애를 하다 보면 당연히 손도 잡고 포옹도 하고 키스도 하고, 또 그다음 스킨십 단계에 돌입하게 된다. 러브스토리의 흐름상 스킨십 내용을 제외하는 것은 사실상 불가능하며, 스토리상 아예 도입부에서 원나 잇(모르는 사이 혹은 연인 관계가 아닌 상황에서의 하룻밤)으로 시작하는 경우도 허다하다. 두 사람이 서로 좋아서 스킨십을 하는 것이니 도덕적으로도 문제가 될 것이 없다. 독자들도 적당한 스킨십 장면에서 두근거림을 느낀다.

대신, '씬'의 묘사가 과도하게 야하면 플랫폼의 검수팀에 의해 보류 판정을 받는다. 사전에 아무리 15금 중심의 프로모션을 받기로 했어도 유통 직전 검수 단계에서 작품 등급이 19금으로 결론이 나면 프로모션에 들어갈 수 없다. 그래서 허겁지겁 급하게 문제적 장면을 삭제해서 올리는 일도 부지기수다.

그러므로 15금 로맨스에서의 모든 스킨십은 과도하지 않게, 추상적으로 표현해야 한다. 어디를 말하는지 정확하게 알 수 없도록 빙빙 돌려서 표현하되, 그 장면에서 주인공들이 어떤 기분이 드는지 충분히 쓰면 이를 커버할 수 있다.

---

* 본 도서에서 언급하는 '씬'이란, 성관계 장면을 뜻한다. 보통 키스를 초과하는 스킨십을 의미한다. 외래어 맞춤법상 '베드신'의 '신'이 맞지만 업계 관계자들이 쓰는 구어체 표현대로 '씬'으로 표현하겠다. '19금'이란 단어 역시 웹소설 작가들 사이에서 '꾸금', '싯구' 등의 은어로 많이 쓰인다.

19금 로맨스, 씬 장인이 되려면?

19금 로맨스는 스토리라인이 조금 단순해도 된다. '씬'을 쓰다 보면, 분량이 충분히 늘어나기 때문에 너무 내용을 꼬거나 어렵게 만들지 않아도 괜찮다. 대신, 19금 딱지가 붙은 작품을 구매하는 독자의 니즈는 분명하다.

첫째, 스토리라인이 재미있으면서,

둘째, '씬'이 찰지고,

셋째, 전체 스토리에서 '씬'이 충분한 비중을 차지하는 작품

다시 말해 아무리 '씬'을 잘 써도 스토리가 재미없으면 반드시 비판이 나온다. 반대로 19금 딱지를 붙여 놓은 작품에서 '씬'이 단 1회만 나오거나 그것도 스토리의 후반부에 나온다면 독자가 짜증을 낸다. 또한 '씬'이 그리 야하지 않아도 독자는 '이게 19금이냐'고 댓글을 단다.

'씬'의 묘사와 표현력은 분명히 중요하다. 조금 더 야하게 느껴질 만한 형용사나 동사, 비유를 찾아내야 한다. 기성 작가들의 표현을 연구하는 것도 중요하지만, 나만의 끈적한 표현과 분위기를 계속 만들어내야 한다.

요즘에는 '씬'이 진행되는 동안 남자 주인공의 대사가 분위기를 좌우하는 추세다. 로맨스에서의 '씬' 역시 현실 세계와 분리해야 한다. 현실에서는 침대 위에서 말을 하는 것이 쉽지 않다. 그러나 소설 속에서는 남자 주인공이 여자 주인공에게 다양한 대사를 하며, 그 야한 대사로 인해 분위기가 더욱 달아오른다.

또한 신음소리는 너무 똑같은 표현을 반복하면 앞에 나온 것을 복사하고 붙인 느낌을 줄 수 있으니 다양한 표현을 사용하되, 웃기거나 부담스럽지 않은 의성어를 써야 한다. '신음소리가 이상하다'며 비판하는 독자들도 꽤 많다. 그리고 현실에서 당연히 생기는 단계들, 예를 들면 콘돔을 어디에서 사고, 어딘가에서 꺼내서 착용하는 장면은 넣지 않아도 문제가 없다. 단, 작가 자신의 신념이 있다면 내용이 어색해지지 않는 전제하에 추가해도 무방하다.

19금 남주의 필수 조건

19금 로맨스에서 남자 주인공은 그야말로 하룻밤을 꼴딱 새우며 몇 번이고 여자를 만족시킬 수 있는 섹스머신이지만, 그를 흥분케 하는 유일한 존재는 여자 주인공뿐이어야 한다. 거칠고 강하지만 혼자 먼저 가지 않고, 여자 주인공을 충분히 배려하는 방식으로 '씬'을 진행하는 남자여야 한다. 그에게 갑작스러운 조루나 발기부전 증상은 절대로 생기지 않으며, 중요 부위는 어마어마한 크기를 자랑한다. 여자 주인공은 남자 주인공과의 씬에서 반드시 오르가슴을 느끼게 되며, 그것이 남주의 능력이다.

2010년대 중반까지만 해도 로맨스에서 성경험이 많아 능숙한 남주와 순수한 여주의 조합을 많이 썼으나, 이 성향이 점점 변화하는 추세다. 요즘은 '여자 주인공을 위해 순결을 지킨 동정남이지만 놀랍도록 능숙하게 잘하는' 설정을 독자들이 좋아한다. 로맨스가 여성들의 판타지라는 사실을 인지한다면, 이런 설정이 왜 나오게 되었으며 왜 여성 독자들에게 인기 있는지 이해할 수 있을 것이다.

웹소설 시장의 19금 로맨스는 시간이 갈수록 그 수위가 점점 높아지고 있다. 그러나 수위를 높이기 위한 방법으로 너무 변태적인 행동이나 범죄 설정을 넣으면 독자들의 심한 반발을 살 수 있다.

"19금 로맨스. 도대체 어느 정도가 적정선일까?"

이 판단을 하는 것은 작가의 몫이며, 스토리와 작가의 필력에 따라 독자들 반응도 달라진다. 예를 들어 여러 명의 남자와 여자 주인공이 관계를 하는 것은 일반적인 19금 로맨스에서 금기시되는 내용이지만, 애초에 스토리라인 자체가 '역하렘'이라면 가능하다. 섹스 토이 등 도구를 사용하는 행위 역시 그렇게 대중적이지는 않으나, 필력이 좋은 작품 속에서는 자연스럽게 넘어가게 된다.

작가들은 당연히 상상력이 풍부하기 때문에 심리적인 상한선이 높은 편이다. 하지만 수위를 작가의 상한선에 맞춰 버리면 대체로 독자와의 충돌이 일어난다.

아무리 은밀한 판타지라고 해도 눈살이 찌푸려지거나 부담스럽다면 일단 다시 생각해보는 게 좋다. 예를 들어 여주가 못생기고 더러운 범죄자 여럿에게 감금되어 강제로 육체적 학대를 당한다는 스토리는 남성향 19금 웹툰에서나 나오는 설정이지 결코 여성향 19금 로맨스에서 나와서는 안 된다.

물론 시간의 흐름에 따라 독자들의 심리적 상한선도 조금씩 높아지고 있는 실정이다. 그러나 앞에서 언급한 '동정남' 문제처럼 오히려 역행하는 경우도 있으니, 최근 베스트셀러들의 수위를 꾸준히 확인하며 자신의 원고 속 '씬'의 수위를 조절하는 게 좋겠다.

19금은 장편과 단편, 모두 가능하다

만약 야한 장면이 많은 19금 로맨스를 쓰고 싶다면? 19금 작품은 현 웹소설 시장에서 장편, 단편 유통이 모두 가능하다. 그러나 19금 씬이 들어간 이야기를 초장편으로 쓰는 것은 신인 작가의 역량으로는 무리다. 19금 로맨스를 처음 시작한다면 단권을 목표로 하는 것을 권한다.

19금 로맨스에서 '단편'은 다른 장르를 쓰는 작가들의 상상을 초월할 정도로 범위가 넓다. 5만 자 정도의 짧은 작품도 계약, 출판, 유통이 가능하며 내용이 재미있을 경우 시간이 지나도 쏠쏠하게 팔린다. 머릿속에 이야깃거리는 넘쳐흐르고, 하나의 스토리를 오래 잡고 쓰는 것을 싫어하는 작가들이 19금 로맨스 단편을 주로 쓴다. 시장성도 좋아 이쪽에서 자리를 잡은 작가들도 상당수다. 그러나 19금 씬을 맛깔나게 쓰지 못한다면 상품성이 전혀 없으므로 충분히 고민하고 스토리라인을 짜야 한다.

지금까지 설명한 것을 정리하자면 이렇게 요약할 수 있겠다.

"15금 로맨스는 무조건 장편으로 써야 하고,
단편 로맨스를 쓰고 싶다면 어떻게든 19금으로 쓰자!"

만약 이것이 불가능하다면? 나는 죽어도 못하겠다면? 내가 생각한 스토리는 짧은데 난 '씬'을 못 쓰겠다면? 그럼 그냥 취미로 조금 끼적이면 된다. 여러분이 취미로 글을 쓰는 것이고 작가로서의 명성과 돈을 향한 욕심이 전혀 없다면 어떤 장르를 어떻게 써도 상관없다. 그러나 여러분이 웹소설 작가로서 로맨스를 써서 돈을 벌고 이름을 널리 알리고 싶다면, 북마녀의 조언을 따르라. 이것만이 로맨스 작가로서 살 수 있는 길이다.

왜 장편만 '기다리면 무료'에
들어갈 수 있는 건가요?

카카오페이지의 '기다리면 무료(기무)', 네이버 시리즈의 '매일 10시 무료(매열무)'는 웹소설 시장에서 가장 유명하며 가장 돈이 되는 프로모션이다. 비교하자면, 현재까지는 기무의 매출이 매열무보다 더 높다고 알려져 있으나 매출은 언제나 작품에 따라 다르다.

이러한 프로모션은 장편 중심으로 돌아가며, 일정 이하로 짧은 작품은 아무리 재미있어도 기무와 매열무에 들어갈 수 없다. 이유는 간단하다. 단편은 이런 프로모션 시스템에 맞지 않는 분량이기 때문이다.

현재 플랫폼들이 미는 주요 프로모션의 기본 원리는 매일 한 편씩 무료로 보게 해주면서, 그 기다림을 견디지 못하는 독자들이 뒷부분을 빨리 보기 위해 지갑을 열게끔 만드는 시스템이다.

생각보다 훨씬 많은 독자가 돈을 안 내고 버티면서 끝까지 이런 프로모션을 이용해 공짜로 작품을 즐긴다. 슬프지만 이것이 현실이다. 게다가 프로모션 전 별도의 계약으로 플랫폼 수수료가 높아지기도 한다. 그래서 작가의 순수익은 생각보다 낮다.

그럼에도 불구하고 재미있는 작품들에는 독자들이 망설임 없이 지갑을 열고, 이 프로모션에 들어가면 마케팅 노출이 잘되니 매출이 높아지는 경우가 대부분이다. 그래서 웹소설 시장의 모든 작가들이 이들 프로모션에 선택받고 싶어 한다.

이런 상황에서 한 25~30화짜리 작품이 기무에 들어간다고 생각해 보자. 앞부분 무료 3화를 제외하고 한 달이면 독자들은 이 작품을 완결까지 공짜로 볼 수 있다. 이렇게 되면 플랫폼, 출판사, 작가 그 누구도 돈을 벌지 못한다.

19금 등급,
기준은 뭔가요?

'씬'을 표현하기 위해 쓰게 되는 문장은 다음의 3가지 유형으로 수렴된다.

> • A가 B의 ○○을 어떻게 한다.
> • A가 자신의 ○○을 어떻게 한다.
> • A(B)의 ○○이 어떻게 된다.

위의 문장은 공공장소에서 다른 사람에게 대놓고 말할 수 없는 신체 부위와 특정 형용사, 그리고 동사의 조합으로 이루어진다.

쉽게 말해 '어깨에 입을 맞췄다'는 15금으로 통과될 수 있지만, '클리토리스를 혀로 어떻게 했다'고 쓰면 15금 유통은 불가능하다. 신체 부위는 당연히 보통 명사지만 어깨 아래부터 허벅지 위까지는 직접적인 언급을 피해야 한다(물론 '등'은 괜찮다). 섹스, 정액, 콘돔 등 사실상 평범한 보통 명사라도 성관계에 관련된 용어는 위험하다. 반드시 돌려서 이야기하거나 제외해야 한다.

⚖ 웹소설 등급 검수 기준(참고용)

전체	• 성행위를 암시하는 내용이 어떤 식으로든 나올 경우 전체 이용 가능 등급을 받기 힘듦 • 야해 보이지 않는 키스 묘사 가능(타액 등으로 질척이는 느낌 불가)
15금	• 추상적인 애무 및 간접적인 성관계 묘사 가능 • 생식기 관련 표현 중 간접 묘사 가능 ex) 숲, 수풀, 꽃잎, 샘, 남성, 여성, 몸, 그의 것 • 그러나 분량이 너무 많거나 묘사가 야하면 안 됨
19금	• 남녀의 애무, 성관계를 적시한 직접 표현이 나올 경우 분량 상관없이 19금 판정 • 생식기 관련 직접적인 단어가 나올 경우 분량 상관없이 19금 판정 ex) 페니스, 돌기, 구슬, 성기, 기둥, 양물, 남근, 질, 질벽, 음핵, 음부, 내벽, 음순, 귀두, 클리토리스, 쿠퍼액, 정액, 애액 등 • 여성의 가슴 부위 단어 역시 19금 판정 ex) 유두, 젖꼭지 등 • 노골적인 묘사가 가능하지만 작품에 따라 제한 있음
오픈 불가	• 노골적인 성교 및 성기 묘사는 오픈 불가 • 대사나 지문에 노골적인 비속어가 나올 경우 오픈 불가 • 네이버는 씬 약하게 수정 후 19금 오픈 가능하지만, 아무리 19금이라도 전체 스토리에 성관계 묘사 분량이 70%를 넘기면 오픈 불가 • 여성의 가슴 등 은밀한 부위를 강조한 의상이거나 노출된 이미지의 삽화 혹은 표지일 경우 오픈 불가(시스루 소재로 비치는 것처럼 보여도 안 됨) • 공공장소에서의 성행위, 집단 성행위, 성매매나 성폭행, 불법 촬영(몰카), AV 등 범죄적 행위 설명될 경우 오픈 불가

* 현재까지 15금 표지에서 남성의 상의 탈의는 허용되는 편.

위의 표는 15금 작품 중심으로 유통하는 여러 플랫폼의 검수 정책을 참고하여 만든 내용이며, 시간의 흐름에 따라 완화될 수도 있고 반대로 강화될 수도 있다. 비슷한 표현이라도 전후 문장의 맥락에 따라 다르게 느껴질 수 있기 때문에 실제 검수에서 다른 판정 및 조정을 받을 수 있다.

19금 작품이 많이 유통되고 판매량도 높은 플랫폼들은 당연히 허용되는 스펙트럼이 넓다. 항간에 떠도는 소문과는 달리, 플랫폼의 검수팀은 로봇이 아니며 인간 직원이 직접 검수한다. 따라서 타이밍이나 운빨도 어느 정도 작용하는 것이 사실이다.

로맨스 판타지

로맨스 판타지는 그 이름 때문에 많은 작가 지망생을 혼란에 빠뜨리는 장르다. 로맨스 판타지는 원론적으로 '로맨스'에 방점을 둔 여성향 판타지에 가깝다. 그러나 현 웹소설 시장에서 '로맨스 판타지(로판)' 카테고리는 '여성들이 드레스를 입고 왕 혹은 황제가 나라를 지배했던 서양의 시대를 배경으로 하며 여성이 주인공인 로맨스'가 주를 이룬다. 특별히 판타지 설정이 들어가지 않더라도 방금 제시한 스토리에 들어간다면 이 카테고리에서 포함될 수 있다.

또한 로맨스가 스토리라인의 주요 흐름이 아니거나, 아예 로맨스가 없다시피 하더라도 서양풍 배경에 여성이 주인공인 작품이라면 로판 카테고리에서 유통되는 것이 낫다. 판타지 카테고리에서 상주하는 독자들은 이런 작품에 관심이 없기 때문이다.

여성향 장르들은 초장편이 드물었고, 그렇기 때문에 한 작품으로 벌 수 있는 인세의 규모가 남성향 장르에 비해 작은 편이었다.

그러나 로판 카테고리가 등장하면서 웹소설 시장 내 커다란 변화가 생겼다. 여성향 장르이면서 아주 긴 장편 중심으로 유통되고, 또한 인세 규모가 엄청나게 커지는 장르가 나타난 것이다. 또한 로맨스 카테고리에 비해 작가들의 나이가 어려지면서 웹소설 작가의 평균 데뷔 연령이 낮아졌다. 미성년 작가나 학생 작가가 큰돈을 벌기도 한다.

단편은 NO! 장편 중심 스토리

서양풍 로판은 현대 로맨스에 비해 세계관이 방대하고, 부수적으로 설명할 내용이 많다. 또한, '육아물'과 같은 최근의 트렌드로 인해 단편으로 스토리를 마무리 짓는 것이 거의 불가능하다. 15금 서양풍 로판을 길게 쓰지 못한다면 그 작품은 제대로 프로모션을 받을 수 없으니 반드시 길게 써야 한다. 최소 70화는 되어야 하고 100화를 훨씬 더 넘겨야 충분한 프로모션과 함께 매출을 올릴 수 있다. 70화라는 건 사실 론칭할 때의 분량일 뿐이다. 현대 로맨스는 론칭과 동시에 70화 정도로 끝나도 무방하지만, 로판 작품이 이런 분량으로 결말이 난다면 굉장히 불리하다. 70화로 론칭하고, 이후 150화 이상은 나와야 하며 인기작일 경우 500화 이상도 나올 수 있다.

자유로운 시점 변환

로맨스 카테고리 역사 내내 통용되던 '1인칭 주인공 시점은 유치하니 쓰면 안 된다'는 불문율이 로판에서 깨졌다는 점도 유심히 살펴봐야 할 특징이다. '로맨스' 카테고리에선 지금도 이 불문율을 지키는 게 낫다. 그러나 '로판'에 해당하는 작품들은 1인칭 주인공 시점으로 써도 무방하며 시점 변환도 허용된다.

사실, 1인칭 주인공 시점은 순문학부터 웹소설까지 장르를 막론하고 작가들이 초보 시절 습작용으로 쓰는 방식이며, 필력이 높아질수록 전지적 작가 시점을 쓰게 되는 것이 일반적이다. 1인칭 주인공 시점으로는 주인공이 없는 장면을 쓰는 게 힘들기 때문이다. 결국 시점 변환을 하지 않으면 내용을 끌어가기 쉽지 않은 상황에 봉착하게 된다. 이것이 '로판'에서 시점 변환이 통용되는 까닭이다.

판타지 vs 로판, '여주판'은 어디로 들어가야 하나요?

로맨스 판타지는 주요 장르로 편입된 지 아직 몇 년밖에 안 된 장르이기 때문에 많은 변화가 빠르게 일어나고 있다. 장르명의 한계로 인해 향후 얼마나 달라질지 가늠하기 어려운 장르이기도 하다.

애초에 무료 연재 사이트의 판타지 카테고리에서 여성이 주인공인 서양풍 판타지 작품들을 분리하면서 탄생하게 된 카테고리다. 판타지 카테고리의 주요 독자 성별은 남성이며, 남성들은 여성이 주인공이면서 로맨스가 나오는 서양풍 판타지를 별로 보지 않는다. 그런데 이러한 작품들이 남성향 판타지와 섞이면서 혼란을 초래했고, 결국 정책적으로 카테고리를 분리하는 현상이 일어난 것이다.

그런데 이때 분리된 카테고리 이름이 '로맨스 판타지'가 되면서 2차 혼란이 발생했고, 이는 현재진행형이다.

여성이 주인공이면서 로맨스가 없는 판타지 작품,
여성이 주인공이면서 서양풍은 아닌 판타지 작품들은
어디로 가야 한단 말인가?

현재로서는 '여주판(여자가 주인공인 판타지)'은 시장 상황상 로판 카테고리에서 유통될 수밖에 없다. 앞에서 언급했듯이 판타지 카테고리의 독자들에게 '여주판'을 선보이기에는 여러모로 제약이 많다. 그래서 작가들도 로판 카테고리에 여주판을 무료 연재하고, 출판사도 로판 카테고리에 여주판을 유통한다.

하지만 '여성이 주인공인 장르에는 무조건 러브스토리가 있어야 한다'는 고정관념이 점점 깨지는 추세이며, 판도를 바꿔 나가는 작품들이 점점 늘어나고 있다. 이 현상은 향후 웹소설 시장의 변화에 커다란 영향을 미칠 것이다. 근본적으로 상황을 정리하려면 카테고리의 세분화 및 카테고리 이름의 변경이 필요할 것이다.

19금 로맨스 판타지는
어느 카테고리인가요?

여성향 서양풍 로맨스 판타지인데 씬이 많은 19금이라면 어디로 들어가야 할까? 원론적으로는 로판에 들어가야 하지만 앞서 로맨스 카테고리에서 언급한 바와 같이, 19금 작품은 카카오페이지에는 들어갈 수 없으며 네이버 시리즈에서도 수위를 낮춰서 등록해야 유통할 수 있다. 현재로서는 로판 카테고리가 15금 장편 중심으로 움직이고 있기 때문에 19금 로판은 네이버 시리즈와 카카오페이지를 제외한 리디북스 등 나머지 플랫폼의 로맨스 카테고리에 의존해야 한다.

BL

BL은 'boys love'의 줄임말로 동성애, 즉 남성과 남성 간의 사랑을 다루는 여성향 장르다. 2000년대 후반을 기점으로 '야오이'라는 단어가 사라지고 'BL'이 해당 소설의 대표적인 장르명으로 자리 잡았다.

70년대 일본 만화 잡지에서 시작된 BL은 역사가 깊지만, 로맨스와는 달리 동성애를 다룬다는 이유로 사회문화적으로 박해를 받아왔다. 따라서 수년 전까지만 해도 특정 사이트나 비공개 커뮤니티에 가입하지 않으면 BL 작품을 접하는 게 상당히 힘들었다. 연재 후 소장본 형태로 작가 개인이 소설을 직접 판매하고, 독자들이 이 한정판을 구하기 위해 줄을 서는 그들만의 시장이 존재했다.

그래서 그간 출판등록이 되어 있지 않고, 사회적으로 박해받는 장르라는 문제 때문에 법적으로 보호받지 못하는 이슈가 자주 발생했다. 드라마나 다른 소설 작가가 BL 작품을 표절하더라도 피해 작가가 저작권 침해 소송을 걸기가 부담스러워서 피해를 고스란히 떠안는 일이 많았다.

그러나 시대의 변화에 따라 BL은 웹소설 시장의 주요 장르 중 하나로 자리를 잡게 되었다. 많은 플랫폼들이 독립된 카테고리로서 BL 작품을 유통하고 있다. 네이버 시리즈에도 최근 BL 카테고리가 신설되었다.

BL에 처음 도전하는 사람들이 절대로 간과하지 말아야 할 점은, 웹소설의 BL은 퀴어 소설이 아니라는 사실이다. 동성애자 두 명이 주인공인 순문학은 BL이 아니다. 철저하게 대중문학다운 흐름을 유지해야 BL로서의 생명력을 유지할 수 있다.

수년 사이에 BL의 수요가 폭발적으로 증가하면서 로맨스를 쓰던 작가들이 BL에 도전하는 현상도 많이 보인다. 그러나 로맨스와 BL은 같은 러브스토리라도 많이 다르다.

로맨스는 장르 자체에 관한 사전 조사가 덜 필요하지만, BL은 BL에서만 통용되는 개념들을 사전에 습득해야 쓸 수 있다. 다른 장르에서 볼 수 없는 BL만의 특징을 반드시 정리하고 집필을 시작하길 바란다.

공 & 수

두 남자 주인공은 '공'과 '수'로 나뉜다. 이는 현실 세계의 남성 간 동성애에서 차용된 단어가 그대로 고착되었다고 할 수 있다. 남녀 간의 사랑에 스킨십이 있듯이 BL에서도 육체적인 관계를 맺게 된다. 아무래도 생물학적으로 남녀 간의 스킨십과는 다른 구조이다 보니 어쩔 수 없이 만들어진 용어다. 정확하게 말하면 성기 삽입을 하는 쪽이 공, 받는 쪽이 수다.

BL은 로맨스와는 굉장히 다른 장르이며, 비교적 다양한 설정이 가능하다. 로맨스에서는 결코 사랑받지 못할 내용이 BL에서는 상당한 인기를 끄는 키워드인 경우도 많다.

로맨스에서는 아무리 삼각관계 설정이라도 결국 한 명을 선택하게 된다. 여주인공이 서브남과 스킨십을 하는 경우를 독자들이 굉장히 싫어한다. 그래서 강압적인 상황에서라도 남주인공이 구출하는 방식으로 흘러가 여주의 몸이 보호(?)된다. 그러나 BL에서는 수가 여러 명의 공과 관계를 맺는 '다공일수'라는 키워드가 존재한다. 과거에는 살짝 불호 키워드이기도 했지만, 현재는 그 키워드를 좋아하는 수요가 확실히 있다(물론 로맨스도 역하렘 등의 트렌드가 생기긴 했으나 절대다수가 계속해서 구매하지는 않는다).

또한 로맨스에서 40대 이상 중년 남성이 남자주인공이라는 것은 있을 수 없는 일이지만, BL에서는 '중년수' 키워드가 존재하며 그 수요도 어마어마하다. 그 중년수가 못생기고 배 나오고 머리카락 없는 남자는 당연히 아니다. 생물학적 나이를 들으면 깜짝 놀라게 되는 잘생긴 중년 배우들을 떠올려 보면 되겠다.

심지어 BL의 L이 love의 뜻인데도 불구하고 애정 없이 육체적 관계만 나누는 스토리도 인기의 한축을 이끌고 있다. '썸'이나 서로 간의 사랑 자체가 존재하지 않고 공이 집착의 수준을 완전히 넘어선 강압적인 관계의 스토리도 많이 나오고 있으며(재미있다는 전제 하에) 판매지수도 높다.

이것이 가능한 까닭은, BL 자체가 여성이 존재하지 않는 스토리이기 때문이다. 로맨스를 읽을 때와 BL을 읽을 때, 여성 독자들의 심리가 완전히 다르다는 것을 기억해야 한다.

'키워드'가 무엇보다 중요한 장르

현재 BL 독자들이 가장 많이 몰려 있는 플랫폼은 리디북스로, 관심 있는 키워드로 책을 검색할 수 있는 시스템을 구축했다. 이것이 대중화되면서 타 플랫폼에서도 이 시스템을 활용하고 있다.

키워드를 통해 내용과 캐릭터의 특성을 한눈에 알 수 있기 때문에 독자들의 이용도가 높다. 플랫폼에서 요구하는 키워드 외에도 소개 글 칸에 '○○공', '○○수' 이런 식으로 자유롭게 캐릭터 관련 설명을 덧붙일 수 있다. 이를 잘 활용한다면 독자들의 선택을 더 많이 받을 수 있을 것이다.

BL 독자들의 취향은 각양각색이며 다른 장르에 비해 조금 마이너한 스토리를 쓰더라도 재미만 있다면 충분히 선택받을 수 있다.

BL 작가들에게 키워드는 빛과 그림자다. 선택받을 수 있는 포인트이지만, 독자들이 키워드를 보고 도망가기도 한다. 타 장르에 비해 BL 독자들은 키워드에서 아예 작품을 걸러 버리는 성향을 보인다.

그러므로 처음부터 호불호가 너무 심하게 갈리는 키워드로 쓰는 것보다는, 타깃이 넓은 키워드를 모아 스토리를 짜는 것을 추천한다. 캐릭터를 설정할 때도 이 키워드를 조합하면 보다 쉽게 매력적인 캐릭터를 구상할 수 있을 것이다. 또한 새롭게 부상하는 키워드에 관심을 가질 필요도 있다.

남남 꾸금,
어떻게 써야 하나요?

BL은 19금 중심으로 유통되는 장르다. 원고에서 '씬'이 나오지 않는 작품도 물론 존재하고, 그런 작품 중에 매출이 높은 경우도 물론 있다. 그러나 '씬'이 없는데도 BL이라는 이유로 15금 중심 플랫폼에서 19금 판정을 받아버리거나 아예 보류되는 경우가 있다.

그렇다 보니 많은 BL 작가들이 특정 플랫폼 즉, 리디북스에 모여 있는 독자들의 니즈를 충분히 반영하여 쓴다. 어차피 19금 딱지를 받는다면 그에 상응하는 가치를 만들어내야 한다는 뜻이다. 애매한 플라토닉 러브보다는 화끈하게 씬 범벅인 작품이 더 잘 나간다(이때 활용되는 키워드는 '기승전떡떡떡', 줄여서 기떡물, 뽕빨물이라 불린다).

우선 남자와 남자 사이에서 이루어지는 관계가 남녀 간의 관계 진행과 조금 다르다는 것을 파악해야 한다. 묘사 대상이 남자 둘이라는 사실을 인지함과 더불어, '씬'에 돌입하는 '공'과 '수'의 입장을 자세히 기술해야 한다.

이때, 심리뿐만 아니라 신체적 반응이 매우 중요하다. 아마 쓰다 보면 한 계점에 도달할 것이다. 왜냐하면 남자의 몸에는 생각보다 묘사할 부분이 적기 때문이다. 그래서 BL은 자유분방한 상상력을 더 많이 동원해야 한다.

BL에서는 로맨스보다 비교적 과감한 표현이 가능하다. 현실에서 여성에게 할 수 없는, 하면 큰일나는 하드코어한 행동들도 BL에서는 용인되는 편이다. 어찌 보면 범죄에 가까운 설정과 그에 따른 '씬'도 어느 정도 허용된다. 도구를 사용하는 것도 물론 허용된다.

로맨스에서는 반드시 두 주인공이 어찌 되었든 서로 사랑하는 것으로 엔딩을 마무리해야 하지만, BL에서는 'L' 즉 Love(사랑)가 없는 일방적인 관계로 결말이 나는 경우도 꽤 많으며, 이 부분이 그렇게 심한 문제가 되지는 않는다. '씬'만을 위한 스토리 전개가 가능하며, 육체적인 본능만이 휘몰아치는 작품을 주로 읽는 마니아층도 탄탄하다.

그렇다고 이 마니아층을 공략하기 위해 여러분의 스토리에서 굳이 'L'을 뺄 필요는 없다. 어디까지나 사랑이 있는 스토리가 디폴트이지만, 없어도 엄청난 문제는 아니라는 뜻이다.

이는 BL을 소비하는 여성 독자들이 자신을 굳이 이입할 필요 없이 제3자로서 지켜보는 심리이기 때문에 받아들일 수 있는 스펙트럼이 넓어지는 것으로 분석할 수 있겠다. 이 현상은 허구 스토리, 즉 소설이기 때문에 가능하다는 것을 잊지말자.

판타지

현대가 아닌 모든 환상적 배경 설정은 '판타지' 카테고리에서 유통된다. 우리가 사는 현대의 지구(보통 대한민국)가 아닌 이세계(다른 차원의 세계), 우주, 던전, 게임 속 세계가 스토리의 주요 배경이라면 판타지라고 생각하면 된다. 도입부가 현대인 것은 문제가 되지 않는다. 어쨌든 현대에서 그곳으로 넘어가 본론이 진행되는 이야기이므로, 메인 스토리가 어디서 진행되느냐가 가장 중요한 기준이다.

게임, 차원 이동, 마법사, 마검사, 정령사, 네크로맨서, 몬스터 등 각종 판타지적 소재가 주요 스토리라면 판타지 카테고리다. 다음에서 설명할 현대 판타지 쪽 작품을 제외하면 모두 판타지라고 할 수 있다.

'현대 판타지(현판)'는 원론적으로 판타지에 해당하는 하위 장르다. 그러나 수년 사이에 웹소설 시장에서 크게 인기를 끌고 상당히 비중 있는 매출 파이를 차지하게 되면서 카테고리를 따로 생성하기에 이르렀다.

그렇다면 현대 판타지에 해당하는 작품들은 어떤 것일까? 한마디로 설명하자면, '현대'를 배경으로 하면서 과도한 판타지성 이동과 존재가 나오지 않는 남성향 판타지를 말한다. 회귀를 했든, 환생을 했든, 빙의를 했든 현대를 배경으로 한 전문직물, 기업물(회사원물), 스포츠물, 연예인물, 의학물 등이 바로 현판이다. 물론 스토리 설정과 실제 원고의 상태에 따라 어떤 작품은 현판으로 어떤 작품은 판타지로 가게 될 수 있으니 주의하자.

이 카테고리 결정은 앞으로도 작품 론칭마다 출판사와 유통사 모두가 고민하게 되는 포인트다. 각 카테고리의 독자들이 어떤 스타일을 좋아하는지를 검토하고 전략적으로 이야기를 짜야 한다. 현대 배경이고 주인공은 스타트업 기업의 대표인데 외계인이 침략하여 지구가 멸망한다면? 현판을 원하는 독자들 앞에서 도입부 설정만 현판이고 실제로는 기갑물 같은 판타지를 선보인다면 작품이 아무리 좋더라도 매출의 한계가 생긴다.

현판이 판타지에서 파생된 만큼 두 카테고리의 작품들은 서로 유사한 특징을 보이면서도 차이점을 보인다. 이는 남성 독자들이 원하는 바와 시장성을 고스란히 반영한 특성이므로 판타지를 쓰고 싶다면 반드시 이를 고려하여 원고를 집필해야 한다.

정통 판타지는
쓰면 안 되나요?

이른바 '정판'으로 불리는 '정통 판타지'. 현 웹소설 시장에서 이 정통 판타지의 유행이 지나간 지 오래인데도 불구하고, 판타지를 쓰고 싶어 하는 많은 지망생들이 이 정판에 도전하고 있다.

사실 '정통'이라는 단어는 원론적으로 적절하지는 않다. 어쨌든 현재 웹소설 시장에서 정통판타지라 함은《반지의 제왕》처럼 서양풍 가상시대를 배경으로, 오크나 엘프 등 특정 종족이나 용이 나오는 등 과거 유행했던 판타지 세계관의 작품들을 의미한다.

그렇다면 한국에서는《드래곤 라자》등 1세대 한국형 판타지 작가가 판타지 소설의 유행을 이끌었던 시대에 출간되어 도서대여점을 중심으로 유통되고 읽힌 수많은 작품이 모두 정통 판타지인가? 작품에 따라 다르다.《마왕의 육아일기》를 과연 정통 판타지라고 할 수 있을까? 그렇지 않다. 대부분이 퓨전 판타지로 분류될 수 있겠다.

편집자로서 판타지 시장을 보면 큰 의문이 든다. 여러분도 시장 전체를 본다면 필자와 같은 의문이 생길 것이다. 독자도 '옛날에는 재미있는 정판이 많았는데 요즘 작가들은 왜 정판을 안 쓰는가?'라고 묻고, 지망생도 '정판을 쓰면 정말 안 팔리나요?'라고 물으면서 정판을 쓴다. 공급과 수요가 이토록 원하는데 어째서 유료 시장에서는 정판이 안 팔리는 걸까? 왜 편집자들은 '정판은 장사가 안 된다'고 말하는 걸까? 북마녀의 답은 이것이다.

정말 재미있는 정판 작품이 나오지 않아서.

정판이 현재의 트렌드가 아니기 때문에 기성 작가들의 선택을 받지 못했고, 그 결과 시장에 나오는 정판 작품들이 재미가 없어서.

실제로 인지도 높은 작가가 정판을 '그냥', '올리고 싶어서' 올리면 조회수는 상당히 높게 나온다. 만약 작가 한 명이 아니라, 잘 쓰는 작가 다수가 정판을 잡는다면 정판의 유행은 다시 돌아올 것이다. 여기서 중요한 것은 정판이라고 해도 요즘 웹소설의 특성과 트렌드를 충분히 살려야 현재의 독자들을 끌어당길 수 있다는 점이다.

유행은 언제나 돌고 돈다. 정통 판타지의 유행이 언제 돌아올지 모르는 일이고, 그 시작은 분명 작가들이 견인하게 될 것이다. 다만, 이 역시 지망생들이 도전해서 특히 첫 작품으로 올리기에는 부담이 된다. 그 견인은 기성들에게 맡겨라. 원대한 야망은 나중에 갖도록 하자.

남성향 웹소설 판타지, 초장편 스토리는 필수

현 웹소설 시장에서 어느 판타지 작품이 5권으로 끝났다면, 그건 그 작품이 망했다는 뜻으로 인지해도 무방하다. 안 팔리면 5권, 잘 팔리면 무조건 10권 이상이고, 초대박작은 완결이 언제 끝날지 알 수 없을 만큼 오래 연재하기도 한다.

아무리 재미있어서 많이 읽은 작품이라도 5권짜리는 20권짜리 베스트셀러의 매출을 이길 수 없다. 그래서 여성향 장르의 대박작과 남성향 장르의 대박작이 서로 매출 차이가 나는 것이다.

참고로, 《닥터 최태수》는 연재 총 3,667화, 단행본으로 135권이다. 이처럼 에피소드를 계속 추가하여 스토리를 영원히 이어나갈 수 있는 작품이 대박 난다면 일본 만화 《원피스》 수준으로 죽을 때까지 연재할 수 있고, 여러분은 저택에서 세금 때문에 우는 부자가 될 수 있다.

이처럼 남성향 판타지는 한번 인기를 끌게 되면 상상을 초월하는 매출이 만들어지므로 계속 끌고 갈 수 있도록 스토리를 짜야 한다.

독자들의 인내심이 가장 약하다

다르게 표현하자면, 독서 중단이 가장 쉽고 빠르게 이루어진다. 여성향의 경우 '작가님 팬이라 샀지만 다 못 읽었다', '1권은 재미있었지만 2권부턴 그냥 그렇지만 참고 봤다'는 말이 꽤 나온다. 그러나 남성향 판타지에서는 '팬심으로 참고 보는' 독자는 0에 수렴한다. 애초에 단행본

보다는 연재 구매 중심으로 진행되기 때문에 이런 특성이 더욱 강하다. 여성향 로판 역시 연재 구매 위주지만 판타지와 조금 비교되는 점이 있다.

또한 남성향 판타지에서는 '○○ 때문에 하차한다'는 독자들의 반응을 아주 쉽게 볼 수 있다(과거에는 여성향과 극명하게 대비되는 수준으로 남성향이 많았으나, 최근에는 여성향에서도 '하차'를 말하며 불매나 구매 중단을 언급하는 독자들이 늘고 있다).

문장이 짧고 묘사가 적다

웹소설은 '웹'상에서의 가독성 때문에 순수문학보다 문장이 짧은 편이다. 이것은 일반독자들도 아는 얘기다. 그중 여성향 장르보다 남성향 장르가 조금 더 문장이 짧고, 단조로우며, 과한 묘사를 지양하는 편이다. 이는 웹소설 집필에 관심 있는 사람들 사이에서 이미 많이 알려진 내용이다.

그래서 많은 작가와 지망생들이 '아하! 남성향은 묘사가 적어도 되니 표현력이 없어도 되겠구나!'라고 큰 착각을 하기 일쑤다. 정말 여성향은 문체가 유려해야 하고, 남성향 판타지는 막 써도 괜찮은 걸까? 남성향 장르가 훨씬 쓰기 쉬운 걸까? 결코 그렇지 않다.

문장이 짧고 묘사가 적은데 같은 말을 반복하지 않으려면 오히려 많은 단어를 알고 있어야 한다. 표현력이 풍부해야만 지루하지 않게 글을 쓸 수 있다는 뜻이다. 기본적으로 남성향 장르는 장편이다. 어떤 스토리든 얼마나 글을 잘 쓰든 10권을 채워 나가려면 누구나 표현의 한계를 느끼게 된다. 기본 필력이 깔려 있지 않다면, 했던 표현 쓰고 또 쓰고 뻔한 표현만 쓰게 된다. 그리고 그걸 읽는 독자들은 이 문제를 그대로 느낀다.

여성향과 남성향은 각각 작품성이 뛰어나고 문체가 유려하다는 평을 듣더라도 실제로 읽어 보면 행간의 감성이 굉장히 다르다. 일반적으로 여성향이 조금 더 심리묘사 분량이 더 많으며(물론, 순문학만큼은 아니다), 같은 의미라도 조금 더 부드러운 종류의 형용사나 동사를 고르는 경향이 있다. 반대로 남성향 판타지에서는 조금 더 건조한 느낌의 단어들이 나온다.

이러한 현상은 작가 성별의 차이라기보다는 스토리 자체의 영향이 가장 크다. '인간관계'와 '감정(과 그 감정을 기반으로 한 스킨십)'에 중심을 두는 연애 이야기와 '사건'과 '액션'에 중심을 두는 성공과 성장 스토리의 흐름에서 묘사가 동일하게 나올 수는 없다. 로맨스의 '씬'과 판타지의 액션 장면은 분명히 인간의 동작을 설명하지만 그 결이 다를 수밖에 없는 것이다.

그래서 여성향 장르를 쓰다가 남성향에 도전하거나 남성향을 쓰다가 여성향에 도전하는 경우, 그 장르에 통용되지 않는 단어로 문장을 쓰는 실수를 종종 저지르게 된다. 기존 장르에 적응된 표현력으로 새로운 장르를 쓰려다가 생기는 문제다.

물론 남성향 판타지를 쓸 때 부드러운 느낌의 표현을 쓰는 것이 문제가 되지는 않는다. 적재적소에 어울리는 표현이라면 어떤 단어라도 상관없고, 단어 스펙트럼이 넓을수록 '필력이 좋다'는 말을 듣게 된다.

여성향 로맨스가 여성의 로망을 펼쳐내는 스토리라면, 남성향 판타지는 남성의 로망을 지향한다. 한마디로 남성향 장르는 남자의 관점에서 남자가 원하는 바를 몽땅 풀어낸다. 만약 여성 작가가 남성향 판타지에 도전한다? 이때 여성향 장르의 감성으로 쓰면 필패 예약이다.

그렇다면 남성향 웹소설에서 펼쳐지는 남성의 로망은 무엇일까? 세 가지로 요약될 수 있다.

- 능력(특정한 재능과 체력)
- 사회적 성공(돈과 명예)
- 생존 위기에서의 서바이벌 및 리더십

이 로망은 시대의 변화에 따라 구현 방식이 많이 달라졌다. 예를 들어 과거에는 주인공이 재능이 있더라도 그 재능을 발굴하고 '금강불괴'라는 사실을 깨달을 때까지 시간이 걸리거나, 귀인(스승 등)을 꼭 만나야 했다. 또한 재능이 있어도 그것을 극대화하는 노력을 하는 과정이 스토리의 중반부까지 펼쳐지곤 했다.

그러나 요즘에는 주인공의 이러한 여정, 즉 실패와 고난과 노력을 보는 것을 귀찮아하는 경향이 있다. 눈 떠 보니 갑자기 재벌 2세나 3세가 되어 있다거나, 어떤 능력이 한순간에 생겨서 굳이 그 능력을 개발할 필요가 없고, 이 구역에서 제일 강한 캐릭터가 되어 모두를 압도하는 흐름으로 흘러간다. '먼치킨' 키워드를 기본으로 깔고 있는 것이다.

러브라인은 남성향 장르에서는 있어도 되고 없어도 되는 설정으로, 스토리의 중요한 흐름에 큰 영향을 주지는 않는다. 다만, 모든 이성 사이에서의 인기를 원한다고 볼 수 있다. 여기서 남성향과 여성향 감성이 확연히 갈리게 된다.

여성향에서는 아무리 여러 남자가 나오더라도 웬만하면 한 명을 선택하게 되는 풍토다. 그래서 다각관계일 경우 독자들이 각자 미는 캐릭터가 생기게 되고, 결국 여주가 누구를 택했느냐가 초미의 관심사가 된다.

그러나 남성향에서는 남주인공이 굳이 누구 하나를 선택해서 백년해로할 필요도 없고, 지고지순할 필요도 없다. 악녀 포함 모든 히로인이 주인공을 은근히 좋아하는 분위기로 만들되 남주인공은 딱히 그들에게 관심이 없어도 되고, 주인공이 그 상황을 즐기며 인기를 누려도 된다.

반대로 주인공 설정에 따라 조강지처에게 의리를 지키는 캐릭터로 만드는 것도 문제는 없다.

다만, 판타지에서 러브라인에 너무 치중하게 되면 '학원 러브 코미디' 류로 스토리가 흘러가게 된다. 이는 일본 수입 라이트노벨에서 많이 볼 수 있는 패턴이며, 자칫 독자들에게 유치하다는 악평을 들을 수 있다.

러브라인은 잘 쓰면 독자들이 좋아하지만 못 쓰면 가장 크게 욕을 먹는 요인이 된다. 이야기를 늘일 수 있는 방법 중 하나인 것은 사실이지만, 제대로 쓰지 못한다면 독자들이 작가 개인의 연애 경험 등 사생활 비하까지 하는 경우도 많다.

무협

'무협' 카테고리는 과거 대여점 시절까지만 해도 작가층과 독자층이 탄탄하게 버티고 있었으나, 인기 장르들이 모두 웹소설 시장으로 편입되고 무협 역시 웹연재 문화로 바뀌면서 판도가 바뀌었다. 작가층이 많이 얇아졌고, 많은 독자가 판타지와 현판 장르로 넘어갔다.

어떤 장르든 젊은 작가들이 받쳐주면서 올라가야 장르가 발전한다. 그런데 무협은 타 장르에 비해 작가 지망생 연령대 자체가 높은 편이고 어린 친구들이 극소수다. 독자층 역시 고령화되어가고 있다. 현재 미성년자 중에 무협을 읽는 사람이 과연 존재하긴 할까 의문이 들 정도다.

현재 무협 독자층이 아예 없는 것은 아니다. 기성 작가들이 예전에 출간된 작품을 재계약하여 재유통하는 경우가 많은데, 이벤트를 하고 새로운 플랫폼에 구작이 유통될 때마다 수익이 계속 난다. 정통 무협 작품들을 읽고자 하는 수요가 여전히 존재하는 것이다.

무협 독자들은 '볼 작품이 없다'고 툴툴대며 다른 장르를 보거나 기존 작품을 재탕하고 있다. 이 말인즉슨, 괜찮은 작품이 나와 준다면 무협 독자들은 언제든 돌아올 준비가 되어 있다는 뜻이다.

무협이란 장르 특유의 정서와 재미는 타 장르에서 채워주지 못한다. 그리고 팬덤이 한번 만들어지면 탄탄하고 의리가 있다. 무협 장르의 특징에 적합하도록 일정 이상 퀄리티를 쓸 수 있다면, 오히려 다른 장르보다 비교적 쉽게 자리를 잡을 수 있는 장르다.

구무협 vs 신무협 vs 퓨전 무협

무협은 1960년대부터 그 유래를 찾을 수 있으며 1980년대 황금기를 맞이했을 만큼 역사 깊은 대중문학 장르다. '신무협'은 90년대부터 등장한 2세대 무협이며, 이전에 무협을 '구무협'으로 세대를 분리하여 정의한다. 구무협은 한자가 심하게 많이 쓰였고 모든 작품이 그런 것은 아니지만 '씬'이 자주 나오는 작품이 잘 팔렸던 것도 사실이다.

그리하여 재미만을 중시해서 쇠락했다고 평가받는 구무협을 개선하자며 나타난 작가들의 작품군이 신무협이다. 2000년대 대여점 문화가 자리를 잡으면서 '판협지(판타지+무협지)'라는 용어도 등장했으나 현재는 판협지로 분류되는 작품들을 신무협에 포함해 칭하는 경향이 있다.

구무협에 비해 신무협이 조금 더 새로운 요소를 담고 있다고는 하나, 표지에 '신무협'이란 단어만 박았을 뿐 구무협의 세계관을 그대로 따른 경우도 허다하다. 게다가 이 용어 자체도 90년대에 나온 이야기이기 때문에 약 30년이 지난 현재로서는 구별하는 것이 딱히 의미가 없다고 봐야 한다. 요즘 웹소설 독자들에게는 정통 무협과 퓨전 무협이 있을 뿐이다.

무협 특유의 용어를 지켜야 한다

무협을 주로 읽는 독자들은 작품의 디테일에 매우 예민하다. 신랄한 비판 댓글에 신인이나 지망생들이 큰 상처를 입는 경우도 많다. 독자층 자체가 오랫동안 소설을 읽어온 골수 독자들이기 때문에 '신인 작가가 무협을 잘 모른다'는 생각이 들면 그만큼 날카롭게 반응한다.

그만큼 무협에는 반드시 지켜야 하는 원칙들이 존재한다. 신무협 이후 많은 변화가 생긴 것은 사실이지만 그래도 바뀌지 않는 규칙이 있다.

무협도 동양풍 로맨스와 마찬가지로 무협에서만 쓰이는 특징적인 용어들이 존재한다. 동양풍 로맨스가 과거 시대를 배경으로 하기 때문에 그 시대에 쓰이던 용어를 쓴다면, 무협에서는 배경, 세계관 관련 용어들과 함께 액션 장면과 관계된 용어들을 유지하고 있다. 실제로 무협 소설을 읽고 공부하지 않으면 알 수 없는 내용이다. 현대 배경으로 무협을 쓴다면 배경 설정에서는 자유로워지겠지만, 만약 정통 무협의 세계관을 그대로 따른다면 반드시 이런 특징들을 숙지하고 집필해야 한다.

퓨전 무협이라도 무협다움을 유지해야 한다

아무리 퓨전 작품이라고 해도 무협 특유의 용어들을 쓰지 않는다면 그 작품의 장르를 무협이라고 정의할 수가 없다. 현대 배경을 섞든 트렌디한 키워드를 섞든 무협을 쓰고 싶다면 이 용어들에 익숙해져야 하며, 이를 원고에 자연스럽게 녹여내야 한다.

반대로 이런 원칙에 따라 무협의 특성을 녹여낸 퓨전 소설들은 독자 타깃을 넓게 잡기가 힘들다. 곳곳에서 튀어나오는 무협 특유의 용어들을 알아듣지 못하는 독자들은 이 퓨전 작품에 적응할 수 없다. 실제로 이 고충을 토로하며 '하차'하는 독자들이 많다.

예를 들어 '무협 배경의 여성이 서양풍 시대 쪽으로 빙의하게 되는' 소설이라면 무협이 아닌 로판 카테고리에서 유통될 것이다. 그러나 로판를 주로 보는 독자들은 무협 용어를 모르는 경우가 많고, 결국 구매를 멈추는 독자들이 다수 생겨날 것이다.

이런 장르 퓨전은 무협 냄새를 어느 정도로 풍길 것인가가 성공의 관건이다. 남성향 독자 중에서도 무협을 접하지 않은 비중이 높아지고 있는 실정 아닌가. 무협 냄새를 너무 많이 풍기면 무협을 모르는 독자가 도망갈 것이고, 너무 줄이면 무협 소재를 섞은 의미가 없을 것이므로 적정 수준을 찾아야 한다.

남성향 장르의 폭력성은 선정성보다 약할까?

현 웹소설 시장에서 남성향 장르는 15금 위주로 돌아가고 있으며, 여성향 장르와 마찬가지로 유통 전 플랫폼 검수를 받게 된다. 15금 장편 대상 프로모션에 들어가야 하는데 19금을 받게 되면 당연히 문제가 된다.

플랫폼의 검수 기준은 폭력성보다는 선정성(음란성)에 훨씬 박한 편이다. 폭력성 기준에 걸려 제한되는 표현은 생각보다 많지 않다.

남성향 장르에서 잔인한 장면이 나올 가능성이 높은 것은 사실이다.

예를 들어, 판타지에서는 몬스터의 목을 베어 피가 치솟는다거나 신체의 일부가 훼손되는 장면들이 부지기수로 일어나지 않는가. 장르적 특성상 전투나 사냥, 전쟁 등 액션이 워낙 많이 나온다는 것을 플랫폼에서도 감안하고 있기는 하다.

문제는 2020년 웹툰 카테고리에서 각종 이슈가 터지면서 웹소설 검수에도 영향을 미치게 되었다는 사실이다. 웹소설 플랫폼의 검수 정책에는 참고용 기준이 분명히 있지만, 시기와 이슈의 영향을 받는다. 사회적인 압력에 따라 보수적으로 바뀌기도 하고, 시간이 지나 분위기가 잠잠해지면 슬그머니 풀리기도 한다.

기준이 완화되더라도 15금에서는 생식기를 자른다거나 여성의 가슴 부위를 공격하여 훼손하는 식의 묘사는 위험하므로 제외하도록 한다. 스토리 속에서 그 여성 혹은 여성 형태의 괴물이 몹쓸 빌런이라고 해도 검수 단계에서 문제가 될 수 있다. 검수 기준은 선악을 그다지 구분하지 않는다는 사실을 유념해야 한다.

그리고 현실과 온라인에서 쓰는 과도한 욕설 단어를 그대로 쓰지 않도록 한다. 만약 주인공을 입이 너무 험한 캐릭터로 설정한다면, 나중에 모든 욕설을 싹 걷어내야 할 수도 있다. 단순 욕설을 내뱉는 정도는 무방하다.

시대의 변화!
'올드'한 설정 체크 포인트

앞서 언급했듯이 웹소설 시장이 성별의 성향에 따라 굳어진 것은 사실이지만, 시대의 변화는 웹소설 독자들의 특성에 큰 영향을 미친다.

시장의 변화를 반영하지 않는다면, 그 작품은 올드한 스토리가 된다. 여러분의 나이가 실제로 몇 살인지와 상관없이 독자들은 여러분을 요즘 분위기를 모르는 한물간 작가로 취급할 것이다.

예전에는 써도 문제없었지만 지금은 욕먹는 설정, 그리고 반대로 예전에는 안 되었지만 지금은 써도 무방한 설정과 장면들을 남성향, 여성향으로 분류하여 정리해 보았다.

CHECK 1. 시대의 변화! 옛날에는 가능했지만 지금은 불가능한 설정

❶ 남성향

대기만성   과거에는 기승전결의 흐름에 따라 처음에는 아무것도 아니었던 주인공이 자신의 운명 혹은 능력을 깨닫고 자신을 개발하며 능력을 키워가는 스토리가 상당히 많았다. 그러나 현재의 남성향 장르 독자들은 이러한 대기만성형 흐름을 속도가 느리다고 느낀다. 그래서 초반에 대기만성의 느낌이 들면 바로 도망간다. 그러므로 설정상 어느 정도 대기만성이라도, 되도록 답답한 느낌이 들지 않도록 캐릭터의 성격과 스토리에 빠른 속도감의 '사이다'를 부여할 필요가 있다.

과도하게 착한 주인공 과거에는 우직할 정도로 정직하고 선량하며 의롭고 악당을 용서하는 주인공이 통했다. 그러나 남성향 장르의 주인공이 너무 우직하면 현실을 아는 독자들은 답답함을 토로한다. 빌런을 처치하는 장면도 과감한 클라이맥스 없이 허무하게 지나가게 되다 보니 자칫 스토리 흐름이 밋밋하게 보일 수 있다. 한마디로 현 웹소설 시장에서 추구하는 '사이다'를 연출하기 쉽지 않기 때문에 긴장감과 카타르시스가 부족해진다.

연인 찾아 삼만리 남주인공이 첫사랑 혹은 연인을 잃고 그녀를 해친 존재를 찾아 복수하거나, 잃어버린 연인 혹은 첫사랑을 찾아 헤매는 여정이 메인 스토리인 경우를 말한다. 과거에는 남성향 장르에서도 이처럼 사랑이 메인 주제인 작품들이 꽤 있었다. 특히 무협 장르에서 은근히 자주 나타났던 설정이다.
그러나 최근에는 이런 지고지순한 러브스토리가 남성향 장르에서 인기를 끌지 못하고 있으며, 이 설정 자체가 독자들에게 아예 선택받지 못하는 원인이 되는 추세다. 또 이 설정 자체로 인해 주변 히로인 설정이 불가능해지고, 자칫 남주인공의 성격이 답답해 보일 수 있다.
복수나 사랑을 찾아가는 과정이 있더라도, 스토리 전체에서는 남자

주인공의 인생 역전과 성공 신화가 메인 주제여야 한다. 그래야 독자들의 선택을 받을 때 훨씬 유리하다.

❷ 여성향

용서가 취미인 여주　예전에는 악역 때문에 강간을 당하거나 유산을 하는 상황이 발생하더라도 악역을 용서하는 결말이 나오는 등 바보처럼 착하디착한 여주인공 설정이 많았다. 그러나 앞서 예를 든 상황이 지금 나온다면 그 악역은 처절하게 벌을 받아야 한다. 법적 처벌을 받는 것은 기본이요, 여주인공의 손으로 죽이는 것 빼고 다 해도 된다. 극단적으로 말해서 남주인공이 몰래 사람을 시켜 악역을 죽이거나 최악의 상황으로 만들어도 무방하다.

꾸밈없이 수수한 여주의 된장찌개　2010년대 로맨스까지만 해도 재벌 2세 남주가 아무것도 아닌 평범한 여자에게 빠지는 이유를 '요리를 잘해서'로 설정하는 경우가 꽤 많았다. 남주가 화려한 약혼녀나 재벌녀들 대신 수수한 여주를 선택하는 까닭을 극적으로 표현하는 방식이었다. 꾸미지 않고 된장찌개를 잘 끓여내서 남주가 '집밥'에 감동하는 흐름은 묘하게 올드한 구석이 있다. 과거에는 통했지만 현재 이런 스토리를 쓴다면 트렌드에 어울리지도 않을뿐더러 시대를 역행한다. 지금은 재벌 2세 미녀 능력자 여주도 인기를 얻는 시대다.

여성을 억압하는 느낌의 가스라이팅　유행하는 키워드 중 하나인 '집착남'과는 개념이 좀 다른 문제다. 다른 남자와 함께 있는 것을 싫어하는 것은 문제가 되지 않는다. 그러나 '짧은 치마나 가슴 파인 옷을 입지 말라. 다른 남자들이 보는 게 싫다'고 강요하는 것은 2000년대 소설에서는 나왔지만, 요즘은 굉장히 올드하게 느껴지는 장면이다. 지금은 고조선 시대가 아니므로 무엇이 여성 독자들을 불쾌하게 하는지를 잘 생각하면서 장면을 만들어야 한다.

특히 19금 로맨스에서 한때 '입걸레'라는 표현과 함께 입이 험한 남자 주인공이 유행한 적이 있으나, 사실상 시대의 흐름과 부딪히게 되었다. 그래서 남주가 말을 험하게 하더라도 그저 '씬'의 과정에서 분위기를 달아오르게 하기 위해 야한 대사를 하는 정도로 자리 잡게 되었다.

여성을 비하하는 표현　BL 역시 마찬가지다. BL의 주인공은 모두 남자이지만 가끔 여자가 나올 때가 있다. 예를 들어 주인공의 누나나 어머니, 혹은 전여친 등 캐릭터를 통해 주인공이 스스로 성 정체성을 깨닫게 되는 까닭을 설정으로 깔아 놓는 것이다. 이 과정에서 여성비하가 나올 경우 독자들이 매우 불편해 한다. 게이는 이성을 증오해서 게이가 된 게 아니라 그냥 그 남자를 사랑해서 게이가 된 것이다. 주인공이 둘 다 남자라도 읽는 사람은 여자라는 사실을 항상 염두에 두고 써야 한다.

또한, 입이 험한 공이 수를 여성에 대입하며 비하할 때도 문제가 될 수 있다. '암캐' 같은 표현이 얼마 전까지 BL 기떡물에서 자주 나왔으나, 독자들의 반발이 점점 심해지는 추세다.

여성에게 심하게 폭력적인 행동　특히 15금 장편에서 과도하게 폭력적인 스킨십이 나오게 되면 큰 문제가 될 수 있다. 비슷한 행동, 비슷한 장면이라도 어떻게 표현하느냐에 따라 느낌이 달라지니 주의를 기울여야 한다. 과감함과 과도함은 한 끗 차이다.

단순 폭력 문제 역시 조심해야 한다. 과거에는 남주가 어떤 오해로 인하여 여주의 따귀를 때리거나 악녀의 따귀를 때리는 장면이 나오기도 했다. 그러나 현재는 아무리 여주를 위해서라도 남주가 다른 여자 캐릭터한테 폭력을 직접적으로 행사하는 건 매우 위험하다. 물론 그런 장면을 넣은 작품이 없는 것은 아니지만 반응이 좋지 않은 편이다.

CHECK 2. 시대의 변화! 옛날에는 불가능했지만 지금은 가능한 설정

❶ 남성향

재력 만능 캐릭터　돈으로 모든 것을 해결할 수 있는 캐릭터다. 과거에는 이런 캐릭터가 '속물' 취급을 받았으며, 주인공에게 '위기'를 부여하는 빌런 캐릭터에 불과했다. 비리와 부정부패 설정을 탑재한 악역으로서 주인공이 물리쳐야 할 대상에 가까웠다. 혹은 주인공을 뒤에서 돕는 역할이거나.

현재는 이러한 주인공 설정이 가능하며 인기도 높다. 단계적으로 재력을 확보하는 것이 아니라 단박에 주인공에게 물질적 여유를 선사해도 된다. 환생해 보니 재벌집 막내아들이 되었거나, 빙의해 보니 건물주 아들이라는 설정으로 재력을 마음껏 뽐내는 것이다.

　　웹소설 시장에 많은 변화가 있었지만 지금도 주인공을 절대악 캐릭터로 설정해도 된다고 말하기는 힘들다. 대신, 현재의 주인공은 좀 다른 형태로 '의'를 행하는 것이 가능하다. '의'를 위해서라면 적당히 권력과 돈과 인맥을 동원하고, 필요하다면 거짓말도 할 수 있으며, 악역에게 자비 없이 강한 처벌을 하는 캐릭터를 독자들이 선호한다. 주인공에게 일정 부분 해악을 끼쳤거나 어떤 갈등을 던졌던 사람을 향해서 냉혹한 모습을 보여주는 것은 전혀 문제가 되지 않는다.

어떤 의미에서는 이기주의라고 볼 수 있을 만큼 철저히 자신을 위해서 움직이며 누군가에게 충성을 다하거나 의를 지키지 않아도 괜찮은 것이다. 누군가에게 충성을 바친다면 그건 '충'이 아니라 '필요'에 의해 하는 것이며, 자신이 그보다 올라가는 순간 가차 없이 버려도 된다.

물론 이것이 적용될 수 없는, 절대적으로 바뀌지 않는 부분도 분명히 존재한다. 자신에게 한치의 악의 없이 지극정성으로 대해준 사람을 내치는 것은 불가능하다. 또 다정하게 잘 보살펴 주었던 형제나 부모를 상대로 매우 이기적인 행동을 보이게 되면 독자들의 반발을 사게 된다. 이런 부분만 비껴간다면 충분히 이 특성을 활용해도 좋다.

❷ 여성향

　　장르 소설에서 '하렘물'이란, 남자주인공 한 명이 여러 여성 캐릭터와 러브라인을 이루어가는 스토리를 말한다. 하렘물은 라이트노벨에서 주로 보이는 설정이며, 간혹 일부 판타지 작품에서도 볼 수 있다.

그러나 여성향에서는 당연하게도 하렘물 자체가 존재하지 않는다. 처첩 제도가 있는 사회를 그리는 동양풍 로맨스에서도 남주가 양반이라면 첩을 들이지 않고, 남주가 왕이라면 후궁을 아예 들이지 않으며 오직 여주만 곁에 둔다는 설정으로 진행된다. 남주가 여주 하나만 바라보는 것은 여성향 로맨스에서 영원히 흔들리지 않는 절대법칙이므로 반드시 지켜야한다.

이 하렘물의 성별을 반대로 뒤집은 설정이 바로 '역하렘물'이다. 여성향 로맨스나 로맨스 판타지에서 여자주인공 한명이 남성 캐릭터 다수의 사랑을 받게 되는 설정은 과거에 그리 사랑받지 못했다. 애초에 아예 그 생각 자체를 하지 않았다고 해도 과언이 아니다.

삼각관계 스토리는 종종 나오긴 했지만 삼각관계라고 해도 메인 남주는 분명히 정해져 있으며 여주는 최종적으로 남주와 이루어져야 한다. 이 해피엔딩의 규칙에 어긋나는 결말, 즉 열린 결말은 독자들의 지탄을 많이 받아왔다.

그러나 2010년대 후반으로 넘어오면서 이제는 여성향에서도 역하렘물이 꽤 괜찮은 성과를 보이기 시작했다. 여성향 장르에서도 연재가 많이 이루어지면서 '진짜 남주 찾기'로 스토리가 진행되는 모습을 많이 볼 수 있게 되었다. 그러나 역하렘을 지향한다고 해도 15금에서는 최종적으로는 작가가 정한 메인 남주 한 명과 여주가 해피엔딩을 맞는 결말을 쓰는 것이 좋다.

19금 로맨스에서 '역하렘'을 지향할 경우, 조금 더 자유로운 설정이 가능하다. 특별히 어느 한 명을 선택할 필요 없이 등장한 남자들과 함께 잘 먹고 잘 자고 잘 산다는 결말을 내도 무방하다. 여기서 아주 중요한 것은 뉘앙스다. 엮여 있는 모든 인물이 그 상황을 인정하고 관계를 공유하는 것을 행복하게 느끼도록 만들어야 한다.

여공남수　'여공남수'는 BL의 용어를 차용한 개념이다. 일반적인 로맨스에서는 여주보다는 남주가 더 강하고 관계를 이끌어나가며 리더십 있는 인물로 설정된다. 남주의 현실적인 조건과 성격이 여주보다 약하게 표현되면 독자들의 사랑을 받지 못한다는 것이 로맨스 소설의 불문율이다. 그렇다 보니 과거에는 재벌 2세인 여성이나 전문직 여성이 주인공이 되지 못하고, 여주를 위협하는 악녀나 남주를 짝사랑하는 여성으로만 설정되는 경우가 많았다.

그러나 기존 작품들이 답습해왔던 신데렐라 공식이 시대의 변화로 점점 깨지게 되면서 강한 여주가 등장하게 된다. 집안, 경제력, 능력 등이 월등히 좋은 여주도 독자들의 사랑을 받게 된 것이다. 남주의 조건이나 계급이 상대적으로 여주보다 떨어지는 상황으로 설정하는 것도 가능하다.

여공남수 설정은 '연하남', '대형견남' 같은 남자 캐릭터와 아주 잘 어울린다. 다만, 남자의 성격이 유순하다고 해서 남성적 매력이 없어서는 안 된다. 남자의 반전매력을 충실히 표현한다면 여공남수의 진수를 보여줄 수 있겠다.

PART 2

무조건 '팔리는' 웹소설 구성하기

"뮤즈와 영감은 커플이고
커플은 꼭 나 바쁠 때만 온다."

– 북마녀 –

웹소설 쓰기에 꼭
필요한 사전 준비

어떤 글이든 장르를 막론하고 무턱대고 써 보는 도전 자체는 아주 중요하다. 그 자체로 의미가 있고 효과도 분명히 있다. 스스로 쓰면서 깨닫게 되는 교훈과 노하우는 누군가의 가르침으로 찾아낼 수 없다. 작가나 글쓰기 선생님의 수업을 듣더라도 쓰는 과정을 통해 그 노하우들이 비로소 체화되는 것이다.

누군가 재미있는 소재, 재미있는 스토리라인을 작가 지망생에게 던져주거나 혹은 원고 자체를 첨삭 수준으로 고쳐준다면 그 자체로 자기 작품이라고 할 수 없다. 특히 '이 스토리라인을 쓰세요'라고 떠먹여 주는 경우 이미 그 시작부터 저작권과 표절 문제가 생길 여지가 크다.

하지만 웹소설의 흐름과 패턴에 효율적으로 접근한다면 시행착오와 시간낭비를 줄일 수 있다.

이 장에서는 팔리는 웹소설을 쓰기 위해 쌓아 둬야 하는 기본적인 조건을 이야기할 것이다. 그리고 단기간에 상업지 시장에 작품을 내놓고 유료로 유통할 수 있도록 스토리라인을 잡는 방법도 소개하려 한다.

많은 경우 웹소설 독자가 웹소설 작가를 꿈꾸며 습작하게 된다. 그래서 쉽게 적응하여 바로 작가로서 데뷔할 때가 많다. 그런가 하면, 웹소설 헤비 유저였는데도 작가로서는 영 기운을 쓰지 못하는 경우도 허다하다.

읽는 것과 쓰는 것은 다르다. 웹소설을 백만 종 읽었어도 작가로서 그 스토리의 특징을 분석하지 못한다면, 공부하는 마음가짐으로 다시 읽어야 한다. 여가를 때워줄 책이 아니라 교과서고, 취미가 아니라 배움의 시간이라고 생각하며 읽어야 한다.

스토리뿐만이 아니다. 표지 디자인부터 제목 스타일, 도입부, 스토리 흐름 전부를 분석하는 기분으로 웹소설 작품을 읽는다면 습작에 큰 공부가 될 것이다. 물론, 이 공부는 습작 시기에만 하는 것이 아니라, 프로 작가가 된 이후에도 트렌드와 경쟁작 분석을 위해 끊임없이 계속해야 한다.

표지와 제목까지 신경 써야 하는 까닭은 이 역시 트렌드의 영향을 받기 때문이다. 실제로 유통을 위해 제작하는 시점에서 출판사가 작가의 의견을 반영하게 된다. 이때 작가가 아무 생각이 없거나 미추(美醜)를 구분하지 못한다면 아무런 영향력을 행사할 수 없다.

작가가 표지에 신경 쓰지 않아도 출판사 쪽에서 마음대로 예쁘게 만들 수도 있겠지만, 그렇지 않은 결과물이 나오는 경우도 있다. 그러므로 작가도 반드시 '표지 보는 눈'을 미리미리 키워둬야 한다.

만약 내가 지금까지 로맨스 중심으로 독서를 해왔던 독자인데 BL을 쓰고자 한다면, 혹은 이미 프로작가라고 해도 장르를 바꾸고자 한다면,

더욱더 시간을 들여 독서를 해야 한다.

이야기의 흐름과 스타일이 장르마다 다르기 때문에 프로작가조차도 장르 적응을 힘들어한다. 같은 여성향 장르라도 마찬가지다. 로맨스에선 어느 정도 인지도를 쌓은 기성 작가가 로판이나 BL에 도전했다가 습작 수준의 작품이 나올 만큼 초보로 전락하는 경우도 허다하다.

모든 장르를 전부 다 잘 쓸 수 있는 사람은 극소수에 불과하고, 그중에 여러분이 포함되지 않을 확률은 매우 높다. 일반적으로는 장르 전환 시 충분한 노력과 상당한 시간이 필요하다는 사실을 잊지 말자.

그리고 지금까지 순문학만 접하다가 웹소설로 방향을 틀어서 도전하는 지망생이라면, 더욱더 웹소설 독서에 열중해야 한다. 줄거리 상으로는 분명히 클리셰적인 로맨스인데 원고 자체는 그냥 순문학인 원고가 모든 공모전 및 투고로 들어오고 그 원고들이 경쟁률을 허수로 만든다.

웹소설의 문체와 흐름을 체화하려면 반드시 웹소설을 읽어야 한다. 지금까지 읽어보지 않은 사람은 위에서 언급한 경우보다 훨씬 더 많이 그리고 깊이 웹소설을 읽어야 한다. 그래야 웹소설의 흐름을 파악하는 데 그치지 않고 그것을 자신의 스토리에 녹여낼 수 있다.

지금도 '기존 웹소설은 (유치해서) 못 읽겠다'고 감상을 늘어놓는 작자들이 곳곳에 산재한다. 이들은 웹소설 시장의 어마어마한 매출과 웹소설 작가들의 수익이 부러워서 배가 아픈 것이다. 이런 사람들의 공통적인 특징은 비판을 빙자한 비하를 하면서 웹소설계에 자꾸 기웃거린다는 점이다. 못 먹은 포도를 '신 포도'라며 비하하는 여우처럼 웹소설 독자와 작가를 무시하는 것이다. 이런 사람들은 도전해봤자 폭망이 예정되어 있으니 정신승리 그만하고 안녕히 가시길 바란다.

웹소설 독서는 지망생들에게 많은 것을 자연스레 습득할 수 있게 해주는 기회다. 이 책을 포함하여 작법서만 읽어서도, 강좌만 들어서도 안 된다. 웹소설 집필에는 설명만으로는 부족한 부분이 분명히 존재한다. 이를 독서를 통해 충분히 보완할 수 있고, 반드시 채워야 한다.

기본 문장력

웹소설 작가는 글을 잘 쓰지 않아도 된다.
웹소설은 문장력이 없어도 괜찮다.
웹소설은 표현력이 없어도 괜찮다.

많이들 들어본 이야기일 것이다. 어쩌면 이런 이야기를 듣고 웹소설 쓰기가 쉬울 것 같아서 이 책을 집어 들었을 수도 있겠다. 최근 이런 식으로 온라인 강좌들이 광고를 해대는 통에 여기에 낚인 사람들이 도전했다가 피를 많이 보고 있다.

혹자는 비문이 많아도 재미만 있으면 다 본다고 말하지만, 그렇지 않다. 재미가 있으려면 독자가 그 문장이 무슨 말인지 알아들을 수 있어야 한다. 문장을 제대로 쓰지 못한다면 재미를 느끼는 게 힘들어진다.

웹소설은 모든 문장이 스르륵 읽히게 쓰여야 하고, 그런 이유로 속도감이 순문학과 비교할 수 없을 만큼 빠르다. 그런데 도통 알아볼 수 없는 비문과 맥락에 어울리지 않는 서술을 사용해 문장의 의미를 유추해야 하는 상황이 계속된다면 어떻게 독자가 진도를 나갈 수 있겠는가.

이렇게 문장력 없이 웹소설을 쉽게 보고 바로 도전한 지망생들 다수가 비슷한 증상을 보인다.

스토리라인을 미리 짜 놨는데도 왜 뭐라고 써야 할지 생각이 나지 않는가?

왜 단어가 생각나지 않는가?

왜 자신의 문장이 마음에 들지 않는가?

왜 그 원고를 읽어본 사람들이 문장을 이해하지 못하고 자꾸 물어보는가?

전부 문장력이 부족한 상태이기 때문이다. 물론 원고를 쓰는 동안 그 자체로 연습이 되어 기본 문장력을 키울 수는 있다. 현재 웹소설 시장에서 활동 중인 작가들의 수년 전 데뷔작과 최신작을 비교해 본다면 문장력의 현격한 차이를 느낄 수 있을 것이다.

그렇다고 이것만 믿고 기초 문장 연습 없이 원고 집필에 돌입한다면 대부분 절망하여 포기하게 된다. 사실상 글쓰기 실력이 수준 미달이라 쓰지 못하는 것인데, 자신의 증상을 자꾸 '슬럼프'라고 지칭하곤 한다. 그건 슬럼프도, 글럼프도 아니고 그냥 못 쓰는 거다.

그렇다면 기초 문장 실력은 무엇이며 어떻게 키울 수 있는가?

중고등학교까지 배우는 국어 과목에 나오는 문법을 습득했고, 그것을 자신의 글에 완전히 적용할 수 있는 수준이라면 문장력의 기초는 충분히 잡혀 있는 것이다.

예를 들어 '과연'이나 '설령'이라는 단어를 쓴다고 한다면 그 문장의 끝은 어떤 뉘앙스의 표현으로 끝나야 하는가? 은, 는, 이, 가, 를, 을, 에, 의 등 다양한 조사와 부사는 어떻게 쓰이는가? 우리가 자연스럽게 쓰는 한글의 활용 법칙, 그리고 문장의 구조를 잘 알고 맥락에 맞게 잘 활용할 수 있으면 그것으로 충분하다.

소설 원고에서 가장 중요한 것은 주어다. 그 문장의 주어가 누구인지가 명확해야 한다. 이 말을 한 사람이 A인지 B인지, 이 행동을 A가 B한테 한 것인지 B가 혼자 한 것인지 헷갈리게 쓰면 독자는 혼란에 빠진다. 간혹 어떤 문장에는 주어 자체가 나오지 않더라도 그 행동을 누가 했는지 독자들이 자연스럽게 이해할 수 있어야 한다. 이런 혼동이 없도록 문장을 쓰는 실력이 기초 문장력이다.

문장력을 키울 때까지 웹소설을 쓰지 말라는 것이 아니다. 원고를 쓰는 동안 여러분의 문장력은 계속 자랄 것이다. 그러나 이 말인즉슨, 첫 원고의 퀄리티가 낮게 나온다는 뜻이다.

눈높이에 못 미치는 자기 원고의 수준을 견딜 수 있는 사람은 많지 않다. 그러므로 자신이 쓰고자 하는 진짜 원고뿐만 아니라, 장면 묘사 등 문장을 쓰는 연습을 따로 계속한다면 문장력을 키우고 원고 퀄리티를 높이는 데 더욱 도움이 될 것이다.

맞춤법

웹소설 집필에 대한 다른 편견 중 하나는 '웹소설은 맞춤법을 틀려도 상관없다'는 것이다. 현재 활동하고 있는 작가들이 이런 말을 작가 커뮤니티 게시판에 자주 흘리고, 출판사에서 출간된 작품에도 맞춤법 문제가 보이는 일이 잦아지면서 이 편견이 사실인 것처럼 공고해지고 말았다.

실제로 무료 연재 사이트에서는 놀라울 만큼 맞춤법이 엉망인 원고를 쉽게 만날 수 있다. 출판사를 통해 출간되는 플랫폼에서도 출간 후 파일을 교체했다며 수시로 공지를 띄우는 광경을 볼 수 있다.

인쇄 제본 과정을 거쳐야 하는 종이책에서 이런 실수가 일어났다면 크나큰 제작비 손해를 감수해야 할 것이다. 그러나 웹소설 제작 특성상 종이책에 비해 파일을 쉽게 교체할 수 있다 보니 작가, 독자, 그리고 편집자 모두 이 문제에 대해 조금 느슨한 편이다. 또 시스템상 교정 편집에 충분한 시간을 들이지 못하고 급하게 출간해야 하는 환경도 영향을 미치는 요인 중 하나다.

웹소설 독자들이 종이책 독자들보다 맞춤법, 즉 교정 상태에 관해 비교적 관대한 것은 사실이다. 그러나 평균적으로 덜하다는 것이지 맞춤법을 계속 틀리는 원고를 언제까지나 즐겁게 봐준다는 뜻은 아니니 오해하지 말자.

맞춤법을 심하게 틀린 원고를 접한 독자들은 은연중에 글쓴이를 무시하게 된다. 이 심리는 스토리의 재미 여부에 악영향을 미친다. 만약 스토리가 어느 정도 재미있어서 독자들이 따라붙을 경우, 댓글에서 맞춤법 비판을 계속 당하게 될 것이다. 이는 스트레스의 원인이 되고 이로 인해 연재 중지까지 가게 되기도 한다.

또한, 출판사에 원고를 투고하거나 공모전에 원고를 낼 때 심사위원이 글쓴이를 기본기가 부족한 사람으로 인식할 확률이 있다. 투고 원고를 검토하는 사람 입장에서는 '작가라는 사람이 자기 원고를 퇴고도 하지 않고 보냈나?'라는 생각이 들기 마련이다. 업체에 따라 다르겠지만 원고가 어지간히 재미있지 않으면 감점의 요소가 된다.

덧붙이자면, 차후 출판사 쪽 편집자가 교정을 허술하게 보는 일이 일어날 수도 있다. 맞춤법을 잘 모르는 독자가 잘못된 맞춤법이 맞다며 우기는 경우도 부지기수로 일어난다. 작가 자신이 맞춤법에 대해 잘 알지 못할 경우 이런 상황에서 지혜롭게 대처할 수 없다.

집필 장비

많은 이들이 작가의 생활을 다음과 같이 상상한다. 근사한 작업실을 두고 그곳에서 집필에 몰두하거나, 값비싼 노트북을 들고 볕 좋은 카페로 출퇴근하며 글을 쓰는 모습 말이다. 일반인들이 머릿속으로 그리는 광경은 천편일률적이며, 드라마에서 많이 그려지는 장면이기도 하다. 실제로 그렇게 집필하는 사람도 있지만 그렇지 않은 작가가 훨씬 더 많다.

육아를 병행하느라 집에서 글을 써야 하는데 책상이 없어서 식탁에 노트북을 올려놓고 집필하는 주부 작가도 있으며, 출퇴근 시간에 휴대 전화를 이용해 글을 쓰는 직장인 작가도 있다. 이처럼 저마다 상황과 글쓰기 패턴이 다르니 자신에게 맞는 집필 환경을 구성하는 것이 중요하다.

차분히 앉아 글을 쓸 수 있는 성격이 아니라면 데스크톱 컴퓨터는 무의미하므로 노트북을 마련하는 게 낫다. 집에서 원고에 집중할 수 있는 상황이 아니라면 데스크톱이 아닌 장비에 적응해야 한다.

그러나 목, 어깨, 허리 통증 등 건강 문제가 있다면 노트북보다는 데스크톱이 낫고, 노트북을 쓰더라도 최대한 눈높이를 조정하여 쓸 수 있도록 작업환경을 개선해야 한다.

만약 무거운 것을 들고 다니는 게 버거운 체질이라면 가벼운 노트북이나 태블릿을 구비해 두어야 건강을 지킬 수 있다. 물론 블루투스 키보드와 휴대 전화 조합으로도 충분히 원고를 쓸 수 있으며, 꽤 많은 작가가 그렇게 작업하고 있다. 다만, 차후 출판을 준비하며 퇴고와 교정 등의 수월한 작업을 하려면 컴퓨터가 있는 게 좋다.

필자는 어디서든 글을 쓸 수 있도록 연습하는 것이 좋다고 제자들에게 말하곤 한다. 집에서는 방해물이 많아서 써지지 않는다는 지망생들이 많지만, 그건 카페 역시 마찬가지다. 조용하고 사람이 적으면서 항상 같은 자리를 독점할 수 있고 오래 앉아 있어도 주인장이 눈치를 주지 않는 공간을 찾는 것이 쉬운 일은 아니다. 게다가 요즘처럼 전염병 탓에 공공장소에 오래 머무는 게 불가능한 시기에는 집에서 쓰는 수밖에 없다.

많은 작가 지망생들의 고민을 깊숙이 따져보면 공간의 문제라기보다는 집중력의 문제일 가능성이 높다. 집에서 쓰든 카페에서 쓰든 하다못해 출퇴근 시간에 휴대 전화의 메모 앱으로 적든 어떤 환경에서든 몰입해서 글을 쓸 수 있도록 습관을 들이는 것이 가장 좋다.

표현력 향상을 위한
단어 리스트 작성법

웹소설 작가 지망생들의 공통된 고민 중 하나가 바로 이것이다.

"장르 소설이라도 문체가 멋있었으면 좋겠는데
지금 내가 쓰는 글은 뻔해 보인다.
계속 같은 단어만 쓰게 된다.
어떤 단어를 써야 할지 생각이 나지 않는다."

많은 지망생이 이 시점에서 큰 착각을 하곤 한다. 반은 슬럼프라고 판단하여 슬럼프를 탈출할 방법을 찾고, 나머지 반은 내글구려병이라고 애써 포장하며 위로와 응원을 갈구한다. 왜 내가 쓴 문장이 뻔해 보일까? 왜 자꾸 같은 단어만 쓰게 될까? 왜 단어가 생각나지 않을까?

곰곰이 생각해 보면 답을 알 수 있다. 한마디로 단어를 몰라서 다채롭게 구사할 수 없는 것이다. 다양한 단어를 알지 못하고, 자신이 알고 쓸 수 있는 단어가 그것밖에 없기 때문이다.

예를 들어서 '비가 부슬부슬 내렸다'는 문장을 보자. '부슬부슬'이란 단어를 모르는 사람은 영원히 자기 글에서 '부슬부슬'을 쓸 수 없다. 그리고 자기 머리에 '부슬부슬'이란 단어가 '쓰는 단어'로 포함되어있지 않은 사람 역시 '부슬부슬'을 쓰지 못한다.

또 다른 예로, 우리는 '노란' 물체를 설명할 때 누렇다, 노르스름하다, 누리끼리하다, 노릇노릇하다 등 다양한 표현을 쓴다. 심지어 연노랑, 샛노랑, 진노랑 등 색을 구분하는 표현까지 쓸 수 있다. 하지만 이 단어들을 알지 못하는 사람은 이런 묘사를 정확하게, 또 상세하게 할 수 없을 것이다.

일정 이상 고등교육을 받거나 텍스트(책, 신문, 인터넷 뉴스 등)를 많이 읽은 사람이라면 글을 읽을 때, 특히 소설을 읽을 때 모르는 단어가 나와서 사전을 찾아보는 경우는 거의 없다.

바로 이 지점이 지망생들이 착각하는 타이밍이다. 내가 무슨 뜻인지 아는 단어라고 해서 직접 글을 쓸 때 그 단어가 머리에서 튀어나오지는 않는다. 아는 단어와 쓰는 단어가 같지 않기 때문이다. 쉽게 말해 우리 머릿속에는 '내가 아는 단어'라는 커다란 집합이 존재하기 때문이다. 이는 두 가지 소집합으로 구성된다.

♨ 내가 아는 단어 집합

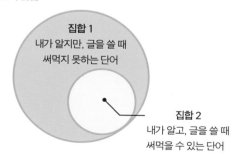

집합 1
내가 알지만, 글을 쓸 때
써먹지 못하는 단어

집합 2
내가 알고, 글을 쓸 때
써먹을 수 있는 단어

모든 사람의 머릿속에서 집합 1이 훨씬 크며 집합 2는 비교적 작다. 따라서 책을 많이 읽어 아는 단어가 많고 문장을 올바르게 쓸 줄 아는 것은 별개의 문제가 된다. 집합 2에 속하는 단어의 수가 훨씬 적기 때문에 막상 글을 쓸 때 단어가 생각나지 않고 막혀 버리는 것이다.

내가 글을 쓸 때 바로 나오는 단어 리스트, 즉 집합 2의 크기를 늘린다면, 표현을 다양하게 쓸 수 있고, 반복되는 단어가 줄어들 것이다. 사전 찾을 필요도 없고 새로운 단어를 생각해내려고 머리를 쥐어뜯을 필요도 없으니 집필 속도도 빨라진다.

그렇다면 집합 2를 어떻게 키울 것인가? 단어 스펙트럼을 어떻게 넓힐 것인가? 지금부터 북마녀가 제시하고 구독자들과 제자들이 효과를 증명해온 방법을 소개하도록 하겠다. 바로 단어 리스트 정리다.

나만의 단어 리스트 정리하기

책을 읽으며 그 책에서 쓸 만한 단어를 뽑아 단어 리스트를 꾸준히 만드는 것이다. 어떤 책을 고르느냐에 따라 오래 걸릴 수도 있을 것이다. 한꺼번에 몰아서 할 필요는 없고, 일정 시간을 들여서 장기간 꾸준히 하면 된다.

이 방법은 내가 쓸 수 있는 단어의 스펙트럼을 넓히면서 자연스럽게 정독을 돕는다. 특히 필사의 위험성을 피하면서도 필사의 효과를 대체할 수 있는 유일한 표현력 향상 방법이다. 이는 모든 글 장르, 모든 글쓰기 분야에 적용할 수 있으므로 웹소설을 쓰지 않더라도 표현력을 늘리고 싶다면 이 방법을 꾸준히 시도해 보길 바란다.

물론 표현력은 하루아침에 길러지지 않는다. 북마녀의 해결책이 아무리 좋다한들, 책 한 권으로 단어 리스트를 만들었다고 일주일 뒤에 표현력이 급격히 향상하는 걸 바라는 것은 너무 터무니없는 욕심이다. 10년차 작가의 표현력을 하루아침에 따라가는 것은 불가능하다.

하지만 이렇게 단어 리스트를 만들어가며 글공부에 도움 되는 자산을 차곡차곡 쌓고, 동시에 글을 계속 써 내려간다면 어느 날 부쩍 표현력이 좋아진 결과물을 얻게 될 것이다.

어떤 단어를 정리할까?

우리가 단어 리스트에 정리해야 할 단어는 다음과 같다.

- 뜻을 모르는 단어
- 뜻을 알지만 내가 글 쓸 때 써 보지 않은 단어
- 써 보지 않은 단어의 조합(단어가 2개 이상 붙어 있는 구조로, 예를 들어 '눈부신+햇살'이 여기에 속한다)

단어 리스트를 정리하는 동안만큼은 솔직해야 한다. 가슴에 손을 얹고 양심적으로 단어를 정리한다. 모르는 단어인데 아는 것처럼 넘어가지 말고, 안 써 봤으면서 써 본 척하지 말자. 지금까지 자기 글에서 안 써 본 단어를 몽땅 정리한다고 생각하라.

명사, 동사, 형용사, 부사, 의성어, 의태어 상관없이 위에서 말한 3가지에 포함된다면 무조건 다 적어라. 생각보다 엄청난 분량이 나와 놀라게 될 것이다.

단, 너무 어려운 한자어는 어느 정도 걸러도 된다. 그러나 여러분이 단어 리스트 정리용으로 선택한 그 책에 그렇게까지 어려운 한자어는 아마 없을 것이다. 지명, 사람 이름 등 고유 명사 역시 적지 않아도 된다.

단어 정리에 필요한
준비물과 활용 도구는 무엇인가요?

단어 리스트 작성 시 필요한 도구는 특별히 정해진 것이 없다. 자신의 스타일과 작업 환경에 맞게 자유로이 선택하면 된다. 어떤 장비든 상관없고, 보관과 작성이 용이하며 자신이 활용하기 편리한 환경을 만드는 것이 중요하다.

예를 들어 휴대 전화 메모장 앱에 단어 리스트를 정리하면서 책을 휴대 전화 전자책 뷰어로 연다면 상당히 불편한 작업 구도가 된다. 단어 리스트를 작성할 때 불편하지 않고 빠르게 진행할 수 있도록 편리한 구도를 세팅하라. 멀티태스킹이 쉬운 환경을 만들라는 것이다.

♣ 단어 정리를 위한 필수 요소

단어를 뽑을 책(자료)	단어를 적을 공간
• 종이책 • 전자책 PC 뷰어 • 전자책 폰 뷰어 • 전자책 태블릿 뷰어	• 노트 또는 수첩 • 컴퓨터 문서 프로그램(HWP, 워드, 엑셀 등) • 동기화되는 문서 앱(에버노트, 구글닥스 등) • 블로그 등 인터넷 개인 공간

컴퓨터 프로그램을 선호하는 사람, 여러 기기로 바꿔가면서 작업하는 사람, 아날로그 노트를 좋아하는 사람, 휴대 전화 메모 앱을 좋아하는 사람 등 개인의 성향이 다르므로 자기 손에 잘 맞는 방식을 찾아서 활용하면 된다. 참고로, 단어 리스트를 작성할 때 프로그램의 어떤 기능을 쓰는 일은 거의 없기 때문에 도토리 키재기다. 어떤 프로그램을 쓸까 고민할 필요 없이 지금 컴퓨터에 깔린 프로그램을 쓰면 된다.

단, 윈도우의 기본 프로그램인 '메모장'은 가독성이 좋지 않으므로 추천하지 않는다. 백업이 어려운 앱도 피하자. 휴대 전화나 태블릿 기기가 망가져 교체할 경우 단어 리스트 파일을 복구할 수 있도록 백업을 해놔야 한다.

단어 목록 정리 방법

단어 리스트를 작성할 때는 Z 방향으로 글을 훑듯이 읽으면서 눈에 들어

- STEP 1 책 한 권을 골라 첫 장부터 차례대로 한 장 한 장 넘기면서 단어를 찾아본다.
- STEP 2 페이지를 넘기기 전에 적어야 할 단어를 모두 적는다.
- STEP 3 이렇게 책 한 권을 끝까지 다 정리하거나, 여러 권의 책을 번갈아 정리한다.

오는 단어를 찾아도 되고, 반대로 한 단어 한 단어 꼼꼼히 읽으면서 단어를 모아도 된다. 어느 쪽이든 자신에게 맞는 방식으로 진행해도 좋다. 스토리의 흐름을 보지 않고 단어를 골라내는 행위 자체에 집중하는 것이 중요하다.

단어 리스트 정리는 쉽게 말해 단어장을 만든다고 생각해도 무방하지만, 우리가 학창 시절에 만들었던 영어 단어장과 완전히 다르다는 것을 명심해야 한다.

첫째, 영어 단어장처럼 단어의 뜻까지 굳이 적을 필요는 없다

아무리 뜻을 몰랐던 단어라도 일단 뜻을 파악하고 나면 나중에 그 단어를 또 보더라도 그게 무슨 뜻인지 모를 일은 거의 없다. 단어 자체만 주르륵 적어 내려가는 것만으로도 충분하다. 단, 처음 본 단어라 단어의 의미를 기억하지 못할 것 같다면 경우에 따라 적어줘도 무방하다.

둘째, 문장이 아니라 단어만 쓴다

우리가 영어를 공부할 때는 문장을 외워서 내가 그 문장 그대로 써먹더라도 문제가 안 된다.

하지만 소설 쓰기는 언어 학습이 아니라 창작이다. 다른 사람의 저작권에 묶여 있는 원고에 들어 있는 특징적인 문장 전체를 그대로 활용하는 것은 사실상 불가능하다. 그래서 문장이 아니라 '단어'만을 정리해야 하는 것이다. 어디까지나 단어 리스트라는 것을 잊지 마라.

셋째, 독서와 단어 정리 시간을 분리한다

단어 리스트를 만들다 보면 의외의 복병과 마주쳐 작업이 느려질 때가 많다. 순간 단어를 정리하지 않고 자연스럽게 책을 읽게 되는 것이다. 결국 단어 리스트는 집어던지고 그냥 책을 붙잡고 읽게 되는 일이 부지기수다. 보통 재미있는 책을 고르기 때문에 일어나는 일이다.

단어 리스트를 정리하는 시간에는 단어를 공부한다는 마음으로 글의 내용에 심취하지 말고 단어 정리하는 것에 집중해야 한다. 독서와 단어 정리 시간을 의식적으로 분리해야 스토리의 방해를 막을 수 있다.

독서가 선행되면 단어 정리하는 시간에 스토리에 빠지는 일이 많이 줄어든다. 되도록 이미 읽은 책을 골라서 단어 리스트 정리를 한다면 집중력을 유지하기 쉬울 것이다. 영어 공부 방법 중 미드 쉐도잉과 비슷하다고 생각하면 된다. 무슨 내용인지 일단 전체적으로 훑은 다음, 세부 요소를 짚어가는 것이다.

넷째, 단어 리스트를 주기적으로 열어본다

단어 리스트를 만드는 과정을 거치는 것만으로도 도움이 되지만, 그 리스트를 가끔 열어보며 기억을 되새기는 활동도 꼭 필요하다. 단어장을 만들어 놓고 보지 않는다면 그 단어들을 장기적으로 기억할 수 있을 리 만무하다. 반드시 그 리스트를 주기적으로 보면서, 내 머릿속 스펙트럼에 그 단어들이 '쓸 수 있는 단어' 집합으로 들어올 수 있게 만들어야 한다. 단어 리스트를 작성하고 이전에 쓴 것들을 꾸준히 복습한다면 여러분의 단어 스펙트럼은 반드시 늘어날 것이다.

단어 리스트를 작성할 작업 환경 세팅도 끝났으니 이제는 책을 고를 차례다. 많은 지망생이 북마녀가 추천하는 단어 리스트용 책을 궁금해하지만, 단어 리스트에 걸맞은 책은 따로 없다는 게 북마녀의 대답이다. 그리고 작가라면 제발 능동적으로 결정하고, 읽고, 쓰자. 모든 선택을 남의 의견에 기댄다면 진정한 창작자가 될 수 없다.

단어 리스트 정리는 표현력 자체를 키우려는 것일 뿐, 지금 당장 쓰고 있는 그 원고에 그 책의 단어들을 그대로 적용하려고 리스트를 만드는 게 아니다. 때문에 요즘 읽고 있는 책, 얼마 전에 다 읽은 책, 책장에 쌓여있는 그 어떤 책으로 작업을 해도 무방하다. 이렇게까지 말해도 어떤 책으로 단어 공부를 할지 고민하는 사람을 위해 몇 가지 기준을 제시한다.

기준 1. 웹소설 베스트셀러 중 자신이 좋아하는 작품

우선 베스트셀러 중에 골라볼 수 있겠다. 하지만 상위권 작품이 항상 잘 쓴 글, 좋은 글이라는 보장은 할 수 없다. 시기마다 다르고, 단순 스토리빨로 올라가는 경우도 있기 때문이다.

진정한 글공부를 하고 표현력 향상을 위해 단어 리스트 정리를 하고 싶다면 지금 당장 잠깐 1위 하는 작품을 무조건 따라가지는 말자. 상위권이든 아니든 상관없이 읽어보고 자신이 잘 쓴다고 생각하는 작가의 작품을 선택해서 단어를 정리하라. 남들이 아무리 좋다 해도 자기 관점에서 잘 쓴 것처럼 느껴지지 않는다면 굳이 그 책으로 단어 리스트를 정리할 필요는 없다.

기준 2. 자신이 쓰려는 장르의 작품

특정 장르를 쓰고 있거나 앞으로 쓸 장르를 선택했다면 그 장르에 해당하는 책을 골라 단어 정리를 하는 것이 효과적이다. 100% 다르다고할 수는 없지만 세부 장르에 따라 자주 쓰이는 단어와 쓰이지 않는 단어가 있다. 나는 현대 로맨스를 쓸 예정인데 동양풍 로맨스 작품을 보며 단어 리스트를 작성한다면 지름길을 두고 먼 길로 돌아가는 것이다. 또한 남성향 장르와 여성향 장르는 쓰이는 단어의 결이 눈에 띄게 다르다. 19금 로맨스나 BL의 '씬'에서 자주 쓰이는 나긋나긋한 단어들을 현대 판타지에서 마주칠 일은 없을 것이다.

일반적으로 내가 보지 않고 절대로 쓰지 않을 장르 쪽에 나오는 단어는 내가 앞으로 쓸 일이 없다.

기준 3. 여러 작가의 작품

좋아하는 한 작가의 책만 계속 파는 것은 차후 문제가 될 수 있다. 그 작가 역시 사람이기 때문에 자기 머릿속의 단어 스펙트럼이 있다. 그리고 그 단어 스펙트럼을 활용해서 글을 쓰게 된다. 결국 여러 작품 속에서 단어가 반복될 수밖에 없다. 그 작가의 작품만 공부한다면 자칫그 작가의 글과 자신의 글이 빼닮게 될 위험이 있다. 특히 습득력이 좋은 사람이라면 더욱 위험하다. 그러므로 단어 리스트를 만들 때는 반드시 여러 작가의 책을 퐁당퐁당 활용하는 것이 좋다.

피해야 할
책은 없나요?

에세이, 논픽션 등 비문학 책을 활용하여 단어 리스트를 작성해도 무방하지만, 딱 하나 피해야 할 책이 있다. 바로 시집이다.

시는 짧은 운문이며, 장르 특성상 특정 단어의 조합과 표현이 시의 매력이자 묘미이기 때문에 이것을 그대로 써먹을 수 없다. 내 원고에 남의 시적 표현을 활용하면 큰 문제로 번질 수 있다.

다른 작가의 단어를
따라 써도 될까요?

일부 고유 명사와 독특한 의성어, 의태어를 제외한다면 대부분 원래 존재하는 단어다. 내 머릿속 단어 스펙트럼에는 그 단어가 없으니 나는 그 단어를 못 쓴 것이고, 그 작가 머릿속엔 그 단어가 쓸 수 있는 단어에 포함되기 때문에 쓸 수 있었던 것이다.

단어의 조합 역시 마찬가지다. 예를 들어 '해사한'이라는 단어를 생각해 보자. 여성향 장르 작가들이 아주 좋아하는 단어로 예전부터 존재했지만, 2016~2018년 사이에 유행처럼 번졌던 표현이다. 만약 내가 '해사한'이란 단어를 모르다가 어떤 책을 통해 이 단어를 습득하고 앞으로 이 단어를 내 원고에 쓰게 된다면 이것을 '베꼈다'고 볼 수 있는가? 그렇지 않다. 또한 '해사한'은 '웃음', '미소' 같은 단어에 붙기 마련이다. 그 단어가 원래 그런 뜻이기 때문이다. 그 누구도 여러분이 '해사한 미소를 지었다'는 문장을 썼다고 해서 표절을 얘기할 수 없다.

각 단어의 뜻에 따라 당연히 붙어야 하는 단어의 조합이 있다. 이런 구성을 자연스럽고 유려하게 써 내려가면 그게 문장력이고 필력이 되는 것이니 걱정하지 말고 단어를 공부하자.

작법서의
위험한 거짓말

작법서, 글쓰기 아카데미, 데뷔에 성공한 작가들이 '글을 잘 쓰기 위해 해야 하는 것'을 이야기할 때 필사가 빠지지 않는다.

많이 읽어라!

많이 써라!

좋은 책 필사해라!

이는 작법서들이 반복하는 조언이며, 이것이 틀린 말은 아니다. 많이 읽고, 많이 쓰고, 좋은 글을 베껴 쓰다 보면 정말로 글이 는다. 그러나 웹소설 작가로 성공하기 위한 글쓰기 연습 방법으로 필사와 다독을 추천하기에는 현실적으로 무리가 있다. 그리고 장점보다 단점이 더 많다.

대부분의 독자가 정독보다는 속독법으로 책을 읽는다. 특히 소설의 경우 모든 사람이 속독을 하게 된다. 이렇게 책을 많이 읽은 사람이 작가를 희망하게 되면서 문제가 시작된다. 자신이 읽었던 그 수많은 글이 다 사라지고, 자신이 만들어낸 문장은 하나같이 엉망인 것이다. 글쓰기를 읽기만큼 쉽게 생각했기에 당황하고 실망하고 좌절하고 만다.

이 시점에서 필사를 하면 어쩔 수 없이 그 과정에서 텍스트를 천천히 읽으며 정독하게 된다. 결국 글을 많이 읽었던 사람이 필사를 하면서 정독을 하게 되는 것이다. 그러면서 자기 글을 열심히 쓴다면 빠르게 필력을 높일 수 있다. 한마디로 다독을 했던 사람이 필사로 효과를 봤다고 말하는 건 '정독'을 하면서 문장 공부가 되었다는 의미다. 그래서 이를 온전히 필사의 효과라고 보기엔 무리가 있다.

필사를 하지 않으면서 정독을 하고, 남의 작품을 분석하되 표절 없이 좋은 표현을 어떻게 습득할 것인가? 이 문제에 대해 다방면으로 연구한 끝에 찾아낸 방법이 바로 앞에서 자세히 설명한 단어 리스트 정리. 그런데도 끝까지 필사를 고집하는 사람을 위해 필사의 문제점을 하나씩 짚어주겠다.

문제점 1. 건강에 해롭다

앞으로 글을 계속 쓴다면, 몸은 점점 망가지게 되어 있다. 웹소설 작가 중 목, 어깨, 허리, 골반, 팔꿈치, 손목, 손끝까지 안 좋은 사람이 수두룩하다.

우리 몸은 너무 많이 쓰면 탈이 난다. 그렇다고 글 쓰는 시간을 줄이는 것은 불가능하지 않은가. 글을 쓰는 시간 외에는 여러분의 몸이 더 힘들어지지 않도록 보호할 필요가 있다.

그런데 필사는 어떻게 하는가? 우선 손글씨로 쓰는 방법이 있다. 나이를 먹으면 먹을수록 손글씨가 힘들어질 것이다. 손만 아픈 것이 아니다. 노트를 벽에 대고 쓰진 않을 테니 목과 어깨 통증도 심해진다.

손글씨는 힘이 드니 컴퓨터로 써 볼까? 컴퓨터로 남의 글을 베껴 쓰는 행위가 과연 단순한 필사인지 의문이 든다. 게다가 컴퓨터 앞에서 글을 쓰는 자세는 어떻게 좋게 바꿔도 인간의 몸에 해롭다. 어떻게든 내 원고 쓰는 시간 외에는 컴퓨터 앞에 앉아 있는 시간을 줄이는 것이 좋다. 우리는 우리 몸을 소중히 해야 한다. 자기 글만 써도 몸은 탈이 나게 될 것인데, 남의 글을 필사하느라고 건강을 해친다면 글 쓸 기력을 스스로 깎아 먹는 것이다.

문제점 2. 무의식의 표절을 피하기 힘들다

필사는 좋은 문장을 그대로 베껴 쓰면서 주어와 서술어의 조합을 배우고, 비문이 아닌 멀쩡한 문장 구조를 습득하는 것이다. 이러한 효과를 부정하는 것은 아니다. 좋은 문장을 쓱쓱 읽고 지나가는 것보다 자기 손으로 쓰면 습득이 더 잘되는 것은 사실이다. 그러나 바로 이 효과가 양날의 검이 된다.

필사를 열심히 하면, 주어와 서술어의 조합뿐만 아니라 문장의 순서 등이 머리에 자연스럽게 입력된다. 그 머릿속에 새겨진 문장과 장면의 흐름을 자기가 생각해냈다고 착각하는 경우가 비일비재로 발생한다.

인간 머리의 한계인 것이다. 그래서 똑똑하고 기억력이 좋은 사람일수록 더 위험해진다.

순문학과 웹소설을 포함한 모든 소설 시장에서 표절 사건이 부지기수로 발생한다. 단순 소재의 겹침이 아니라 원작과 비교하여 대사, 표현, 행동의 순서까지 유사하게 흘러가는 표절작들. 표절 논란에 휘말린 유명 작가들이 매번 했던 이야기가 바로 '습작할 때 그 작품으로 필사를 했었다'였다. 이것은 작가들이 '필사를 하지 말라'고 자백한 것이나 다름없다.

문제점 3. 문체를 따라가게 된다

글쓰기 실력을 높이고 싶어 하는 많은 이들이 웹소설보다는 순문학 소설이나 에세이를 교재로 삼아 필사를 한다. 아무도 말하지는 않지만 문학으로서의 웹소설을 무시하는 마인드에서 비롯된 현상이다.

웹소설 작가를 꿈꾸는 사람이 순문학을 교재로 필사를 하게 되면, 큰 문제가 발생한다. 공모전이나 투고로 신인의 원고를 받아보았을 때, 웹소설 편집자들만 하는 평가가 있다.

글은 잘 쓰는데 순문학 문체 같다.

여기서 '문체'란 진짜 '문체'를 말하는 건 아니다. 장르 불문 스토리 흐름에서 작가가 유지하는 고유의 감성이 존재한다. 그리고 순문학에서는 괜찮지만 장르에선 쓰지 않는 행동, 순문학에서는 표현되지만 장르에선 안 쓰는 감정선이 있다. 이런 것들이 원고 속에서 계속 이어지면

'어, 이거 순문학 같은데? 순문학 문체인데?' 이런 반응이 나오게 된다. 웹소설을 쓰겠다면서 순문학을 열심히 필사한다면 웹소설이 아니라 순문학의 감성과 문체를 습득하게 되는 것이다. 이렇게 문장력을 키우게 되면 웹소설 스타일로 전환을 하는 것이 매우 힘들다. 마음은 웹소설인데 연습을 순문학으로 했기 때문에 몸이 순문학이니 마음처럼 안 써지는 것이다.

그렇다면 웹소설 작가 지망생은 웹소설을 필사하면 되는 걸까? 우선 앞에서 얘기한 무의식의 표절 페이지를 다시 한 번 읽길 바란다.

그리고 웹소설은 편집 작업을 완료해서 출간된 작품이라도 출판사와 편집자의 업무 스타일과 능력, 그리고 작가의 고집 수준에 따라서 비문이 있을 확률이 높다. 특히 완결을 쳐서 들어가지 않고 실시간 연재로 유통하는 게 기본인 장르에서는 오타 수정이나 내용 수정을 많이 한다. 이것이 웹소설 작품에서 파일 교체 공지가 자주 뜨는 이유다.

현실적으로 필사를 추천하지 않지만, 시간이 너무 많아서 웹소설로 굳이 필사를 하고 싶다면, 교체 공지가 적은 베스트셀러 작품을 선택하라. 종이책 출판 시 최종교정을 다시 하는 것이 원칙이므로, 인기작의 종이책 버전을 활용해도 좋다.

문제점 4. 시간이 부족하다

제자들과 구독자들이 필사를 해도 되느냐고 북마녀에게 물어볼 때가 많다. 이분들은 확답을 받고 싶은 것이다. 필사가 자기한테 시간 낭비가 될지, 안 될지 말이다. 이 질문을 하는 것 자체가 시간이 부족하다는 뜻이다. 북마녀의 대답은 항상 이것이다.

"필사를 꼭 하고 싶다면, 시간 많을 때 하세요."

이렇게 대답했을 때 필사를 할 수 있는 사람은 거의 없다.

지금도 여러분은 시간을 쪼개서 이 책을 읽고 있을 것이다. 여러분 중 미혼이면서 경제적으로 여유롭고, 학교나 직장에 다니지 않으면서 가사노동을 하지 않아도 되는 사람이 몇이나 되겠는가? 빨리 이익을 얻고 얼른 유명해져야 한다는 압박감 없이 편안하게 글을 쓰는 경우가 과연 존재할까? 정말 그런 분이 있다면 아침에 필사하고 낮에 원고 쓰면 된다.

그러나 대부분 육아하는 짬짬이 노트북을 켜거나, 퇴근 후 피곤한 몸으로 컴퓨터 앞에 앉거나, '취직 안 하냐'는 눈총을 받으며 글을 쓴다. 이런 상황에서 필사가 웬 말인가.

또한 필사를 정말로 한다면 몇 권이나 해야 하는 걸까? 종이책 한 권을 필사한다면 얼마나 시간이 걸릴 것이며, 몇 권을 해야 문장력이 늘어날까? 필사를 권유하는 어떤 작법서도 정확하게 얼마나 해야 느는지를 말해주지 않는다. 또 개인차가 심하므로 다른 작가의 성공담이 반드시 나에게 적용되지도 않는다. 그 시간에 원고를 쓴다면 몇 화를 더 쓸 수 있을까? 이를 생각한다면 필사가 정답이 아닌 건 분명하다.

문제점 5. 필사해도 원고 쓸 때 막히는 건 똑같다

이미 완성해서 교정 편집을 거쳐서 출간된 원고를 그대로 따라 쓰는 건 너무 쉬운 일이다. 필사하게 되면 문장을 배우는 것 같고 글쓰기 실력이 발전하는 것 같은 느낌을 받게 된다. 그러나 그건 기분적 기분, 느낌적 느낌이다.

필사 교재에서 본 그 주어와 서술어의 조합을 그대로 내 원고에 쓸 수 있는가? 불가능하다. 내가 원하는 스토리에 어울리는 표현, 맞는 문장을 써야 하는데 이건 필사가 가르칠 수 없고 남이 하나하나 짚어 줄 수도 없다.

글을 잘 쓰려면 계속 막혀 가면서 많이 써 봐야 한다. 그 누구도 이 정답에서 벗어날 수 없다. 계속 쓰다 보면 조금씩이라도 실력이 늘게 되어 있다.

기성 작가들이 항상 괴로워하는 것 중 하나가 데뷔작이다. 그래서 그 데뷔작을 꼭 리메이크해서 다듬는 것을 차후 계획 중 하나로 세워두곤 한다. 여러분이 가장 처음에 썼던, 첫 번째 원고, 그 연중한 원고, 망한 원고, 데뷔작을 생각해 보라. 왜 그 원고는 그렇게 못났을까? 왜 지금은 그때보다 잘 쓸 수 있는가? 여러분이 지금까지 썼기 때문에 조금씩이라도 실력이 올라간 것이다.

여러분이 필사하고 싶은 가장 큰 이유는 자신의 글을 똑바로 마주하고 싶지 않기 때문이다. 그리고 원고를 쓰지 않고도 죄책감 없이 딴짓을 하고 싶기 때문이다. 필사? 딴짓이다.

그러니 딴 생각하지 말고, 딴짓하지 말고, 원고나 한 자라도 더 써라.

작법서의 조언 3대장 중 첫 번째로 나오는 다독! 다독하면 다 잘 쓰게 되다는데, 왜 내 글은 구린 걸까?

물론 절대적 기준으로 독서 경험이 너무 적은 사람은 이제부터라도 책을 많이 읽어야 한다. 특히 처음 그 장르를 써 보는 지망생들은 자신이 쓰고자 하는 장르에 속하는 작품을 많이 읽어야 한다. 장르 전환을 하려는 사람 역시 도전하고자 하는 장르 작품을 많이 읽어야 한다.

그러나 웹소설을 쓰는 작가 지망생 중 다수는 웹소설 독자에서 출발했기 때문에 이미 독서 경험이 풍부하고, 지금도 충분히 다독하고 있을 것이다. 읽은 웹소설 작품을 따지자면 수천, 수만 권에 달하는 경우도 분명히 많을 것이다.

심해에서 비인기작만을 골라 읽는 독자는 전무하다. 대다수의 선택을 받은 작품들이 베스트셀러가 되므로, 여러분의 독서 경험 대부분은 베스트셀러일 것이다. 그렇게 잘 쓴 소설, 재미있는 소설만 모아서 다독을 했는데도 글을 직접 쓰려니 그런 글이 써지지 않는다. 그 이유는 무엇일까?

우리가 독자의 눈으로 '만' 휘리릭 읽어왔기 때문이다. 독자가 웹소설 플랫폼에서 한 화를 읽을 때 시간이 얼마나 걸릴까? 5분도 채 걸리지 않는다. 그만큼 독자들은 속독으로 훑듯이 소설을 읽어 버린다. 읽는 속도가 아무리 느리더라도 상대적으로 느린 것뿐, 웹소설을 정독하는 사람은 드물다.

독자들은 좋은 문장을 본다고 해서 분석하지 않는다. 그들은 필력을 분석하지 않고 느낄 뿐이다. 그냥 '잘 쓰네~' 0.1초 생각하고 지나가며,

이 문장이 어떤 구조인지 어떤 타이밍에 들어간 건지 생각하지 않는다.

심지어 지문을 읽지 않고 대사만 읽는 독자들도 상당수 존재한다. 그래서 지문에 쓰여 있는 설명을 보지 않아 소설의 흐름을 이해하지 못하는 경우도 허다하다.

한 글자 한 글자 피땀눈물 흘리며 집필한 작가로서는 답답하기 짝이 없는 상황이지만, 이것은 독자의 자유이며 독자의 권리다. 또한 여러분이 지금까지 해왔던 독서 방식이기도 하다.

작가의 눈으로 전환하라

독자의 눈으로 읽다가 작가의 눈으로 전환하여 작품을 분석하는 것은 어려운 일이다.

웹소설을 쓰기 위해서 웹소설 문장을 분석하려고 웹소설을 열면, 시선이 빠르게 이동하게 된다. 머리로 문장을 읽고 스토리를 파악해야 하는데 당장 눈에 보이는 이야기를 자꾸 따라가는 것이다. 웹소설은 과하게 머리를 쓸 필요 없이 즉각적으로 이해할 수 있으며, 스토리의 진도가 빠르고, 재미의 강도가 높기 때문이다.

독자로서의 ‘대충 읽는 습관’을 버리고 정독을 할 수 있다면, 여러분은 그 베스트셀러에서 문장 구조와 단어를 분석하고 공부할 수 있다. 필사의 효과라는 건 미묘한 착각이다. 필사 행위 자체가 효과를 본 게 아니다. 글씨로 쓰느라고 속독을 할 수 없어서, 다시 말해 천천히 읽고 정독을 해서 효과를 본 것이다.

어릴 때부터 독서를 즐겨하여 다독을 해 놓은 사람들은 성인이 되어 독서량이 확연히 줄더라도 이 다독의 효과를 계속 누린다. 기본적으로 축적량이 많으므로 웬만하면 맞춤법 안 틀리고, 비문을 쓰지 않는다. 단어 스펙트럼도 넓어서 훨씬 다양한 표현을 쓴다.

다독을 어린 시절에 하는 것이 훨씬 효과적이지만, 성인이 된 후 독서량을 늘려도 효과가 없는 것은 아니다.

그러나 우리가 작법서를 접하는 시점은 언제일까? 보통 이미 나이가 든 후다. 그리고 서점에서 작법서를 고른 까닭은 작가가 되고 싶어서다. 여러분은 그 다독의 효과가 오기를 기다릴 시간도 없고 인내심도 없다. 결정적으로 글 쓸 시간이 부족한 마당에 언제 다독을 할 수 있을 것인가? 웹소설 집필을 시작했다면 사실상 다독이 불가능하다고 봐야 한다.

마지막으로, 다독의 효과는 소설 쓰기와 관계가 깊지 않다. 다독의 효과로 맞춤법을 잘 알게 되고 문장을 잘 쓰게 될 수는 있다. 하지만 수많은 문장을 조합하여 한 편의 재미있는 스토리를 만드는 것은 온전히 별개의 문제다. 다독한다고 해서 갑자기 소설이 잘 써지지 않고, 갑자기 대작이 나오지 않는다.

다독 안 하고 글 많이 써 본 사람 VS 다독하고 글 처음 쓰는 사람

확률적으로 누가 글을 더 잘 쓸까? 답은 여러분의 가슴속에 있다.

제자의 마인드를 가져라

여러분이 앞으로 분석할 교과서가 될 작품들은 전부 스승들이 쓴 것이다. 베스트셀러 작가들은 여러분의 선배이자 스승이다.

제자라면 으레 스승의 작품을 뜯어보고 표현기법도 분석해야 한다. 하지만 복붙한 듯 똑같이 만들어 버리면 당연히 좋은 평가를 받지 못하고 욕을 먹게 될 것이다. 이는 어떤 예술이나 마찬가지다.

스승의 작품을 제자의 마음으로 찬찬히 읽으면서 공부를 하고, 여러분 자신의 작품을 쓰는 것이다. 더는 선배 작가들의 작품을 공부할 필요가 없게 되는 시점, '하산'의 시점은 스스로 알게 될 것이다. 그때부터는 '공부'를 위해서가 아니라 트렌드 체크 정도를 위해서 책을 읽어도 된다.

참, 스승들의 작품이 자신의 원고보다 월등히 재미있고 잘 쓰였다고 해서 주눅들 필요는 없다. 여러분은 곧 청출어람을 증명하게 될 테니까.

웹소설
성공 패턴 찾기

다른 분야에 비해 웹소설에 해당하는 장르들은 초보 지망생들이 접근하기 쉽다. 문장력이 나쁘지 않다는 전제하에, 인기 있는 소재와 패턴을 잘 써 내려가면 꽤 괜찮은 작품이 탄생한다. 반대로, 이 웹소설의 스토리텔링 패턴을 깡그리 무시하고 원고를 써 내려가면 그 작품이 웹소설 시장에서 성공할 확률이 기하급수적으로 낮아진다.

패턴이 존재한다는 것은 웹소설 쓰기의 특장점이지만, 시장 밖에서는 핍박받는 요소다. 웹소설을 무시하는 이들은 '공장에서 찍어내듯이 비슷한 작품이 양산된다'며 웹소설 전체를 비하한다.

이 평가는 틀렸다. 왜냐하면 비슷한 스토리라도 결코 같은 내용으로 흘러가지 않고 다른 흐름으로 진행되기 때문이다. 줄거리를 한 줄로 요약하면 동일해 보이는 두 작품이라도 실제로 원고를 들여다보면 결코 같지 않다. 스토리를 쓰는 사람이 아무리 인기 패턴을 활용한들, 자신의 스타일을 버릴 수 있겠는가. 똑같은 키워드 조합으로 써도 작가의 머리는 각자 다르고 다른 이야기가 나올 수밖에 없으니 걱정하지 않아도 된다.

웹소설에는 '트렌드'라는 것이 분명히 존재한다. 어떤 트렌드는 잠깐 유행했다가 사라지고, 어떤 트렌드는 급부상했다가 떠내려가지 않고 그대로 자리를 잡아 스테디 셀링 포인트가 되기도 한다. '엑스트라', '연예계' 등 소재가 트렌드화할 수도 있고, '역하렘', '남주 찾기', '후회남' 등 캐릭터의 관계성이 트렌드가 될 수도 있다.

그만큼 웹소설 시장의 트렌드는 다채롭고 변화무쌍하며, 빠르게 움직인다. 또한 시기에 따라 계속 달라지기 때문에 잠깐 한눈판 사이 시장에 뒤처지는 것도 순식간이다. 그러므로 자신의 원고에만 파묻혀 있을 게 아니라 여러 웹소설 플랫폼의 동태를 항상 주시하고 살펴야 한다.

새로 론칭되는 다른 작가들의 작품과 인기작들을 지속적으로 점검하고 분석하다 보면 트렌드의 흐름이 보이게 될 것이다. 반드시 모든 작품을 끝까지 읽을 필요는 없다. 제목, 작품 소개글, 무료 회차 정도만 읽어도 분석이 가능하다.

넣으면 무조건 팔리는 주요 키워드 첫 번째 – 회귀, 빙의, 환생

일명 '회빙환'으로 줄여 불리는 회귀, 빙의, 환생은 로판과 현판, 판타지에서 즐겨 쓰는 설정이다. 현대 로맨스에서도 종종 보이기는 하지만 현로에서는 다른 장르만큼 불패의 설정은 아니다.

회빙환 소재를 이용하면 현생이 힘들거나 실패하거나 억울하게 죽임을 당한 인물에게 새로운 삶을 부여함으로써 카타르시스를 느끼게 하는 스토리로 진행하는 것이 가능해진다.

회귀

죽거나 죽음에 가까워진 캐릭터가 과거로 돌아가서 자신의 삶을 다시 반복하게 되는 설정. 단, 행복한 삶을 살다가 죽는 경우는 제외해야 한다. 평생 고통받다가 비참하게 죽거나, 억울하게 살해당하거나, 희망을 앞에 두고 안타깝게 죽었을 때 캐릭터는 한이 맺히게 된다(최근에는 굳이 억울한 죽음이 아니라도 이번 삶에 크게 아쉬운 점이 있을 경우 논리적으로 설명할 수 없는 기적적인 현상으로 회귀하는 작품들도 보인다).

보통 회귀를 하면 이전의 삶에서 했던 실수나 착각, 배신자를 알아보지 못했던 순수함, 나약함, 악역의 존재를 모두 인지한 채 돌아가게 된다. 이러한 사전지식을 통해 한을 풀고, 이전에 살았던 삶과는 다른 인생을 살 수 있도록 스토리를 진행하면 된다.

빙의

캐릭터가 어떤 계기로 인해—이 역시 억울한 죽음으로 설정하는 게 편리하다—자기 자신이 아닌 다른 존재의 몸에 들어가게 되는 설정.

빙의 설정은 회귀와는 달리 다른 존재의 몸에 영혼이 들어가는 것이기 때문에 회귀 소재에 비해 시대 설정이 자유롭다. 현대에서 현대의 다른 인물로 빙의하는 것도 가능하고, 현존했던 과거 시대로 가는 것도 가능하다. 이 경우 역사에 기록된 실존 인물에 빙의하는 대체 역사물을 쓸 수 있다.

혹은 실제로 존재하지 않는 세상으로 캐릭터를 보낼 수도 있다. '책 빙의'가 대표적인 예로, 소설 속 등장인물에게 주인공이 빙의되는 설정을 말한다.

몸은 다른 인물이지만 영혼은 캐릭터 자신이기 때문에 그 세계와 그 인물에 적응하는 과정이 필요하다. 그 인물이 불행한 미래가 예정되어 있다면, 이를 빙의된 영혼이 바꿔 나갈 수 있다. 그 인물이 그 세상에서 오해를 받거나 배신을 당할 것 같다면, 이 역시 빙의된 영혼이 오해를 풀고 자신에게 위협이 될 인물을 관리하면서 그 캐릭터의 인생을 긍정적인 방향으로 개척해 나간다.

환생

죽은 사람이 다시 태어나는 설정. 빙의처럼 영혼이 어느 몸에 들어가는 것과 다른 개념이며, 자신의 과거로 돌아가는 회귀와도 다르다.

이전의 삶에서 엄청난 능력의 소유자였다가 죽은 후 환생하여 다시금 엄청난 능력을 보여주는 것도 환생이고, 《전생했더니 슬라임이었던 건에 대하여》처럼 완전히 다른 존재(무생물 포함)로 태어나는 것도 환생 설정에 해당한다.

환생 설정은 빙의나 회귀에 비해 스토리를 풀어내면서 오류의 위험이 비교적 적은 편이다. 회귀는 실패했던 과거의 삶을 고쳐 나가야 하므로 과거의 삶을 세팅해야 하고 그 설정들이 서로 어긋나지 않도록 해야 한다. 빙의 역시 빙의한 몸의 예정된 삶을 정리해둬야 주인공이 그것을 고쳐나갈 수 있다. 많이들 시도하지만 의외로 설정 오류가 생기는 것이 바로 이것 때문이다.

그에 비해 환생은 환생 전의 삶이 그렇게까지 영향을 주지 않는다. 삶과 삶의 조합에서 일어나는 설정 오류가 적다고 할 수 있다. 물론 기억은 남아있을 수 있으나 중요하지 않다. 환생 전의 능력이 출중했다면 그저 그 출중한 능력으로 환생 후의 삶을 살아가는 것이다. 한마디로 환생 후의 삶만 구성해도 스토리 진행에 문제가 되지 않는다.

넣으면 무조건 팔리는 주요 키워드 두 번째 – 계약

신적인 존재와의 계약, 혹은 특정 인물과의 계약은 독자의 흥미를 일으키는 설정이다. 여성향 장르에서는 계약 연애, 계약 결혼(or 정략결혼) 등으로 흘러가는 설정을 할 수 있다. 남성향 장르에서는 게임 시스템, 초월자와의 암묵적인 계약(성좌물)이 주를 이룬다.

주인공은 돈이나 자신의 생명, 가족의 안위 등 필요에 의해 계약에 합의하게 된다. 물론 자신의 의지와 감정과 무관하게 환경에 의해 강압적으로 계약되는 경우로 설정하는 것도 가능하다. 이 경우 주인공의 선택이 불가능하므로 그 자체로 주인공에게 '위기'와 '갈등'을 부여할 수 있다.

여성향에서 남주와 계약 소재는 여주와 남주의 물리적인 가까움을 강제로 부여한다. 불합리한 계약이라면 주인공의 상처를 강조함으로써 독자들의 측은지심을 일으키게 된다.

주인공에게는 계약을 종료시키는 것이 목표일 수도 있고, 계약을 통해 이득을 얻는 것이 목표일 수도 있다. 혹은 목표가 계약 종료였다 하더라도 자신에게 유리하도록 상황을 이끌어갈 수도 있다.

또한 그 계약의 조건을 구체적으로 설정할수록 스토리의 재미를 더욱 키우고 내용을 풍성하게 만들어 나갈 수 있다.

재벌 2세 남자가 거만하게 굴자, 가난한 여자 알바생이 따귀를 때렸다.
여기서 따귀를 맞은 남자의 대사는 무엇일까?

여러분의 마음속에서 이미 "날 때린 여자는 네가 처음이야"가 음성 지원되고 있을 것이다.

이처럼 독자는 특정 장면 직후 어떤 장면이 나올 것이라는 것을 예상하면서 본다. 이것이 바로 클리셰다. 예상 가능한 진부하거나 상투적인 장면은 모두 클리셰다. 디테일한 장면뿐만 아니라 스토리 전체를 아우르는 설정 역시 클리셰가 될 수 있다.

많은 드라마, 소설, 만화에서 클리셰가 지속적으로 활용되었기 때문에 콘텐츠를 많이 접한 사람일수록 예상 적중률이 높아지게 된다.

이 예상이 맞아떨어지게 쓴다면 결국 진부한 클리셰가 되는 것이다. 반대로 예측을 벗어난다면 그 스토리는 클리셰를 피해간 작품이 된다.

하루가 멀다고 쏟아지는 웹소설 작품들이 이 클리셰를 활용한 스토리인 것은 사실이다. 그래서 클리셰는 웹소설을 비하하는 이들의 두 번째 공격 포인트다.

그러나 클리셰를 쓰지 못하는 사람이 과연 클리셰가 아닌 내용을 재미있게 쓸 수 있을까? 클리셰를 피하고자 애쓰다가 더럽게 재미없고 지루하기 짝이 없으며 괴상하기까지 한 글이 나오는 경우가 허다하다.

말도 안 될 만큼 클리셰 범벅인 스토리라인이라도 누가 쓰느냐에 따라 달라진다. 어떤 작품은 몇 장 넘기는 순간 보기 싫어지고, 어떤 작품은 클리셰인 걸 알면서도 멈출 수가 없어서 밤을 새워 읽게 된다.

클리셰라도 재미있게 써 봐라. 이것이 가장 힘든 미션이다.

클리셰 1. 위기에 처한 여자를 구해주는 남자주인공

여성향 로맨스, 남성향 판타지 모두 가능한 장면이고, 좋은 에피소드가 될 수 있다. 로맨스에서는 여주인공이 실직, 부모의 빚, 억울한 누명 등 다양한 위기에 처하게 되는데 이때 남주인공이 그녀를 구해주는 것이다. 특히 성희롱 등 현실적인 문제에서 남주인공이 가해자를 혼내주는 능력을 발휘하면 독자들이 상당히 만족한다.

반대로 남성향 장르에서는 남주인공에게 이입을 하기 때문에, 남주인공의 영웅적인 측면을 보여주는 장면이 되겠다. 이를 통해 히로인(여성 조연)을 등장시킬 수도 있고, 히로인과의 관계성을 어필할 수 있다.

클리셰 2. 알고 보니 능력자

스토리의 시작점에서 많은 주인공이 어설픈 레벨에 있다. 사회적으로 자리를 잡지 못한 취업준비생일 수도 있고, 집안의 빚을 갚느라 허덕이는 사람일 수도 있고, 이제 회사에 취직한 신입사원일 수도 있다.

그렇다 하더라도 이는 주인공 고유의 능력치 문제가 아니라 환경의 문제다. 주인공에겐 잠재된 능력이 있다. 환경이 안 따라줬을 뿐이지 멍석만 깔아준다면 주인공은 내재한 능력을 발휘할 수 있다.

돈이 필요해서 모작하여 그림을 파는 주인공이 누군가에 의해 기회를 얻게 된다면 진짜 자신의 그림을 그려 화가로서 자리를 잡을 수 있을 것이다. 신입사원인 주인공이 아무리 덜렁대고 실수가 잦은 성격이더라도 중요한 상황에서는 확실하게 자기 능력을 선보이게 된다.

주인공은 결코 죽지 않는다는 설정 역시 이 클리셰에 포함된다. 특히 회귀, 빙의, 환생 장면이 등장하는 도입부 이후 스토리가 본격적으로 진행되면서부터는 주인공이 사망하지 않는다. 주인공은 끝까지 살아남을 뿐만 아니라 만족스러운 해피엔딩을 맞이하게 된다.

클리셰 3. 두 사람은 반드시 서로 좋아함

쌍방으로 삽질을 하더라도, 남주인공이 여주인공을 오해하거나 여주가 남주를 어떤 이유로 인해 떠나게 되거나 한 쪽만의 짝사랑으로 스토리가 시작하게 되더라도, 두 사람의 감정은 서로를 향해 있으며 이는 스토리 내내 변치 않는 감정이어야 한다. 환경에 의해 관계가 깨지거나 한눈을 파는 것처럼 보일 사건이 생기더라도 실질적인 감정이 변하지 않는다. 오랜 시간 빙빙 돌게 되더라도 두 사람의 사랑은 맞닿아 이루어지게 된다.

클리셰 4. 우연의 연속으로 재회

우연이 세 번이면 운명이다. 이는 웹소설에서 추구하는 가치관, 주인공의 관계, 스토리의 긴장감 등 모든 것을 통합할 수 있는 말이다.

현실에서 같은 회사 혹은 같은 학교에 다니지 않는 이상 두 사람이 계속 마주치고 재회하는 일은 흔하지 않다. 그러나 소설 속 주인공들이 서로 만나지 않은 채로 이야기가 진행된다면 재미도 없고 긴장감도 없다.

많은 작가 지망생이 이 지점에서 실패한다. 주인공들이 만나기는커녕 각자의 삶을 계속 살면서 감정만 가지고 그리워하는 식으로 흘러간다면 또 한쪽이 코빼기도 보이지 않는다면 독자들이 못 견디고 도망간다. 여기서 계속되는 우연적 만남이 뜬금없게 느껴지지 않고 '개연성'이 있어 보이도록 주인공들의 장면을 이끌어주는 것이 작가의 몫이자 능력이라 할 수 있겠다. 작가 자신이 주인공들을 사랑과 성공의 방향으로 인도하는 신이라고 생각해 보자.

웹소설이 반드시
지켜야 하는 가치관

누가 뭐래도 해피엔딩

왜 웹소설의 결말을 해피엔딩으로 끝내야 할까? 가장 큰 이유는 새드엔딩을 싫어하는 사람이 새드엔딩을 좋아하는 사람보다 훨씬 많기 때문이다. 절대다수가 새드엔딩을 싫어한다고 해도 과언이 아니다.

스토리 속에서 주인공은 끊임없이 갈등을 겪고 위기를 맞이한다. 독자들은 주인공에 감정 이입하여 주인공이 이 모든 괴로움을 극복하고 오해도 풀리고 성공하여 행복하게 잘살기를 간절히 바라기 마련이다. 특히 측은지심이 들 만큼 주인공이 불행했던 설정이라면 독자들의 염원은 더욱 커진다.

소설 속 주인공의 해피엔딩을 바라는 독자들의 심리는 냉정한 현실에서 비롯된다. 우리가 살아가는 세계에서 새드엔딩은 허다하다. 못된 인성의 소유자가 능력도 없으면서 타이밍을 잘 만나 인생이 잘 풀리고, 잘못을 저지르고도 제대로 벌을 받지 않고 뻔뻔하게 잘 살아가는 광경을 우리는 쉽게 찾아볼 수 있다. 능력과 인성과 성공은 정비례하지 않는다.

연애는 또 어떤가? 구남친이나 전남편이 좋은 사람이었을 확률은 높지 않다. 그 사람과 재회하여 진정한 사랑을 이뤄가는 일도 현실에서 있을 리 없다. 이것이 우리네 인생이다.

독자들이 원하는 바는 명확하다. 그들은 웹소설에서 잔인한 현실과 똑같은 장면을 보고 싶은 것이 아니다. 주인공이 망하거나 주인공의 로맨스가 비극으로 끝나거나 주인공이 죽는 것을 보고 싶은 게 아니라는 말이다.

때문에 그 작품이 새드엔딩이라는 정보를 접하게 되었을 때, 이를 알고도 구매해서 읽는 경우는 많지 않다. 즉, 새드엔딩은 '덜' 팔린다.

웹소설은 '스포일러'가 가능하고 유효한 시장이다. 같은 서점 사이트라도 종이책 쪽의 댓글 리뷰는 구매에 크게 영향을 주지 않는 편이고 많이 달리지도 않는다. 그러나 웹소설에서는 다른 사람의 댓글이 잠재적 독자의 구매 결정에 큰 영향을 미친다.

새드엔딩으로 끝날지 모르고 읽은 선발대 독자들은 결말이 새드면 뒤통수 맞은 기분을 느낀다. 이들은 최선을 다해 스포일러를 남긴다. 확률적으로 만족한 독자보다는 불만족한 독자들이 더 열심히 댓글을 쓰곤 한다.

연재로 유통되는 작품의 경우, 1~3화쯤 되는 앞부분에 다시 들어가서 '주인공이 죽는다', '○○와 이루어지지 않는다', '고구마 해결 안 되고 끝난다'는 식으로 새드엔딩 스포일러를 지르고 간다. 그리고 이런 스포일러 댓글은 또 다른 새드엔딩 불호 독자들에 의해 베스트 댓글이 된다. 이렇게 되면 새드엔딩을 싫어하는 독자들이 댓글을 보고 구매를 멈추거나 아예 처음부터 읽지 않는다. 단행본으로 유통되는 작품 역시 작품

페이지에 댓글이 바로 보이기 때문에 그 댓글에 영향을 받은 독자들이 구매를 하지 않게 된다.

혹자는 이렇게 물어볼 것이다.

**"어떤 작가님이 새드엔딩을 썼는데 정말 재미있던데요?
그리고 그 작품 잘 팔렸던데요? 왜 새드엔딩을 쓰면 안 되는 거죠?"**

실제로 여운을 남기는 새드엔딩 작품이 베스트셀러가 되기도 한다. 새드엔딩이 될 수밖에 없는 스토리텔링과 필력을 통해 연재 내내 독자들을 감정적으로 설득하는 데 성공했기 때문에 그 작품이 인기를 끌 수 있었던 것이다.

그러나 그 작품을 해피엔딩으로 만들었다면 더 많이 판매되었을 것이다. '나는 새드엔딩을 싫어하지 않는다'고 말하는 독자들은 새드엔딩이라도 상관없다고 생각하는 것뿐이지, 새드엔딩만 찾아다니는 사람들이 결코 아니다. 더 많은 독자에게 읽힐 수 있는 길을 스스로 저버리지는 말자.

서사의 기본, 권선징악

예로부터 권선징악은 대중문학을 관통하는 중요한 가치관이었다. 입에서 입으로 전해지는 구전 민담, 사람이 한 글자 한 글자 적어 넣은 한글 소설, 그리고 현재의 웹소설까지 선한 주인공이 불의에 맞서며 악한 이는 종국에 벌을 받게 된다는 이야기에서 벗어나는 경우가 거의 없다.

권선징악은 영화, 드라마, 웹툰, 웹소설에 이르기까지 매체를 막론하고 끊임없이 반복되는 가치관이다. 그러나 진부한 클리셰라고 불리지 않는다. 문화 콘텐츠가 계속 제작되는 한, 권선징악은 영원히 사랑받는 가치관으로서 존재할 것이다.

물론 선악 구도가 아닌 것도 웹소설 시장에 분명히 존재한다. 탁월한 스토리텔링과 필력을 선보이는 작품이라면 독자들의 선택을 받을 수 있다.

그러나 극악무도한 악당인 주인공이 선량한 소시민들의 인생을 망가뜨리면서 잘 먹고 잘 사는 내용으로는 다수의 독자를 만족시킬 수 없을 것이다.

다수의 독자는 소시민에 해당한다. 우리는 살면서 악한 존재로 인해 억울한 상황에 처하고도 법적으로 보호받지 못하고 사적 보복도 따로 하지 못하는 일이 허다하다. 우리 인생을 괴롭게 하던 그들이 승승장구하는 모습을 굳이 소설에서까지 보고 싶지는 않다. 이것이 대다수 독자의 마음이다.

다만 시대의 흐름에 따른 사고방식의 변화가 분명히 생기고 있기 때문에 전통적인 권선징악에서 조금 벗어나는 설정도 허용이 되는 추세다.

예를 들어, 비리와 부정부패 3콤보로 타성에 젖어 있던 형사가 거대한 악을 만나면서 각성하고 이를 계기로 새로운 '선'이 될 수도 있다. 또한 아무리 선량한 주인공이라고 해서 꼭 자비롭고 관대해질 필요는 없다. 복수를 해야 한다면 열 배, 백 배로 갚아주고, 악당을 벌해야 한다면 무자비하고 잔인한 방식으로 진행하는 것도 받아들여진다. 우리가 만드는 것은 허구 스토리이므로, 꼭 법적인 조치로 끝날 필요는 없다는 뜻이다.

그래도 새드엔딩을
쓰고 싶으면 어쩌죠?

답은 하나다. 새드엔딩, 꼭 쓰고 싶다면 뜨고 나서 써라.

신인이 새드엔딩을 써서 성공할 확률은 0에 수렴한다. 일단 출판사 투고나 컨택(맞춤법 표기상 '콘택트'가 맞으나 통상적으로는 컨택이라 부른다)에서 걸러질 가능성이 높고 계약을 하더라도 결말을 고치자는 피드백을 듣게 될 것이다.

기성 작가가 새드엔딩을 써서 베스트셀러가 되었다고 그 성공 사례를 여러분 자신에 대입해서는 곤란하다. 그 작가의 작품 중에 새드엔딩이 몇 작품인지 세어 보자. 그 새드엔딩 작품이 몇 번째 작품인지도 확인해 보자. 그 작가의 인지도가 얼마나 높은지도 생각해 보자.

해피엔딩을 재미있게 쓰는 것이 가장 어려운 과제이고 웹소설 작가로서 성공하는 첫 번째 관문이다. 이 관문을 통과하여 자리를 잡기 전까지는 '새드엔딩'이라는 선택지가 없다고 생각하라.

하지만 웹소설 작가로 데뷔한 후 크게 뜨고 난 다음에 새드엔딩을 쓴다면 여러분도 그 기성 작가처럼 될 수 있다. 물론 그때라도 매번 새드엔딩을 쓰면 안 되겠지만. 인세 내역서를 메일로 받아보게 되는 때가 되면, 아마 여러분이 스스로 새드엔딩을 거부하게 될 것이다.

대중이 원하는
최신 웹소설 스토리텔링

고구마와 사이다

'고구마'와 '사이다'는 근래 웹소설 시장에서 주로 언급되는 은어로, 독자들이 댓글에서 자주 이야기하면서 자리 잡게 되었다. 현재 웹소설 작가들이 어떻게 흥미롭게 스토리를 잡아가며 독자들이 어떤 스토리에 호감을 느끼고 독서를 계속 이어나가는지 알려주는 중요한 표현이다.

고구마란, 스토리가 흘러가면서 독자의 답답증을 유발하는 상황을 말한다. 남녀주인공이 서로 오해를 심하게 하여 감정 전달이 제대로 되지 않거나, 주인공의 주변 상황이 최악인 채로 계속 흘러가거나, 주인공이 우유부단하거나, 민폐인 행동을 계속할 때 이를 고구마 구간이라고 부른다.

갈등과 위기는 필요하다. 이것이 선행되어야 이를 풀어내면서 독자들이 카타르시스를 느낄 수 있다. 이런 고구마가 어느 정도 이어져야 독자들이 빨리 해결되길 바라는 마음으로 다음 페이지, 다음 회차로 넘어가게 된다. 연이어 구매하는 연독률을 높일 수 있는 것이다.

고구마 구간이 너무 길어지면 독자들이 인내심을 잃고 탈출하게 된다.

허용범위는 스토리마다 달라지기 때문에 절대적 기준을 정하기는 어렵다. 그러나 20~30화 내내 고구마를 끌고 있으면 독자들의 반발이 심해진다. 그럴 때 바로 '사이다'가 필요하다.

사이다란, 고구마로 지칭되는 상황이 극적으로 시원하게 해결되는 것을 말한다. 갈등과 위기가 해결되더라도 미적지근하고 잔잔하게 해결된다면 사이다라고 말할 수 없다. 주인공에게 다방면으로 위협을 가하던 악조가 존재했다면, 그 못된 악조를 강력하게 처단해야 사이다가 된다. 조강지처를 버리고도 뻔뻔했던 전남편이 결말까지 평온한 삶을 영위한다면 이는 사이다가 될 수 없다. 악역에겐 참교육을 해주고, 선역에겐 극적인 행복을 줌으로써 고구마 때문에 막혔던 독자들의 식도에 시원한 사이다를 부어주는 것이다.

이때 작은 갈등은 뚜껑 한 모금으로도 충분하지만, 큰 문제였다면 사이다를 한 병 콸콸 대령해야 웹소설다운 카타르시스가 만들어진다. 작은 갈등과 사이다 한 모금의 조합 역시 중요하다. 스토리 전반에 이 조합을 지속적으로 배치한다면 독자 탈출을 효과적으로 막을 수 있다.

웹소설로 가장 좋은 스토리텔링은 고구마와 사이다를 적정 비율로 적재적소에 배치하는 것이다. 고구마가 없다면 사이다가 그다지 시원하게 느껴지지 않는다. 사이다가 사이다처럼 느껴지지 않아 지루해지는 것이다.

반대로 고구마만 계속되다가 제대로 풀어주지 않고 완결이 나 버린다면 독자들이 목이 막혀 가슴을 치게 된다. 불만족한 독자는 반드시 그 불만을 댓글로 표출한다는 사실을 잊지 말자.

웹소설 독자들은 기본적으로 다독을 하는 타입이기 때문에 기존 클리셰를 잘 알고 있다. 클리셰대로 진행되는 스토리를 계속 보다 보니 권태기가 오기도 한다.

빤한 패턴을 인지하고 있는 독자들이 그 패턴이 깨진 스토리를 접하면 강한 흥미를 느끼게 된다. 클리셰가 아예 존재하지 않는 스토리보다 오히려 클리셰를 변주하는 스토리가 더 재미있는 법!

이세계나 과거 시대로 빙의하는 설정이 쏟아져 나오다가 어느 날 책 빙의가 등장했다. 또 주인공이 책 빙의를 한다면 그 소설 속에서도 주인공의 몸에 들어가는 것이 일반적으로 당연한 수순일 것이다. 그런데 주인공이 아닌 악조, 혹은 스쳐 지나가는 엑스트라에 빙의한다면 어떻게 될까? 바로 이것이 클리셰 비틀기다.

하지만 클리셰를 비튼 설정이 인기를 끌고 트렌드가 되면 또 그 설정 자체가 유행 키워드 반열에 올라 또 하나의 클리셰로 자리매김하는 과정을 겪는다.

이렇게 클리셰화된 설정을 다시금 비틀어 새로운 설정을 만들어내면서도 웹소설 고유의 재미를 유지하는 것이 웹소설 작가의 능력이자 고단한 과제다.

여기서 유념해야 할 것이 있다. 클리셰 비틀기라고 해서 클리셰를 아예 없애자는 의미는 아니다. 오히려 이전에 존재하는 클리셰의 재미를 바탕으로 약간 다른 맛을 추구한다고 생각하면 이해가 쉬울 것이다.

'능력 있고 부유한 여성이 자신보다 조건이 현저히 떨어지는 남성을 사랑하게 된다'는 스토리는 현대 로맨스 클리셰와 완전히 대치되는 설정이다. 얼마 전 방송된 드라마《사이코지만 괜찮아》가 이에 해당하지만, 굉장한 인기를 끌었다. 그러나 그 작품은 눈으로 볼 수 있는 영상이었으며, 그 남자가 잘생긴 배우였다는 사실을 간과해서는 안 된다. 같은 클리셰 비틀기라도 매체의 차이를 반드시 기억해야 한다. 온전히 텍스트로 만들어지는 웹소설에 드라마의 성공과 감성을 끼워 맞추면 곤란하다.

클리셰 비틀기를 잘하려면 먼저 클리셰를 잘 알고 있어야 한다. 어떤 설정과 어떤 장면이 클리셰에 속하는지 알고 있어야 적당한 강도로 비틀 수 있기 때문이다. 이 과정을 잘 조절할 수 있다면, 대중적으로 인기가 높지 않은 조금 마이너한 소재라도 은근슬쩍 녹여내어 인기를 끌 수 있다.

현대 로맨스와 로맨스 판타지에서 꼭 피해야 할 결말

많은 이들이 웹소설 장르 중 로맨스를 가장 쓰기 쉬울 거라고 생각하지만 그것은 오만한 착각이다. 로맨스는 제한이 많은 장르다. 뻔한 로맨스는 아무나 다 쓰니 나는 다르게 쓰겠다는 생각이 든다면 그냥 다른 길로 가는 게 낫다. 돈을 벌고 싶다면 웹소설 독자들이 지향하는 바를 따르라.

NO! 새드엔딩

로맨스는 무조건 해피엔딩을 향해 달려가야 한다. '해피'란 물리적·심리적으로 두 주인공이 함께하며 몸과 마음이 걱정 없이 평온한 상황을 말한다. 남자가 죽거나, 여자가 죽고 애만 남거나, 두 사람이 헤어진 채로 끝나거나, 사업이 망해서 길바닥에 나앉거나, 조그마한 포장마차를 시작하는 식으로 끝나는 결말은 모두 금지! 특히 사랑해서 헤어진다는 건 로맨스에서 있을 수 없는 일이다. 도입부 설정에서 상대를 위해 헤어질 수는 있겠지만, 스토리 흐름에 따라 재회하고 다시 이루어지는 것이 로맨스다.

두 사람이 연애하고 먼 미래의 행복한 모습까지 구체적으로 암시하면서 엔딩을 내야 한다. 만약 결말에서 너무 뚝 끊기는 듯한 절벽엔딩을 냈다면, 이후 '외전'을 통해 주인공들의 행복한 생활을 보여주어야 한다.

NO! 현실적인 커플의 고충

많은 로맨스 소설들의 결말이 비슷비슷하다. 미혼남녀가 만나 치열하게 사랑하다가 갈등을 극복하고 마지막에는 결혼하고 애 낳고 화목한 가정을 꾸리는 모습으로 완결이 나곤한다. 이 지점에서 웹소설을 처음 써 보는 사람들은 흔히 이렇게 생각한다.

**"나는 현실적인 사랑을 그리고 싶어!
결혼하고 나선 지지고 볶고 하는 모습도 보여줘야지!"**

이렇게 원대한 포부로 멀쩡하게 잘 쓴 원고의 끝자락에 에필로그나 외전으로 괴상한 리얼리즘을 첨가하면서 오점을 남기고 만다. 이는 웹소설 독자들이 지향하는 바를 곡해하는 판단이다. 예를 살펴보자.

---

* **외전이란?** 본문 원고에 수록하지 않은 내용을 추가로 적은 분량을 말한다. 일반적으로 주인공들의 이후 이야기, 서브 캐릭터들의 사연, 숨겨진 이야기 등을 추가한다. 그러나 중요한 내용을 본문에 적지 않았다가 외전에서 보충해서는 안 된다. 외전이 없더라도 독자들이 본문을 이해하는 데 문제가 없고 오류가 없도록 본문을 작성해야 한다. 또한 본문의 결말을 전복시키는 내용으로 외전을 끝맺어서도 안 된다.

- 출산 후 산후우울증이 오거나, 육아가 너무 힘들다.
- 남녀 모두 능력자라 맞벌이를 하고 있는데 남자가 가사노동을 하지 않는다.
- 퇴근하고 집에 온 남편이 양말을 뒤집어서 놓는 바람에 대판 싸운다.
- 애를 낳은 후부터는 각방 쓰고 있다. '가족끼리는 그러는 거 아니야'의 상황이다.
- 결혼 후 시어머니가 시집살이를 시킨다.

로맨스 작품에서 남녀 주인공이 우여곡절 끝에 사랑을 확인하고 결혼을 한 후 위와 같은 장면이 펼쳐져서는 절대로 안 된다. 커플 혹은 부부의 현실적인 고충이 나오는 순간, 지금까지 러브스토리를 읽으면서 느낀 감동이 산산조각 나는 것이다.

- 결혼 후 남자가 더 다정해진다.
- 남편이 아내보다 아이를 더 잘 돌본다.
- 아내가 다칠까 봐 소중히 대하고, 아이가 아내를 힘들게 할까 봐 전전긍긍한다.
- 결혼한 지 수년이 지나도 두 사람은 신혼처럼 불타오른다(아이 입장에서는 엄마·아빠가 툭하면 안방 문을 잠그고 나오지 않음).
- 다른 남자가 여자를 미혼으로 착각하고 친절을 베푼다. 남편은 그 모습에 불쾌함을 감추지 않고, 질투와 소유욕을 드러낸다.
- 시부모가 결혼을 반대했더라도 막상 결혼 후에는 며느리에게 마음을 열고 아들을 대하는 것보다 더 잘해준다.
- 혹시라도 시집 쪽에서 아내에게 이상한 언행을 했을 경우, 남편이 냉정하게 잘라 버린다. 이후부터는 시집 식구들이 닥치고 잘해준다.

바로 이것이 로맨스를 읽는 여성 독자들이 원하는 결말이다. 좋은 아빠, 친구 같은 남편이라면 모를까, '영원히 애인 같은 남편'은 현실에서 흔하지 않다. 현실 세계에서 좀처럼 볼 수 없는 해피 에버 애프터, 이 결말을 구현하는 것이 로맨스 소설의 목적이다. 이는 클리셰라고 말할 수 없다. 그만큼 바꿀 수 없는 여성향 웹소설의 절대 원칙이라고 생각하자.

NO! 열린 결말

'열린 결말'이라고 불리는 명확하지 않은 결말은 웹소설 독자를 심란하게 만든다. 고집을 부려 열린 결말로 원고를 마무리 지었다가 욕을 먹은 작가들이 급하게 닫힌 결말로 외전을 만들어 독자들을 달래는 경우도 많다.

꽉 닫힌 결말을 그려라. 앞에서 언급한 해피엔딩 역시 꽉 닫힌 결말을 기본 전제로 한다. 삼각관계 스토리라고 해도 여주는 한 명을 반드시 선택해야 한다. 스토리의 흐름 속에서 남주가 정확하게 누구인지 알 수 없었다 하더라도 작가는 여주의 선택을 확실히 알고 있어야 한다. 즉, 남주와 남조가 반드시 정해져 있어야 한다.

또 여주가 갈팡질팡하거나 우유부단하게 여지를 주는 것도 주의해야 한다. 최종적으로 선택을 받지 못할 남자 캐릭터에게 희망 고문을 하는 것은 여성 독자들의 불쾌감을 조성하게 된다.

주인공들의 연애뿐만이 아니다. 만약 스토리 안에서 범죄를 저지르거나 주인공들에게 해를 끼치는 악역 캐릭터가 있다면, 그 인물은 감옥에 가거나 나락으로 떨어지는 식으로 확실하게 해결이 되어야 한다.

단, 역하렘 설정의 19금 로맨스는 논외 대상이며, 여주가 한 명을 반드시 선택하지 않아도 된다. 역하렘물 자체가 여주 1명이 남자 여러 명을 거느리게 되는 설정이기 때문이다. 감정적으로 그 상황을 모두가 불편해하지 않고 행복하게 받아들인다면 이 역시 닫힌 결말이라고 볼 수 있겠다.

PART 3

연중 없는
시놉시스 짜기

"내일은 내일의 태양이 뜨고,
내일 쓸 원고도 뜬다."

- 북마녀 -

막히지 않는 스토리 구성의 첫걸음, 시놉시스

실패 없는 시놉시스 작성법

시놉시스란 자신이 생각한 스토리의 본편 원고를 쓸 때 뼈대가 되는 줄거리다. 세계관도 써야 하고, 캐릭터 설정도 쓰면 좋지만 가장 중요한 줄거리를 적어야 한다. 풍부한 시놉시스는 여러분의 작품을 위해 스스로 만드는 가이드다.

"웹소설 쓸 때 시놉시스를 꼭 적어야 할까?"

시놉시스가 필수는 아니다. 쓰기 싫으면 안 써도 되고 실제로 프로 작가 중에서도 시놉시스 자체를 잘 쓰지 못하는 경우도 왕왕 있다. 하지만 그로인해 뒤에서 난리 나고 앞을 뒤집어엎다가 아예 원고를 버리고 새로 쓰게 되는 삽질 역시 적지 않다는 사실을 알려드리고 싶다. 아이디어가 떠오르자마자 1, 2화를 무조건 써서 연재 플랫폼에 올리는 것이 바로 지름작이며, 지름작을 끝까지 완결하는 사람은 극소수에 불과하다.

자신이 앞으로 쓸 내용이 무엇인지 머릿속에 다 잡혀 있고, 원고 집필 시 막히는 일이 결코 일어나지 않으며, 흔한 오류 없이 쓸 수 있다면 시놉시스를 쓰지 않아도 된다. 이 시점에서 시놉시스의 필요성을 한사코 반대하는 이들이 소환하는 인물이 바로 '스티븐 킹'이다.

스티븐 킹은 《유혹하는 글쓰기》에서 대략 '시놉시스를 굳이 쓸 필요 없으며 캐릭터들이 알아서 뛰노는 걸 지켜보는 게 진짜 소설가다'는 식의 언급을 한 적이 있다. 이 이야기를 근거로 삼아 시놉시스 불필요주의 자들은 자신의 글이 제멋대로 흘러가는 것을 '창의성'으로 착각한다.

"캐릭터가 자유롭게 뛰어논다!"
"손가락이 알아서 쓴다!"

작가가 내용을 미리 정해두지 않으면 캐릭터가 제멋대로 날뛰면서 빅 엿을 날린다. 물론 그건 쓰는 본인이 만든 결과일 뿐 정말 캐릭터가 작가의 손을 떠나 제멋대로 구는 게 아니다. 스스로 뒤통수를 때린 여러분은 질질 짜면서 원고를 갈아엎거나 집필을 포기하게 될 것이다.

《유혹하는 글쓰기》를 꼼꼼히 읽은 사람이라면 스티븐 킹이 이 말의 앞 뒤로 어떤 이야기를 했는지 안다. 스티븐 킹은 종이에 적지 않을 뿐 머릿 속으로 이야기의 기승전결을 싹 만들어놓는 사람이며, 오류 없이 그걸 해냈다는 건 머리가 좋고 집필 단계에 능숙하다는 뜻이다.

《유혹하는 글쓰기》는 단순한 작법서가 아니라 스티븐 킹이 얼마나 습작을 많이 했으며 출판사로부터 얼마나 많이 거절당했는지 자세하게 알려주는 눈물 없이 볼 수 없는 책이다. 스티븐 킹을 따르려거든 그만큼 쓴 다음에 시놉시스가 필요 없다는 소리를 하든가 말든가 하길.

본론으로 돌아와 포기할 가능성, 막힐 가능성, 오류가 생길 가능성, 떡 밥 회수를 하지 못할 가능성을 줄여주는 열쇠는 시놉시스뿐이다. 시놉시스 작업이 필수는 아니지만, 여러분이 이 가능성 중 단 하나라도 해당하거나 지금까지 이 문제로 실패했다면 답은 하나다.

시놉시스는 셀프 평가 단계

웹소설 원고를 쓰는 것과 웹소설 줄거리를 쓰는 것은 천지 차이다. 재미있는 줄거리를 만들 수 있다고 해서 반드시 재미있는 본편이 보장되지는 않는다. 웹소설 줄거리를 기반으로 쓴 실제 원고가 순문학으로 나오는 경우도 허다하다.

그럼에도 우리가 소설을 쓰기 전에 줄거리를 적어두어야 하는 까닭은 집필 활동의 효율성 때문이다. 웹소설에 도전하는 이들 중 상당수가 시놉시스를 쓰다가 집필 자체를 포기한다. 그 이유는 일반적으로 다음 중 하나다.

> 첫째, 시놉시스를 정리하다 보니 자기가 생각한 스토리가 재미없다는 사실을 뒤늦게 깨달아서.
> 둘째, 앞부분 설정은 재미있었지만, 시놉시스를 쓰다 보니 뒷부분이 흥미롭게 만들어지지 않거나 아예 생각나지 않아서.

보통 아이디어는 설정과 함께 도입부가 떠오르게 된다. 아이디어는 기발한데 왜 이야기가 생각나지 않을까? 왜 뒷부분이 생각나지 않을까? 이유는 하나다. 그 아이디어를 긴 원고로 발전시킬 실력이 없기 때문이다.

그렇다고 그 아이디어가 재미없거나 나쁜 소재라는 의미는 아니다. 만약 그 소재가 다른 사람의 머리에서 나왔다면 아주 재미있는 작품으로 출판되었을 수도 있다. 안타깝지만 여러분이 아직 그 아이디어를 진짜 이야기로 만들 수 없는 실력이기 때문에 꽃피우지 못하는 것뿐이다.

결론적으로, 시놉시스 단계는 다음의 두 가지를 셀프평가하며, 자신과 스토리의 매칭 궁합을 확인하는 과정이다.

1. 그 스토리가 정말 '작품'으로 만들 만한 내용인지?
2. 자신이 그 작품을 만들 수 있는 실력인지?

스토리가 아무리 좋은 퀄리티라도 실력이 안 되는 사람은 시놉시스 단계부터 괴로워진다.

시놉시스의 종류는 두 가지

많은 이들이 타인이 쓴 시놉시스 '샘플'을 구하고 싶어 하지만 이를 구하기란 쉽지 않다. 왜냐하면 공개할 수 없는 버전이거나 공개되어서는 안 되기 때문이다.

공식적으로 시놉시스의 양식은 따로 존재하지 않는다. 그래도 시놉시스에 반드시 들어가야 하는 기본적인 항목을 소개하자면 다음과 같다.

- 줄거리
- 배경 또는 세계관(현대가 아닌 특별한 배경일 경우에 해당)
- 주요 캐릭터 설정

시놉시스의 종류는 두 가지다.

- 글을 쓰는 자신만 보면 되는 시놉시스
- 타인에게 보여주는 시놉시스

타인에게 자신의 시놉시스를 보여줄 일은 출판사나 공모전에 제출하는 경우밖에 없다. 자신만 보는 버전에서는 당연히 자유롭지만, 타인에게 제출하는 버전은 조금 더 정돈된 모습을 보여줄 필요가 있다.

CHECK 1. 제출용 시놉시스

습작을 오래 하고 작가 경력을 쌓게 될수록 시놉시스를 업무적으로 타인에게 공개해야 할 일이 생긴다. 출판사에 투고하려면, 투고형 공모전에 참가하려면, 출간을 한 후 차기작에 대하여 자신의 담당 편집자와 의논하려면 시놉시스를 타인에게 보내야 한다. 그래서 시놉시스를 잘 쓰지 못하는 기성 작가들은 이 타이밍에서 굉장한 스트레스를 받는다.

여러분의 작고 소중한 시놉시스를 그대로 제출한다면 문제가 생길 수 있다. 대개 혼자 보는 시놉시스는 너덜너덜하기 짝이 없다. 남한테 보여줄 일이 없기 때문에 자신만 알아볼 법한 소리를 써두게 된다. 반대로 이미 머릿속에 있는 내용을 생략하기도 한다.

남에게 제출하는 시놉시스에서는 이러한 빈틈을 촘촘하게 채워줘야 한다. 시놉시스를 누구한테 보여줘야 하는 상황이라면 그 '누구'가 알아볼 수 있도록 쓰자. 투고하려는 출판사 측이든 내 담당 편집자이든, 공모전 심사위원이든, 혹은 글쓰기 선생님이든.

대신, 출판사 투고나 투고형 공모전에 제출하는 시놉시스는 자세하지 않아도 된다. 근래 많은 공모전이 열리고 공적 예산을 활용한 정부지원사업도 많이 열린다. 이런 쪽에서 요구하는 시놉시스 양식에는 꼭 이 멘트가 있다.

"기승전결 맞춰서 결말까지 자세하게 기술할 것."

여기서 '자세하게'라는 말은 주인공이 출근할 때 뭐 타고 가는 것까지 시시콜콜 쓰라는 얘기가 아니다. 혼자 보는 시놉시스에는 별 시답잖고 사소한 것을 까먹을까 봐 전부 적어 놓을 수도 있다. 그러나 제출용 시놉시스에서는 세세한 설정까지 적을 필요는 없다.

공식 서류로 시놉시스를 제출할 경우, 남들이 어떤 흐름으로 흘러가는지 알아볼 정도만 쓰면 된다. 못 알아들을 단어, 못 알아들을 문장이 있으면 곤란하다. '음슴체' 역시 쓰지 않도록 한다.

공모전 시놉시스는 대개 공모 요강에 양식이 첨부되어 있다. 또한 분량을 꼭 맞춰서 보내라는 주의사항이 적혀 있는 경우도 있다. 이렇게 정해져 있는 곳에는 양식과 분량을 반드시 맞추도록 한다. 투고 양식이 따로 없을 땐 시놉시스를 A4 1~2장 정도로 요약해서 보내면 된다. 참고로 출판사에 보내는 웹소설 시놉시스에는 '기획 의도'가 딱히 필요하지 않다. 원래 '기획 의도'는 일반서 출판사에 보내는 출판기획제안서 속 항목이다. 웹소설 각 장르의 기획 의도라는 건 나도 알고 너도 알고 하늘도 알지 않는가. 특별히 달라질 것도 없고 잘 쓰느냐 못 쓰느냐의 영향도 받지 않는다. 편집자들도 딱히 기획 의도에 관심을 두지 않는다. 그러니 이 항목을 메우려고 머리 쥐어짜지 않아도 된다.

CHECK 2. 나만 보는 시놉시스

원고 집필을 위해 나만 보는 버전의 시놉시스를 정리할 때는 문서의 양식을 고민할 필요가 없다. 자기가 필요한 내용을 자기가 보기 편하게 만들면 된다. 표로 정리해도 되고, 마인드맵 프로그램으로 활용해도 상관없고, 막말로 포스트잇에 각 장면을 적어서 노트에 붙여도 된다. 줄거리를 나열할 때는 일반적으로 문장의 종결형 어미를 '~한다'로 쓰지만, '음슴체'를 써도 무방하다.

시놉시스의 분량은
얼마나 써야 할까요?

단편은 짧아도 되고, 장편은 그만큼 더 길게 시놉시스를 작성해 두는 것이 실제 원고 집필 단계에서 편리하다. 5만 자 가량 되는 짧은 작품이라면, A4 반쪽이면 끝날 수도 있고, 1권 분량에는 5쪽 정도 적어둔다면 전체 틀을 잡을 수 있을 것이다. 더 긴 장편이라면 충분히 채워야 나중에 막히지 않는다.

이는 예시를 든 것뿐, 시놉시스의 적정 분량이라는 건 정확하게 정해져 있지 않다. 쓰는 사람에 따라, 작품 분량에 따라 달라진다. 누군가는 적게 써도 원고를 완결까지 잘 마무리할 것이고, 누군가는 길게 써야 문제가 생기지 않을 것이다.

시놉시스를 몇 번 써 본다면 자신의 집필 스타일에 맞는 분량이 어느 정도인지 스스로 깨닫게 된다. 시놉시스 작성도 연습이고 경험이다. 쓰면 쓸수록 잘 써질 것이다.

잘빠진 시놉시스
VS
폭망하는 시놉시스

웹소설 시놉시스 잘 쓰는 노하우 3가지

시놉시스의 중요성을 알고 열심히 쓰더라도 실제로 나온 시놉시스가 부실하다면 그 노력이 부질없어진다. 이제부터는 웹소설 집필에 실질적인 도움이 될 수 있도록 나 혼자 보는 시놉시스를 튼튼하게 작성하는 방법을 소개하겠다.

노하우 1. 사건의 연속을 집중적으로 정리한다

나 혼자 보는 시놉시스에서는 시간적 흐름으로 진행되는 사건들을 주렁주렁 실에 구슬을 꿰어 목걸이를 만들듯이 적어 놓는 게 좋다. 사건을, 에피소드를, 장면을 자세히 적어두자.

'스토리가 막혔다', '머릿속이 하얗다'는 말을 많이들 한다. 이 말의 속뜻은 '다음 장면으로 뭘 넣을지 알지 못한다'는 뜻이다. 내가 그 사건이 뭔지 모르는데 어떻게 진도를 나갈 수 있겠는가. 그 사건을 알아야 글로 풀어낼 수 있는 것이다.

시놉시스를 사건 요약본, 사건일지라고 생각하면서 작성한다면 조금 더 쉽게 와 닿을 것이다. 물론 진짜 사건 일지에는 전후 맥락과 감정을 전혀 쓸 필요가 없지만, 여러분이 쓰는 시놉시스에는 어느 정도 들어가야 도움이 된다.

바로 여기서 장르 소설과 순문학의 스토리라인이 확실히 차이점을 보이게 된다. 순문학은 어떤 사람이 눈을 떠 보니 관에 갇혀 있더라는 장면 하나로도 충분히 이야기를 끌고 갈 수 있다. 심지어 내내 관에 갇혀 있다가 탈출하지 못하고 산소 부족으로 죽었다는 결말로 가는 것도 가능하다. 또한 일주일의 이야기로 장편을 쓰는 것도 가능하다. 이야기가 진행되는 내내 상당한 분량을 몽땅 심리묘사로 때려 넣는 것도 가능하다.

그러나 웹소설에서는 사건이 없거나 부족한 설정으로는 충분한 분량으로 내용을 끌고 갈 수 없다. 웹소설에서는 주인공이 반드시 관을 뚫고 나와야 한다(현재). 어떻게 관으로 들어갔는지도 설명해야 하고(과거), 주인공을 여기에 집어넣은 놈을 찾아내 복수를 하는 내용도 나와야 한다(미래).

웹소설을 쓰고 싶다면 구체적으로 사건을 정리한 시놉시스를 만들어두는 게 여러모로 편리하다. 실제로 시놉시스를 작성하고 원고를 써 본 사람들은 알 것이다. 아무리 자세하게 적었다고 생각하더라도 만들어둔 시놉시스는 순식간에 바닥을 드러내고 만다. 웹소설에는 무수히 많은 사건과 장면이 필요하다. 지금 여러분이 머릿속으로 생각하는 수준보다 사건의 가짓수를 늘려야 한다는 뜻이다.

노하우 2. 사건의 순서를 혼란스럽지 않게 정리한다

시놉시스에서는 시간의 흐름이 중요하다. 작가는 스토리의 시간적 흐름이 어떻게 흘러가고 있는지 알고 있어야 한다. 애초에 작가가 모르거나 혼동할 경우 쓸 수 없고 쓰더라도 반드시 오류가 생기기 때문이다.

하지만 원고의 내용이 반드시 시간의 흐름 그대로 진행되지 않을 수도 있다. 작가의 아이디어나 스토리의 반전, 혹은 임팩트를 위해서 과거-현재-미래 순을 따르지 않아도 된다. 시간상으로는 꽤 '미래'에 해당하는 내용을 맨 앞으로 당길 수도 있고, 중간중간 과거 상황을 보여줄 수도 있다. 이렇게 본편 원고에서 시간을 거스르는 흐름을 만들고 싶다고 해도 시놉시스에서 과거-현재-미래의 사건을 정리해 두는 게 낫다. 그래야 작가 스스로 헷갈리지 않는다.

또한 웹소설에서는 너무 복잡한 흐름을 만들지 않는 방향을 추천한다. 분량이 많고 내용이 재미있을 때 정주행을 하는 경우도 있지만, 띄엄띄엄 읽는 독자들이 훨씬 많다. 정주행을 한다면 쉽게 흐름을 파악할 수 있는 스토리도 띄엄띄엄 읽을 땐 혼동이 되기 마련이다. 헷갈려서 앞부분으로 돌아가 읽는 과정을 웹소설 독자들은 불편하다고 느낀다 (기간 한정 대여한 회차는 일정 시간이 지나면 그 회차를 못 볼 수도 있다).

그러므로 앞부분을 간단히 기억하는 수준이라도, 그야말로 일정 부분을 잊어버린 상태라도 지금 눈앞의 회차를 재미있게 읽을 수 있도록 스토리를 이해하기 쉬운 흐름으로 진행하자.

노하우 3. 사소한 행동까지 다 적을 필요는 없다

시놉시스를 자세히 쓰라고 조언하면 많은 지망생이 온갖 잡다한 행동을 다 적는다. 어차피 나 혼자 보는 시놉시스이기 때문에 생각나는 대로 적어두는 건 문제는 아니지만, 그렇다고 시놉시스에 모든 걸 적을 필요는 없다. 시놉시스의 본질은 메인 스토리의 흐름이 뭔지 스스로 파악하는 데 있다는 것을 기억하자.

그렇다면 시놉시스에 굳이 적어도 되지 않는 것은 무엇일까?

- 문을 닫고 나간다.
- 서류를 정리한다.
- 식사하고 출근 준비를 한다.
- 샤워한다.
- 택시에서 내린다.
- 공항에서 탑승 수속을 밟는다.
- 어떤 공격을 하기 위해서 어떤 자세를 취한다.

이런 행동은 시놉시스에 굳이 들어가지 않아도 된다. 인간은 일상 속에서 다양한 행동을 계속한다. 현실이라면 이 모든 행동을 다 해야 하지만, 이야기 속에서는 굳이 하나하나 짚어줄 필요가 없다. 일상적인 행동 대부분은 시놉시스에 적지 않되, 원고에선 아주 간단한 문장으로 표현하게 된다. 어떤 행동은 아예 원고에서마저 등장하지 않기도 한다. 주인공이 공항에 가서 비행기를 타고 제주도를 간다는 내용이 나온다면 그 과정에서 일어나는 일련의 패턴이 있을 것이다. 그러나 그 행동들은 주요 장면도 주요 사건도 아니기 때문에 쓸 필요가 없다. 하지만 공항 가는 길에 누군가를 만나게 되고 그 사람이 중요한 인물이라면 당연히 시놉시스에 나와야 할 것이다.

그렇다면 시놉시스에 어떤 내용이 들어 있어야 할까? 장면에 해당하는 주요 행동과 주요 상황을 적어야 한다.

- 경쟁 사무실에 몰래 잠입한다.
- 야근을 하던 중 정전이 되고 ○○의 실수로 어떤 사고가 일어난다.
- 주인공은 잠긴 문을 따고 스스로의 힘으로 탈출한다.
- 가족을 살해한 놈이 숨은 곳은 어느 주점이고, 그 간판은 아버지의 친구가 준 명함에 쓰여 있던 가게 이름이다.
- 오빠의 장례식 후 주인공에게 오빠 친구가 '앞으로는 자신이 지켜주겠다'고 말한다.
- 독립적인 주인공은 오빠 친구의 제안을 칼같이 거절한다.

위의 예시처럼 '사건'이라고 할 수 있는 장면과 그에 따른 등장인물의 대응이 시놉시스에 반드시 들어가야 한다.

자신이 생각할 때 스토리의 흐름에 강력한 영향을 미치는 중요한 대사가 떠오른다면 시놉시스에 적어두는 것이 좋다. 반대로 "아침밥은 먹었니?" 같은 대사를 굳이 적을 필요는 없다. 출근해서 팀원들과 나누는 인사 역시 매번 반복해서는 안 된다.

이렇게 중요한 장면을 순서대로 정리하다 보면 한 편의 스토리 요약본이 탄생하게 된다. 이 시놉시스가 여러분이 앞으로 원고를 집필할 때 삼천포로 빠지지 않게 해주는 길잡이이자, 슬럼프를 피할 수 있게 해주는 가이드가 되어줄 것이다.

출판용 작품소개서와 시놉시스,
어떻게 다른가요?

'시놉시스'라는 단어는 다양한 분야와 다양한 장르에서 다양한 방식으로 쓰인다. 영화 잡지와 팸플릿에서 '시놉시스'라고 적힌 항목은 진짜 시놉시스라기보다는 스토리라인이라고 불러야 하며, 스포일러를 피하기 위해 다섯 줄도 안 되는 분량으로 짧게 끊어낸다. 웹소설에서도 작품이 출간되면 작품소개글을 볼 수 있고, 분량이 그렇게 길지 않으며 자세하지 않다.

출판용 작품 소개글은 담당 편집자가 작성하거나, 작가가 직접 작성한다. 다만, 북마녀는 편집자가 쓰는 것이 옳다고 생각한다. 소개글을 잘 쓰면 더럽게 재미없는 작품도 초반 매출을 조금이나마 끌어올릴 수 있다.

여러분이 웹소설 유료 플랫폼에서 볼 수 있는 출판용 작품 소개글은 모두 간략하다. 이것은 웹소설이 상품이기 때문이다. 출판용 작품 소개글을 너무 자세하게 쓴다면 상품 가치가 떨어지게 되며 스포일러 때문에 구매의 메리트도 줄어든다.

하지만 그 스포를, 쓰는 자신은 알고 있어야 할 것 아닌가! 강조하건대, 여러분이 원고 집필을 위해 작성하는 시놉시스는 아무도 보지 못한다. 그러니 충분히 자세하게, 얼마든지 구구절절해도 좋다.

상당수의 지망생이 시놉시스 단계에 시간과 노력을 많이 들여놓고도 좌절하곤 한다. 시놉시스의 필요성을 깨닫고 시놉시스를 열 장 이상 자세하게 썼는데도 원고 집필에 들어갔을 때 앞에서부터 꽉 막히는 경우는 왜 일어나는 것일까? 이는 '양'의 문제가 아니다. 실질적인 원고 집필에 하등 도움이 안 되는 내용만 길게 적어놓았다면 열 장 스무 장이 무슨 소용인가. 반드시 실패하는 시놉시스 스타일을 소개할 테니, 자신이 지금 쓰고 있는 시놉시스와 비교해 보도록 하자. 만약 비슷하다면, 시놉시스를 재정비해야 한다.

스타일 1. 시놉시스에 세계관을 잔뜩 집어넣는 경우

현대 로맨스와는 달리 판타지나 로판 장르에서는 작품에 따라 세계관을 방대하게 짜게 되는 경우가 종종 발생한다. 물론, 배경 설정은 최대한 자세하게 기술해 놓는 것이 좋다. 쓰는 사람이 세계관을 망각하는 바람에 오류를 빚어내는 일을 미연에 방지하기 위해서라도 말이다.

그러나 세계관을 자세하게 적어 놓은 것을 '시놉시스'라고 착각한다면, 반드시 원고에서 막혀 버린다.

시놉시스 문서가 A4 10쪽인데 그 안에 세계관 설명이 9쪽에 달한다면 그건 시놉시스를 제대로 작성한 것이 아니다. 북마녀 역시 작가나 지망생들로부터 20~30쪽에 달하는 두꺼운 문서를 받아본 적이 여러 번 있다. 스토리의 배경과 각 종족의 특성, 그리고 전생과 현생이 이어지는 관계 등을 설정한다면 설정집 수준의 문서가 나오는 것이 당연하다.

그러나 정작 독자가 궁금한 것은 '주인공이 언제 어디서 누구를 만나서 무엇을 하느냐'다. 자기가 만들어낸 독창적인 세계관을 주입하고자 하는 선민의식이 행간에서 느껴지면 독자들은 도망간다. 또한 현실적으로 그 방대한 세계관을 1~5화에서 설명하느라 웹소설에서 가장 중요한 1~5화를 낭비한다면 그야말로 대탈출이 일어날 것이다.

세계관 설정집을 만들지 말라는 뜻이 아니다. 필요하다면 만들되, 그것은 시놉시스가 아니라는 말이다. 집필 단계에서 평화를 누리려면 가장 중요한 줄거리를 자세히 적어야 한다.

스타일 2. 시놉시스에 현재보다 과거 비중이 더 큰 경우

전생과 현생을 이어가는 이야기, 혹은 과거에 피치 못할 사정으로 헤어졌던 사람들이 재회하는 이야기를 쓰려는 사람들이 시놉시스를 쓸 때 이 늪에 빠지게 된다.

이야기가 현재부터 시작되는데 '과거'라고 지칭되는 시점에 있었던 일만 길게 적어두었다면, 쓰는 사람의 머릿속에서 그 이야기는 아직 준비되지 않은 것이다.

예를 들어 시놉시스 안에 '수천 년 전에 어떤 사건이 일어났다'며 전생의 악연을 자세히 풀어 놓았다고 치자. 많은 경우 이 시놉시스의 마지막 문장은 '그런 전생의 인연으로 엮인 두 남녀가 현재에 만나 자신들의 악연을 풀어나간다'는 식으로 끝난다.

시놉시스가 5쪽인데 맨 끝 5줄만 현재 내용이라면, 실제 줄거리는 거의 0에 가깝다고 봐야 한다. 한마디로 시놉시스로서 제 기능을 하지 못하는 쓸모없는 문서다.

현생에서 도대체 어떻게 만나고, 무슨 일이 일어나며, 악연을 어떻게 풀어나갈 것인가? 메인 스토리가 현재에서 시작된다면 반드시 이 내용을 시놉시스에 적어두어야 한다. 과거만 자세히 적어 놓고 현재는 원고 쓰면서 생각할 계획이라면 반드시 막힐 것이다.

만약 시놉시스에 적어 놓은 과거를 길게 쓰고 현재도 길게 쓰려는 스토리라면, 이때 '과거'는 진짜 과거가 아니라고 봐야 한다.

만약 전생과 현생의 시대적 배경이 달라진다면 현실적인 문제가 생긴다. 즉 전생은 시대물이고 현생은 현대인데 전생 내용이 한참 나오고 또 현생 내용이 한참 나오면, 독자들의 혼란을 야기한다. 특히 현대물을 좋아하는 독자들은 과거가 짧게 나오고 현대 배경이 길게 나오겠거니 기대하기 때문에 불만족할 가능성이 크다. 또, 표지가 헷갈리면 독자들이 구매를 꺼리기도 한다.

더불어, 편집자에게도 표지 작업을 디렉팅하기 힘든 문제가 생긴다. 스토리의 반은 시대극이고 반은 현대물이라면 표지 디자인을 어느 쪽에 맞춰야 할지 혼란스러워진다.

스타일 3. 사건이 없고 감정변화 위주로 쓰는 경우

시놉시스는 사건의 연속이지 등장인물의 감정변화가 아니다. 특히 웹소설을 쓸 때 필요한 시놉시스는 더욱 그러하다. 게다가 쓰는 사람은 어차피 등장인물의 감정 변화와 태도 변화를 잘 알고 있지 않은가. 이쯤에서 둘이 엮일 것이고, 이 타이밍에서 한 사람이 악에 받치게 될 거라는 것을 다 안다. 굳이 감정에 대해 구구절절 시놉시스에 적을 필요가 없는 것이다.

> 책 속 세계에 빙의한 주인공은 그곳에 적응하면서 자신을 죽였던 황제의
> 마음을 점점 이해하게 된다.

이런 문장은 얼핏 문제가 없어 보인다. 그러나 이런 식의 문장으로 시놉시스를 쓴 후 집필 작업에 들어가면 대번에 막히고 만다.

책 속 세계에 '어떻게' 적응한단 말인가? 이 부분이 분명히 스토리의 앞부분에 배치될 것이다. 이 에피소드를 제대로 적어놓지 않으면 1~5화부터 막히는 것이 당연하다. 또한 황제는 무슨 연유로, 어떤 방식으로 주인공을 죽였는가? 주인공이 몰랐던 사건은 무엇이며 그 사건으로 인해 황제가 어떻게 오해를 하게 되었는가?

악당이 주인공한테 나쁜 감정을 가지려면, 그 전에 무슨 사건이 있어야 한다. 주인공의 잘못은 아니지만 주인공이 악당의 무언가를 가져가게 되었거나 아니면 오해를 받을 사건이 있어야 이 감정이 성립되는 것이다. 또 이런 경우도 있다.

> • 우연히 계속 서로를 보게 되는 두 남녀.
> • 사사건건 부딪히다가 점점 설렘을 느낀다.

로맨스에 도전하는 지망생들이 시놉시스를 쓸 때 자주 실수하는 부분이다. 밑도 끝도 없이 갑자기? 도대체 어떤 문제로 부딪힌단 말인가? 또 사랑의 시작은 '점점'보다 '갑자기'에 가깝다. 이런 부분은 현실의

연애와도 흡사한 성질이다. 싸우다 정든다는 말이 있지만, 그 어떤 타이밍이 분명히 존재한다. 남녀 주인공이 창고에 갇혔는데 정전까지 되어서 어둠 속에서 한참 서로에게 의지했다든가, 억지로 팀 프로젝트를 하느라 밤을 새우다가 조는 모습이 예뻤다든가, 구체적으로 무슨 사건이 있어야 설레는 마음이 들 것 아닌가!

등장인물이 무슨 일을 당하고, 무슨 일을 하고, 앞으로 무슨 일이 일어난다는 정보가 나열되어 있지 않은 시놉시스는 시놉시스의 기능을 전혀 하지 못한다. 여러분이 소설을 쓰기 위해 앞서 작성하는 시놉시스에는 반드시 사건을 자세히 적어줘야 한다는 것을 꼭 기억하길 바란다.

스타일 4. 사건이 있다면서 무슨 사건인지 정확하게 쓰지 않는 경우

작가 지망생들의 시놉시스를 들여다보면 이런 표현들도 쉽게 볼 수 있다.

> • 두 사람의 관계를 오해하게 되는 사건이 벌어진다.
> • 제국에서 일어나는 여러 사건을 해결해가며 성장하게 된다.
> • 이세계의 곳곳을 돌아다니면서 온갖 사건에 휘말린다.

사건이 있다면서 그게 뭔지 모르게 시놉시스에 적어두는 경우다. 이렇게 뭉뚱그리는 시놉시스가 가장 위험하다. 당장 시놉시스를 읽어 보면 문제가 없어 보이기 때문이다. 이런 시놉시스를 받아들었을 때 북마녀가 하는 피드백은 다음과 같다.

"도대체 무슨 사건이 생긴다는 거죠?"

안타깝게도 이런 식으로 시놉시스를 쓰는 사람들의 머릿속에는 그 '사건'이 명확하게 존재하지 않는다. 사건을 구체적으로 정해두었다면 절대로 저런 문장을 쓰지 않는다. 스토리의 전체 틀 즉 설정만 있고 세부 사건은 전혀 잡혀 있지 않았을 때 저런 문장이 나온다.

이렇게 시놉시스를 쓰는 사람들은 하나같이 '원고를 쓰다 보면 그 시점에 다 생각나겠지'라며 슬며시 자기합리화를 하기 때문에 저런 문장으로 범벅이 된 시놉시스를 들고 호기롭게 원고 집필에 나선다. 이는 엄청난 착각이다. 지금 안 나는데 그게 그때 되어서 생각날 리 없다. 자기 머리를 너무 과신하지 말고 시놉시스 단계에서 제대로 채워 넣어라. 참, 시놉시스 단계에서 아무리 머리를 싸매도 구체적인 사건이 죽어도 생각나지 않는다면? 앞에서 언급했듯이 그 스토리를 제대로 이야기로 발전시킬 수 없는 실력인 것이고, 자신과 스토리의 매칭 궁합은 실패라는 뜻이다. 잔인하게 들리겠지만 이것이 팩트다.

갑자기 스토리가 생각난 사람은 빨리 원고를 쓰고 싶은 마음이 절절 끓는다. 시놉시스를 써야 한다는 걸 알지만 참지 못하고 바로 원고 집필에 들어간다. 그리고 이 원고를 독자들에게 공개하면 조회수가 빵빵 터질 거라는 자신감으로 첫 화를 연재사이트에 올려 버린다. 그러나 정작 원고를 쓰다 보면 스토리가 막혀서 몇 화 쓰지도 못하고 포기한다. 작가의 재능이 없다고 생각하며 일상생활을 하다가 또 스토리가 생각난다. 이 코스를 무한반복하고 있다면 평생 지망생을 벗어나지 못한다.

이런 마의 굴레에서 벗어나지 못하는 사람이라면 다음의 방법을 꼭 시도해 보길 바란다. 특히 완결까지의 세팅을 굳이 할 필요가 없는 장르에서 이 방법을 활용하면 좋다. 그리고 아직 스토리 중반 이후의 내용을 짜지 못했지만 지금 당장 원고를 시작하고 싶은 급한 성격의 소유자들은 반드시 이렇게 진행해야 '포기'의 확률을 낮출 수 있다.

결말이 생각날 때까지 시놉시스만 내내 붙잡고 있는 것은 권하고 싶지 않다. 웹소설에서는 특정 소재의 트렌드가 유행하는 시기가 있고, 투고 혹은 연재의 타이밍이라는 것이 존재한다. 시놉시스를 너무 오래 붙잡고 있으면 이런 중요한 타이밍과 운을 모두 놓칠 수 있다.

시놉시스가 완결까지 완성되어 있지 않아도 여러분은 원고 집필을 시작할 수 있다. 대신 스토리가 막히지 않으려면 계속 시놉시스 작업을 해주면 된다. 어슷썰기처럼 시놉시스 작업과 원고 집필을 병행하는 것이다.

시놉시스를 중반부까지 써 놓고 원고를 쓰다 보면 '내가 만들어둔 시놉시스 분량'이 점점 줄어들게 된다. 진도가 나갈수록 써둔 시놉시스의 끝이 슬슬 가까워지고, 그 사실을 스스로 알기 때문에 마음이 불안해져서 원고 집필에도 악영향을 미친다.

이를 거꾸로 생각해 보자. '내가 만들어둔 시놉시스 분량'을 계속 유지한다면 불안감도 줄어들고 스토리가 막히지 않는다.

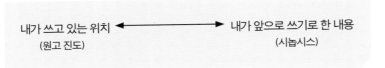

이렇게 자신이 앞으로 쓸 내용을 알고 있는 상황을 유지하는 것이다. 원고와 시놉시스의 사회적 거리두기라고 생각하면 이해가 쉬울 것이다.

지금 5화 분량을 쓰고 있다면 앞으로 20화까지는 어떤 이야기를 쓸지 대충이라도 정해져 있어야 한다. 시간이 지나 10화 원고를 쓸 때는 25화 시놉시스까지 만들어져 있고, 20화 원고를 쓰고 있을 땐 40화까지 시놉시스가 만들어져 있도록 유지하는 것이다.

여러분은 원고를 멈출 필요가 없다. 오늘 쓸 분량, 내일 쓸 분량이 뭔지 알고 있다면 스토리가 막혀서 못 쓰는 일은 일어나지 않는다.

심신과 환경에 아무 문제가 없을 때 느끼는 그 슬럼프는 사실상 가짜 슬럼프다. 시놉시스를 잘 짜두면 이 가짜 슬럼프를 피할 수 있다.

그렇다고 해서 원고의 재미 자체는 보장되지 않으니 오해는 마시라. 원고 퀄리티는 철저히 본인의 필력에 따르는 것이므로 북마녀도 장담할 수 없다. 하지만 집필 작업을 멈추지 않아도 된다는 것은 보장한다.

북마녀 추천!
시놉시스 트리트먼트화하기

트리트먼트는 무엇인가?

트리트먼트는 기승전결에 따라 결말까지 장(챕터)별로 사건을 자세히 기술한 문서를 말한다. 시놉시스로 스토리의 굵은 줄기를 정해둔 것이라면, 트리트먼트는 그 줄기를 조금 더 자세하게 잔가지까지 정리한 것이다. 여기서 대사는 있어도 되고 없어도 되지만, 트리트먼트 이곳저곳에서 대사가 계속 나오는 것은 이상해 보인다. 아주 중요한 대사일 경우에만 적는 것이 낫다.

다만 공모전에서 원하는 트리트먼트는 이렇게까지 자세한 것이 아니라, 사실상 챕터별로 시놉시스를 짠다고 생각했을 때 나오는 정도의 디테일을 말한다.

여러 공모전, 특히 정부지원예산으로 진행되는 공모사업에서 트리트먼트 서류를 많이 요구한다(웹소설, 장르 소설, 드라마 대본, 영화, 웹툰, 애니메이션 시나리오 분야). 그래서 시놉시스까지만 써 봤거나 아직 완성원고가 없는 참여자들이 트리트먼트를 어떻게 써야 할지 몰라 당황한다.

일단 트리트먼트를 쓸 수 있으려면 완결까지 이미 스토리가 짜여 있어야 한다. 완성된 원고가 당장 없더라도 머릿속에 스토리가 결말까지 만들어져 있어야 한다는 뜻이다. 그래서 이 트리트먼트는 지원사업의 성공률을 높이기 위한 기본 서류라고 할 수 있다. 예산을 투입한 창작물이 미완성으로 끝날 확률, 나아가 지원금을 받은 사람이 돈만 먹고 잠수 탈 확률을 줄이기 위한 나름의 방책이라고 생각하면 된다.

웹소설에서 트리트먼트가 꼭 필요할까?

시놉시스보다는 트리트먼트 식으로 최대한 길게 많이 써 두어야 순조롭게 집필이 이루어진다. 특히 스토리 전체의 흐름을 작가가 파악하고 조율하려면 트리트먼트가 도움이 된다.

일반적으로 시놉시스 작성—트리트먼트 작성—원고 작성 순서로 해야 한다고 알려져 있다. 그러나 시놉시스가 탄탄하다면 트리트먼트 단계는 넘어가도 된다. 이 트리트먼트 작업을 하느라 시간이 너무 많이 걸리고 원고 집필 단계로 들어가기가 힘들다면 주객이 전도되는 것이다.

원고 집필 전 트리트먼트 작업을 꼭 하고 가는 작가도 물론 존재하지만, 이는 사람마다 다른 작업방식의 차이일 뿐! 자기 스타일에 맞게 얼마나 자세하게 준비해 둘 것인가를 정하면 되겠다. 이 작업도 여러 번 해봐야 늘고, 자기한테 맞는 스타일을 찾아낼 수 있다.

트리트먼트, 어떻게 작성할까?

트리트먼트까지는 아니더라도 시놉시스를 적당히 부풀리는 것을 작업 습관으로 만들면 스토리 전후 흐름을 스스로 컨트롤하기 쉽다. 즉 남에게 보여주는 용도가 아니라 내가 쓰는 용도로 시놉시스를 트리트먼트화하는 것이다.

이전에 시간의 흐름에 따라 사건별로 주렁주렁 적어놓는 시놉시스 작업을 했다면, 여러분에게 시놉시스 문서가 있을 것이다. 그럼 때가 되면 그중 일부, 즉 앞으로 써야 할 내용을 조금씩 떼어서 부풀리는 작업을 해보자.

♨ 시놉시스 업데이트 단계

시놉시스 초기 ver.	오래 전 자신에게 빌려갔던 돈을 여주가 전혀 쓰지 않았다는 사실을 남주가 뒤늦게 알게 된다.
시놉시스 1차 업데이트 ver.	여주가 사라진 후, 남주는 여주의 집에 찾아갔다가 수표를 발견한다. 오래 전 자신에게 빌렸던 돈을 여주가 전혀 쓰지 않았던 것이다.
시놉시스 진짜 최최최종 업데이트 ver. (트리트먼트화)	여주가 사라진다. 이번이 두 번째 잠수다. 남주는 여주를 찾아다니다가 여주의 집에서 책 한 권을 발견한다. 그 책은 자신이 학창 시절 선물했던 책이다. 책을 꺼내자 그 안에서 빛바랜 수표가 떨어진다. 여주가 잠수 타기 전, 남주가 줬던 그 수표였다. 여주는 그것을 그대로 간직하고 있었던 것이다. 돈이 필요한 게 아니었다면 도대체 왜? 황망해진 남주의 앞에 여주의 남동생이 다가와 혀를 차며 말한다. "누나가 죽어도 그 돈은 못 쓴다고 했어요."

이런 식으로 시놉시스 속 사건의 이모저모를 자세히 만들어가면서 원고 작업을 병행한다면 순간적인 막힘이 덜해진다. 원고를 시작하기 전 이 업데이트를 몽땅 하겠다고 욕심을 내지는 말자. 원고를 써 가면서 시놉시스를 지속적으로 업그레이드한다고 생각하면 부담이 덜하다.

그렇다면 장편은 어차피 연재로 쓸 거니까 회차별로 트리트먼트를 짜 놓는 게 좋을까?

장편을 준비하는 지망생 중 이렇게 사서 고생을 하는 사람들이 있다. 웹소설이라고 해서 회차별로 정리할 필요는 없다. 회차별로 시놉시스를 계속 만들면 작업 자체에 시간이 오래 걸려서 초반에 뻗어버릴 수도 있다. 시놉시스만 작업할 때도 힘들고 원고 작업을 병행하면서 하면 더욱 힘들다.

여러분이 쓰려는 원고가 한 20화라면 모를까, 장편 스토리를 준비 중인데 100화, 200화, 300화를 어떻게 회차별로 모조리 만들어 놓겠는가. 적당히 자세하게 써 놓으면 원고 작업이 수월해지는 것은 사실이지만 무리해서 쓸데없이 작업량을 늘리지는 말자.

시놉시스,
무엇이든 물어보세요!

Q. 시놉시스를 얼마 만에 짜야 할까요?

시놉시스 짜는 데 드는 시간은 작바작이다. 평균적으로는 경력이 많을수록 짧아지지만 모든 프로 작가가 시놉시스를 빨리 만드는 것은 아니다.

다만, 북마녀가 생각하기에는 어떤 이야기를 쓸지 찾으며 소재를 고민하는 브레인스토밍 시간을 제외하고, 자료 조사의 시간도 제외했을 때 정말로 스토리라인을 짜는 시놉시스 작성 기간으로 두 달 이상 걸린다면, 원고 집필로 들어가는 게 굉장히 힘들 것이다.

만약 실제 작성 시간은 얼마 안 되면서 시간이 없어서 시놉시스 작성 기간이 길어진 거라면, 그 사람이 과연 원고를 쓸 시간이 있을까? 그 사람이 과연 그 스토리를 완결 낼 수 있을까? 현실적으로 불가능하다.

기성 작가들의 패턴을 살펴보자면, 소재 고민하는 시간이 길 뿐, 실제로 시놉시스를 오래 붙잡고 있지 않는다. 또 집중해서 열심히 쓰는 분들은 작업을 병행한다. A 작품을 쓰면서 완결을 눈앞에 둘 무렵 B 작품 시놉시스를 짜는 것이다.

글을 쓰는 이들의 심리를 현실적으로 따져본다면 짧게는 1~2주, 길게는 1개월 안에는 끝내는 게 좋지 않을까 한다. 시놉시스를 써 보거나 원고를 조금이라도 써 본 사람은 알 것이다. 머릿속에 어떤 스토리가 생겼을 때, 원고로 들어가고 싶은 텐션이 유지되는 기간이 있다. 사람마다 이 기간이 다르다. 그 영감이 사라지기 전에 시놉시스를 끝내고 빨리 원고 집필 단계로 들어가야 그 텐션이 쭉 이어질 수 있는 것이다.

Q. 시놉시스를 완결까지 반드시 적어야 하나요?

현판은 시놉시스를 완결까지 적는 게 너무 힘든데요?

시놉시스를 작성하면서 완결까지 좌라락 떠올라 쉽게 작성할 수 있다면 베스트다. 하지만 아직 결말까지는 생각이 나지 않는다면 대충 얼기설기 적어 두면 된다. 결말을 반드시 작성할 필요는 없다.

웹소설은 장르에 따라, 또 스토리에 따라 결말을 미리 정해두기가 어려운 경우도 허다하다. 장르로 따지자면 로맨스와 로판, BL은 웬만하면 완결까지 큰 줄기를 대충이라도 적어 놓고 원고 쓰면서 시놉시스를 업데이트하는 것이 낫다. 추리 미스터리 장르도 쓰면서 결말을 정하는 건 힘들다. 장르 특성상 완결을 어떻게 내야 한다, 사건이 어떻게 해결된다 같은 것이 시놉시스 때 나와야 설정 오류를 방지할 수 있다.

하지만 현판과 판타지는 기-승-전-결을 따지기 애매하다. 시놉시스를 완결까지 쓴 다음 원고에 들어가는 건 거의 불가능하다고 봐야 한다. 대신 전체를 아우르는 줄기를 설정해 두고, 충분한 사건을 세팅해 놓아야 한다.

예를 들어 칼 맞아 죽은 변호사가 회귀해 보니 무슨 능력이 생겨서 그 능력으로 어떤 사건들을 해결하는 내용이라면, 최소 3~4가지 사건들을 미리 짜 두어야 한다.

판타지 장르뿐만 아니라 로판 장편인데 매번 다른 사건을 해결하면서 흘러가는 에피소드 스타일이라면, 반드시 앞으로 쓸 사건을 세팅해 두자.

많은 지망생이 1~2개 정도를 적어 놓고 원고에 들어가면서 '쓰면서 다음 사건이 생각날 것'이라는 큰 착각을 한다. 그러나 현실은 시놉시스에 적어 놓은 사건을 다 쓸 때까지 아무 생각이 나지 않고 결국 글럼프다 뭐다 하면서 연중(연재 중지)을 하게 된다. 다음 사건이 생각나면 다시 연재를 시작할 수 있겠지만 떠오르지 않는다면 결국 그 작품은 망망대해 속의 수많은 미세플라스틱 같은 존재가 되는 것이다.

Q. 꼭 시놉시스 쓴 대로 이야기를 진행해야 하나요?

사전에 시놉시스를 작성했더라도 원고를 쓰다 보면 시놉시스의 흐름과는 다른 방향으로 원고가 흘러가는 일이 왕왕 있다. 웬만하면 시놉시스 단계에서 '쓰다 보면 달라질' 일이 없도록 탄탄하게 만드는 것이 중요하다.

그럼에도 꼭 바꿔야 한다면, 이야기를 관통하는 굵은 줄기를 점검하도록 하자. 만약 시놉시스대로 쓰지 않은 부분이 아주 사소한 수정일 뿐, 큰 흐름이 바뀌는 것은 아니라면 그냥 그렇게 고치면 된다.

만약 굵은 줄기의 흐름을 바꾸고 싶고, 바꾸는 게 좋다는 결론이 난다면 바꿔도 된다. 대신, 바꾼 흐름으로 시놉시스를 한 판 다시 짜야 나중에 눈물

흘릴 일이 없을 것이다. 그리고 정말 그 흐름을 갈아엎는 것이 옳은 선택인지 심사숙고를 해야 한다. 바꾸고 나면 돌이킬 수 없기 때문이다.

Q. 시놉시스를 쓰고 있는데 한 사건으로 두 가지 버전이 생각나요. 양쪽 다 써서 비교해야 할까요?

시간이 넘쳐흐른다면야 그렇게 해도 상관없겠지만, 여러분은 마음도 급하고 시간도 모자라지 않은가. 앞길이 구만리니 굳이 사서 고생하지는 말자. 무조건 하나 골라서 쓸 것.

Q. 시놉시스 때 모든 등장인물의 설정을 다 짜 놔야 할까요?

원고 집필 전, 시놉시스 정리를 위한 캐릭터 설정은 주인공, 중요한 조연들만 해 둬도 충분하다. 모든 등장인물 설정을 다 만들어 놓고 원고 집필에 들어가면 당연히 좋겠지만, 최대한 해 놔도 뉴페이스는 무조건 생긴다. 이야기를 풀어가다 보면 갑자기 조연 캐릭터가 하나 필요해지기도 하고, 나름대로 중요한 역할을 하는 엑스트라가 생길 수도 있다. 급박하게 이름을 짓고 설정을 짜는 일이 부지기수로 일어난다.

이 세상에 모든 등장인물이 완벽하게 설정된 시놉시스는 존재하지 않는다. 잘 쓰인 작품에서 작은 조연 하나하나 입체적이고 개성적이고 멋진 까닭은 필력 때문인 경우가 훨씬 많다. 사전에 준비한 것이 아니라 급히 만들었는데도 캐릭터가 매력을 발산하는 것이다. 솔직히 말해서 캐릭터 설정이든 시놉시스든 허술하게 짜도 필력이 좋은 작가가 지망생보다 더 좋은 원고를 만드는 건 당연한 이치다. 이는 어쩔 수 없는 실력 차다.

원고 집필 중에 새 캐릭터 설정을 해야 하는 작업을 스트레스나 자신의 재능 부족으로 생각하지 마라. 그저 작가가 할 일 중 하나지 사전 작업이 부족해서가 아니다. 별안간 옆차기로 들어온 작가의 갑작스러운 업무일 뿐이다. 직장생활을 하다 보면 본 업무 외의 다양한 업무를 하게 된다. 그것과 마찬가지다.

Q. 판타지, 익숙함과 낯섦의 경계를 어떻게 정해야 할까요?

초능력, 초자연적 현상, 인외존재(인간이 아닌 존재), 게임 세계 등 판타지적 세계관은 현실적으로 일어나기 힘들거나 불가능하기 때문에 설정 자체만으로 개연성과 현실성이 떨어지게 된다. 독자들이 그 설정에 이입할 수 있도록 독자를 설득하는 과정이 필요하다.

세계관이 허술하면 단박에 트집이 잡히며, 그렇다고 세계관이 너무 복잡하면 혼란이 생긴다. 초등학생, 중학생 독자들이 읽어도 알아들을 수 있도록 설정해야 한다.

세계관이 너무 방대하고 독특해서 그 설정을 모조리 도입부에 정리해두어야 한다면, 세계관을 더 단순화할 필요가 있다. 웹소설 독자들은 과도한 '설명'을 바라지 않는다.

클리셰적인 판타지 세계관을 가져다 쓰는 이유가 이것이다. 독자가 이를 쉽게 받아들이기 때문에 진입장벽이 낮은 것이다. 예를 들어 뱀파이어 종족은 피를 마셔야 생명을 유지할 수 있으며 영원히 살 수 있지만 햇볕에 닿으면 불에 타듯 죽는다는 설정은 모든 독자에게 익숙하다. 여기서 추가 설정을 덧붙이고 기존 설정을 비틀면서 독자에게 여러분의 뱀파이어 세계관을 납득시키는 것이다. 그러나 뱀파이어라는 이름만 차용하면서 피를 마셔야 한다는 설정 자체를 버리면 오히려 반발심을 일으킨다.

Q. 초보 작가들의 스토리텔링 실수, 어떤 것이 있을까요?

작가 지망생들이 시놉시스를 만들고 세계관을 짜는 단계에서 하는 실수는 거의 대동소이하다.

첫째, 생전 처음 장르 소설을 쓰는 시점에서 초장편 대서사시를 만들려고 한다. 여러분은 아직 초장편을 쓸 실력이 아니다. 무리해서 대하드라마를 욕심내지 말자.

복잡한 세계관을 설정하는 것 자체가 금지는 아니다. 문제는 쓰는 자신이 그 세계관을 컨트롤할 수 없다는 점에 있다. 스스로 세계관을 헷갈리거나 잊어버리거나 남들이 이해할 수 없게 쓰거나 재미없게 쓴다면 아무리 흥미로운 세계관이라도 소용없다.

단순명료한 세계관에서 뽑아내는 재미는 복잡한 세계관 못잖게 재미있다. 이것이 웹소설이 추구하는 서사다.

둘째, 처음 쓰면서 1부, 2부로 나눌 생각을 하고, '연작'을 고민한다. 애초에 1부, 2부로 나누어서 써야 할 만큼 긴 스토리를 시도하는 것은 무리다.

그다지 길지 않은 분량을 1부, 2부로 나누는 행위 역시 이상하다. 독자들이 보기에 그건 그냥 휴재일 뿐이다. 초장부터 사이즈를 키우면 그 자체로 심리적 부담감이 커진다.

연작 역시 마찬가지다. A 스토리에 나오는 조연 캐릭터를 연작의 주인공으로 만들겠다는 포부로, A 스토리와 함께 연작을 같이 짜고 있거나 A 스토리에 구멍을 만들어두는 신인이 많다.

연작은 이어지는 스토리가 아니다. A 스토리와 B 스토리가 각각 완성된 이야기여야 한다. 이어서 읽으면 재미가 배가되지만, 한쪽만 읽어도 이해가 되고 재미있어야 제각기 완성도 높은 작품이 되는 것이다.

자신이 초보라면 스스로 부담이 되지 않는 분량으로 이야기를 만들고 눈앞의 스토리를 기승전결로 정리하여 완성하는 것에 몰두하자.

PART 4

성공하는
실전 웹소설 쓰기

"못 쓰는 오늘을 견디면,
내일 더 잘 쓰게 된다."

- 북마녀 -

웹소설 쓰기의
필수 불가결 요소

일지 작성: 시간과 순서의 오류를 막기 위한 옵션

스토리가 반드시 시간 순서대로 흘러가진 않는다. 강한 재미를 위해서 과거와 현재, 미래의 위치를 바꾸는 기교를 부릴 수도 있기 때문이다.

그러나 많은 문제가 시간과 순서의 오류에서 비롯된다. 바지를 입고 있었는데, 치맛자락을 잡아당겼다는 오류는 쉽게 잡을 수 있고, 수정하면 그만이다. 그러나 서사의 순서나 시간 오류는 집필이 막히거나 뒤집어엎어야 하는 이슈로 악화하고 만다.

특히 작가 자신도 모르고 그냥 써 버렸다면 더 큰 문제로 비화한다. 오류를 알아챈 독자들이 댓글에 적고 나서야 작가가 알게 된다면 당장 수정하는 것이 어려워질 수 있다. 심리적인 타격으로 연중을 하게 될 수도 있다. 독자가 언젠가는 결국 알게 된다는 전제로 글을 써야 한다.

시놉시스나 트리트먼트와 별개로, 사건의 흐름을 시간 순서대로 정리해 둔다면 이런 오류를 막을 수 있다. 이 작업은 시놉시스를 작성하기 전에 해도 되고, 동시에 정리해도 무방하다.

모든 스토리에서 이 작업을 해야 하는 것은 아니다. 그러나 스토리를 많이 꼬아 놨거나 해결해야 할 사건 등이 나온다면, 혹 자신의 머리를 못 믿겠다면 군말 없이 시간순으로 정리해 두는 편이 안전하다.

중요한 것은 굵직한 사건의 시간대별 설정이다. 인생의 전환점이 될 만한 사건을 반드시 기록한다.

특히 유년 시절 트라우마 관련된 과거가 있다면 꼭 적어야 한다. 어린 시절에 불이 나서 죽을 뻔했다거나 납치를 당했다면, '주인공이 몇 살 때 그 일이 일어났다' 정도로 적어 두면 된다. 어릴 적 트라우마의 계기이므로 등장인물이 그것을 기억하지 못하거나 알지 못할 수도 있겠지만, 그래도 적어둔다.

범죄 사건이나 꼭 필요한 문제가 아닌 이상 정확한 월일을 정할 필요는 없다. 연도나 인물의 나이, 계절은 적어두면 원고 쓸 때 유용하게 써 먹을 수 있다.

혹시 여러 명의 인물이 동시에 관련된 사건이라면 각각의 연령대와 시기 설정이 필요하다. 나중에 이들이 만나거나 나이 차 관련 언급이 들어갈 수 있다. 의외로 나이와 시기를 착각하여 잘못 쓰이는 경우가 왕왕 있다. 편집 과정에서마저 놓치기도 하는 부분이니, 원고 작성 단계부터 실수가 없도록 해야 한다.

배경 및 세계관 설정

세계관이란, 이야기의 공간적 배경, 시대적 배경을 포함하여 인물이 존재하는 세계의 얼개이며, 스토리의 일관된 흐름에 핵심적인 역할을 하는 요소다. 세계관에는 일반적으로 다음과 같은 항목이 포함된다.

- 그 사회와 정치·사회 제도. 그리고 그 사회가 돌아가는 구조
- 문화
- 종족, 특수 능력, 특정 아이템, 질병 등

세계관에 집착할 필요는 없다. 그러나 장편일수록 세계관이 중요하고, 세계관을 제대로 짜지 않고 지름작을 시작하면 반드시 후회하게 된다.

대신 세계관 설명 없이 스토리를 이해할 수 있도록 쓰는 것이 여러분의 목표여야 한다. 세계관은 본편 원고에 자세히 들어가지 않아도 된다. 아예 들어가지 말아야 하는 경우도 있다. 독자들이 그것을 '설명'으로 받아들이지 않도록 스토리에 부드럽게 녹이는 것이 관건이다.

구체적인 배경 요소 설정

동양풍이나 서양풍 스토리에 비해 현대(대한민국 21세기)를 기반으로 한 스토리는 별다른 배경 설정을 하지 않아도 된다고 생각하기 십상이다.

그러나 현대를 배경으로 하는 스토리라도 미리 설정해두어야 하는 것들이 존재한다. 사내연애를 풀어내는 오피스 로맨스라면 기업의 구조를 정해두어야 한다. 때에 따라서는 팀원 설정도 필요하다. 기업 간 또는 기업 내 계열사를 통해 권력 다툼이 벌어진다면 각 회사의 이름부터 현황,

회사 간 관계를 원고 쓰기 전에 정리해둘 필요가 있다.

이세계 혹은 현대가 아닌 다른 시대적 배경이라면, 조금 더 자세히 설정해야 한다. 한마디로 주인공이 위기에 봉착하고 문제를 해결하는 장면의 기반이 되는 모든 사회상을 기본적으로 정리하면 된다.

주인공이 그 세계로 뚝 떨어져 아무것도 모른다는 설정이라고 해도 소설을 쓰는 작가가 그 세계의 사회상에 관해 제대로 알고 있어야 주인공을 이끌고 움직일 수 있다.

북마녀가 제시하는 표 정도의 내용을 정리해 둔다면 스토리를 무리 없이 진행할 수 있을 것이다. 물론 이 내용이 전부 필요한 것은 아닐 테니 스토리에 따라 가감하면 된다. 장편의 경우 당장 필요하지 않더라도 원고를 집필하면서 언젠가는 설정해야 할 때가 올 것이다. 단편의 경우는 스토리가 금방 마무리되므로 필요한 부분만 간략히 설정한다.

실제로 존재했던 과거 시대를 배경으로 삼는다면 그 시대상을 충실히 반영하는 것이 좋다. 고려나 조선 시대, 일제 강점기 등을 시대적 배경으로 삼았는데 대다수 독자가 잘 알고 있는 시대상과는 전혀 다른 사회상을 보여준다면 역사 왜곡 논란에서 벗어나기가 힘들다.

사실 자료 조사를 꼼꼼히 한다고 해도 소설을 쓰다 보면 미묘하게 실존했던 시대와 어긋나는 점들이 생기게 된다. 그래서 실존 인물과 실제 시대를 활용하여 소설을 쓰는 작가들이 상당한 스트레스를 받는다.

참고로, 실존 인물, 실제 시대를 활용한 로맨스 소설 중 성공한 케이스는 모두 현 웹소설 시장이 정착하기 이전에 나온 작품들이다.

가상 시대와 가상 인물 설정으로 소설을 쓰는 것이 문제가 덜하다. 또, 가상세계라고 하더라도 모든 배경을 완벽히 새로 창조할 필요는 없다.

♨ 장르 소설 필수 배경 요소

배경이 되는 나라	나라의 위치, 특징, 주변국 정세
주로 머무는 지역에 관한 정보	특별히 현 위치 밖으로 이동하지 않을 경우 더 세밀한 설정 필요
국가 통치 제도	왕정, 독재, 무정부 상태 등 국정 운영 상황 정리
신분제	귀족, 평민, 노예 등, 평민과 노예를 분리하는 기준, 상인 등 중간계급 여부
귀족 제도	작위에 따라 부여되는 영지(다스리는 땅), 권력, 황실과의 관계 등 설정
가부장제	왕정 제도 아래 황녀나 왕비의 생활상과 권력 여부, 후계자 구도 정리 왕족이 아니라도 여성 캐릭터의 행동반경과 주변 인물의 태도에 차이가 생김
군인 직급과 사용되는 무기	작중 기사, 전투, 전쟁 장면 등 나올 경우 필요
통용되는 돈의 단위	금화/은화 혹은 화폐, 물가를 간략하게 설정
스토리에 따라 필요한 각종 사회상	의학, 인쇄술(책), 과학 기술 등의 발달 수준 결정
스토리에 따라 필요한 각종 생활상	주요 공간이 궁전이라면 궁전 내 일상생활 시스템 및 건물 구조/위치 설정
주로 입는 남녀 의상 스타일	그 시대 신분제에 따른 의상 차이점 명시 남성은 필요할 경우 전투복 따로 설정
게임 시스템	게임물을 쓸 경우 게임이 진행되는 방식부터 각종 아이템, 스탯 창에 보이는 항목까지 설정

빅토리아 시대 혹은 로코코 시대의 요소를 모두 끌어다 쓰더라도 그 시대가 아니라 실제로 존재하지 않는 어느 제국의 이야기로 설정하면 그만이다.

단, 실존했던 시대를 그대로 반영한다 하더라도 시대상에 관해 잘 알지 못한다면 공부는 필수다. 어느 정도 안다고 자신만만했다가도 단어 하나 쓸 때마다 턱턱 걸리는 수가 있다. 내가 읽고 이해하는 것과 쓰는 것은 다르다. 원고 집필 전 미리미리 자료를 조사하고 자주 쓰일 정보는 보기 편하도록 정리해두는 것이 좋다.

덧붙여, 게임 판타지를 집필하면서 실존 게임을 이름 그대로 가져다 쓰면 그것은 2차 창작이 되며 유료화할 경우 저작권 침해 행위에 해당하므로 주의하자.

매력적인
캐릭터의 힘

캐릭터 설정 절대 원칙

웹소설 성공의 열쇠는 캐릭터의 힘에 있다. 극단적으로 말해서 스토리가 빠르게 흘러가더라도 장면마다 캐릭터가 매력을 발휘한다면 독자가 구매를 끊지 못한다. 일단 매력적인 캐릭터를 만들면 그들이 무엇을 하든 무슨 사건이 일어나든 재미있게 느껴진다. 누구보다 매력적인 캐릭터를 만들기 위한 절대 원칙을 공개한다.

절대 원칙 1. 주인공은 무조건 호감이어야 한다.

주인공이 비호감이 되는 것만은 피해야 한다. 그래야 독자들이 주인공에게 감정이입을 할 수 있다. 그렇다면 주인공의 어떤 점이 비호감 요소로 작용할까?

주인공이 반드시 활동적이고 적극적인 성격일 필요는 없지만, 대체로 다음과 같은 문제가 설정이나 스토리 안에서 등장할 때 독자들이 비호감을 느끼고 주인공을 향해 욕을 하기 시작한다.

- 내성적인 성격
- 수동적인 성격
- 예의 없음
- 병약함
- 힘이 약함
- 민폐 가족에게 약함(절연하지 못함)
- 머리가 나쁨(멍청함)
- 잘하는 것이 단 하나도 없음
- 외모 콤플렉스로 인한 소심함

이 비호감 요소를 뚫으려면 독자가 캐릭터에게 측은지심을 느끼고 이해심을 가질 수 있도록 '개연성'을 만들어 주어야 한다.

스토리와 캐릭터를 설정할 때 아래 세 가지를 생각하고 짠다면 비호감 요소를 극복할 수 있다.

- 그 비호감 요소를 가질 수밖에 없는 과거를 만든다.
- 캐릭터를 '성장'시킨다.
- 스토리 뒷부분을 시원하게 만든다.

모든 스토리는 등장인물이 성장(성공)하는 과정을 내포하며, 특히 웹소설은 한마디로 '성공담'이다. 그중 독자가 감정 이입할 수 있는 주인공의 성장이 가장 중요하다.

주인공이 자신의 성격 및 과거를 극복하고 어떤 행동과 말을 할 때 독자는 카타르시스를 느끼게 된다. 여성향에서는 겁 많고 소심한 여주가 두려움을 참아내며 당당하게 나설 때, 남성향에서는 평범했던 남주가 살아남기 위해 미션을 통과할 때 독자들이 열광한다. 이런 변화에는 반드시 그럴 만한 이유와 계기가 있어야 한다.

주인공이 '옛날처럼 살지 않겠다'는 다짐을 함으로써 언행을 바꾸는 것도 가능하다. 물론 성격이 갑자기 바뀌는 것은 캐릭터 붕괴처럼 보일 수 있다. 주인공이 각성할 만한 계기를 만들어주면서 주인공이 빠르게 바뀌는 모습을 보여주면 된다.

절대 원칙 2. 주인공은 '신뢰할 수 있는 사람'이어야 한다

주인공은 독자를 리드하고, 독자가 감정 이입할 수 있어야 하는 존재다. 모든 사람이 주인공에게 이입하기는 힘들더라도 대다수의 독자가 감정 이입을 할 수 있도록 연출하는 것이 웹소설 작가의 목표다.

남과 다른 이야기를 쓰고 싶은 사람들이 '왜 주인공은 반드시 착해야 하는가? 악당을 주인공으로 내세우면 안 되는가?' 하는 질문을 많이 한다. 주인공이 반드시 모든 면에서 정의롭고 청렴결백할 필요는 없다. 그러나 주인공이 독자의 심판을 받게 되면 곤란하다.

만약 주인공이 여자 수십 명을 강간하고 죽인 연쇄살인범이라면? 과거를 뉘우치고 인생 2회차를 산다 한들, 독자들이 주인공을 용서하거나 감정 이입을 할 수 있을까? 사실상 불가능하다. 논픽션이나 스릴러물의 1인칭 주인공이 될 수는 있겠지만 현 웹소설 시장에서는 힘들다. 주인공격 인물이 도덕적 개념이 없거나, 사회통념 이상으로 잔인하다면 독자들은 불안해진다. 그래서 주인공은 진실을 이야기하고 진실을 찾아가야 한다. '독자와의 신뢰'를 위해 최선을 다해야 하는 것이다.

절대 원칙 3. 남자 주인공에게 모든 매력을!

여성향 장르에서 여성 독자들은 당연히 여주에 감정 이입한다. 바로 이것이 여성향 장르에서 남주 설정이 중요한 이유다. 여주가 아무리 매력적이라도 남주가 부실하면 여성 독자들은 그 작품을 외면한다.

여주의 환경이 좋지 않거나 갖가지 위기에 처한다면, 남주가 이것을 해결할 수 있는 능력을 갖추고 있어야 한다. 또한, 남주가 아주 멋진 매력의 소유자로 보이도록 스펙을 세팅해야 한다. 스펙은 경제적 능력, 사회적 위치, 지적 수준, 성격, 외모까지 포함한다.

시간이 흐르면서 로맨스 안에서도 새로운 남주 상이 나타나고는 있지만, 크게 보면 그렇게 많이 달라지지는 않았다. 보통 이 셋 중 하나다.

- 초반에는 차갑게 대하지만 사실은 여주를 사랑하고 뒤에서 잘해주는 츤데레
- 남에게는 굉장히 차가운 성격이지만 여주한테만 다정하게 대하는 사랑꾼
- 여주를 향한 과한 소유욕을 느끼며 막무가내로 행동하는 집착남

츤데레 겸 집착남이었다가 결말에서는 사랑꾼으로 마무리되는 경우도 많다. 현실 세계에서는 과도하게 집착하는 남자와 연애를 한다면 몹시 피곤하고 큰 문제가 될 수 있지만, 소설 속에서 여주한테 미쳐서 날뛰는 잘생기고 능력 있는 남자를 보고 싶어 하는 마음은 모든 로설 독자의 공통된 욕구다. BL 역시 주인 '공'을 이런 느낌으로 만들어주면 된다.

남성향 장르의 주인공 설정은 시간이 흐르면서 상당한 변화가 있었다. 대여점 시대부터 웹소설 시장이 형성된 초반까지는 스토리의 시작점에서는 아직 자신의 능력에 눈을 뜨지 못한 극히 평범한 인간형이 많았다. 이러한 주인공이 성장해나가는 스토리들이 인기를 끌었다.

하지만 최근에는 더 성장할 필요 없이 본인의 능력을 발휘하며 상황을 즐기고 적을 갖고 노는 주인공이 크게 인기를 끌고 있다. 빙의, 환생 등으로 자신에게 주어진 능력과 환경이 바뀌었을 때 적응하려고 애쓰거나 실수를 연발하는 게 아니라 그 변화를 여유롭게 즐기고 차분하게 컨트롤하며 명석하게 이용하는 모습이 독자들에게는 매력적인 캐릭터로 보인다.

영리하고 성실하고 체력도 좋고 외모도 적당히 준수하여 이성에게 인기가 있는 캐릭터는 언제나 사랑받는다. 덧붙여 경제적인 여유와 함께 심리적인 여유로움을 장착한 캐릭터를 만드는 것이 중요하다.

단, 장르에 따라 주인공 성별이 감정 이입에 영향을 준다는 사실을 기억하라. 남성향 장르에서 여성이 주인공이면 아무리 매력있게 세팅해도 남자 독자들이 쉽사리 빠져들지 못한다.

절대 원칙 4. 입체적인 여자 주인공을 만들어라

여성향 장르인 로맨스와 로판에서는 여자 주인공과 남자 주인공이 모두 '주인공'에 해당한다. 남성향 장르인 판타지, 현판에서는 주인공이 남자일 경우 여자 캐릭터가 '히로인'으로 불리지만 실제로는 조연 정도의 비중을 차지한다. 때문에 이 코너에서는 여성향 장르에서의 여주만을 이야기하도록 하겠다.

과거에는 다수의 로맨스 소설에서 여주가 '신데렐라'였던 것이 사실이다. 가정형편이 어렵다 못해 부모 복도 없어서 어디 팔려 가기까지 하는 등 힘든 환경에 허덕이는 여주가 많았다. 물론 평범하고 화목한 가정에서 자란 경우도 없지 않았으나, 남주 설정을 세팅할 때 상류층을 붙여 버리면 결국 서민과 상위 계층의 만남이 되므로 신데렐라 스토리에 포함되곤 했다.

로맨스 독자들은 '가난한 여자가 부잣집 아들을 만나 인생 펴는' 단순한 스토리에 열광하는 것이 아니다. 그 힘든 환경을 버텨내면서 이를 악물고 자존심을 지키거나 혹은 자존심을 꺾어가며 눈물을 참고 살아가는 여주에게 독자들은 극한의 측은지심을 느끼게 된다. 그런 여주에게 구원자가 나타나고 그 남자의 사랑을 받으며 해피엔딩을 맞는 장면에서 카타르시스를 느끼는 것이다.

시간이 흘렀다고 해서 이 신데렐라 스토리가 힘을 잃은 것은 아니다. 현재도 여전히 '고통받는 여주'는 여성향에서 프리패스다. 심지어 남 부럽지 않은 재벌 2세 여주도 집안 내 권력 싸움에 휘말리거나 정략결혼으로 팔려가는 등의 고통을 받는다.

그래도 과거에 비해서는 능력 있고 경제력 있고 예전보다 더 당당하고 자신감 넘치는 여주를 전면으로 앞세운 작품들도 크게 사랑받고 있다.

로맨스에서 포켓남, 키링남, 여공남수가 유행인가요?

포켓남, 키링남의 이미지는 '크지 않고, 귀엽고, 예쁘장하고 여자에게 결정권을 주는 미소년'이다. 과거보다 남주를 강하게 이끄는 여주와 그에 부합하는 남주상이 트렌드의 한 축을 쥐고 있는 것은 사실이다.

그러나 《하이에나》의 주지훈, 《사이코지만 괜찮아》의 김수현이 과연 외형적으로 또 성격적으로 정말 포켓남이었는지 생각해 보라. 결코 아니다. 인기 웹소설 《재혼황후》, 《하렘의 남자들》의 남자들 역시 여자에게 결정권을 주었을지언정 귀엽고 예쁘장하기만 한 소년이 아니다. 여공남수라 여주에게 결정권이 있더라도 남자 캐릭터들이 부실하고 허약하고 여주의 경제적 능력에 기대는 것처럼 그려져서는 안 된다.

참고로 성격은 좀 유해도 키는 190cm에 덩치는 산만 한 대형견 느낌의 연하남 캐릭터가 인기를 끌고 있지만, 연하남이든 키링남이든 웹소설에서 씬이 나올 경우 무조건 '낮져밤이'여야 한다는 사실도 잊지 말길. 단, BL에서만은 공이 따로 있으므로 주인수가 진정한 포켓남이어도 무방하다.

북마녀 Q&A

로맨스에서
서브남이
꼭 필요한가요?

서브남은 필수적인 캐릭터가 아니다. 기본적으로 정해놓은 스토리라인에 삼

각관계가 있지 않은 이상 억지로 서브남 캐릭터를 짜내어 넣을 필요는 없다.

특히 웹소설을 처음 쓰는 초보라면 캐릭터를 설정할 때 서브남에 너무 집

중하지 않을 것을 권한다. 뒤에서 이야기하겠지만 작가는 자신이 만든 모든

캐릭터를 사랑하기 때문에 서브병에 쉽게 걸린다. 서브병 예방을 위해서라

도 서브남 설정을 줄이고 남주 설정에 집중하는 것이 좋다.

캐릭터 설정, 반드시 해야 할까?

시놉시스를 작성하는 단계에서 줄거리를 쓰는 동안 캐릭터 설정을 동시 작업하는 게 가장 좋다. 이 과정이 필요한 이유는 여러분이 지금 쓰는 그 작품 하나만 쓸 게 아니기 때문이다.

캐릭터 설정을 제대로 하지 않으면 지난번에 쓴 작품과 같은 남주, 같은 여주, 같은 악역이 환생하여 이름만 다른 삶을 사는 것처럼 글이 나올 우려가 있다.

또, 글을 쓰다 보면 자신도 모르게 자기 모습을 캐릭터(특히 주인공)에 반영하게 된다. 작가의 성격을 주인공에 너무 많이 투영하는 것이다.

이런 위험을 방지하기 위해서라도 스토리라인 구성이 완전히 끝나기 전, 되도록 일찍 캐릭터를 설정해야 한다. 캐릭터 설정 단계를 통해 여러분은 자신이 만들어내는 역할에 관해 작가로서 또렷하게 인지하고, 나 자신이 아닌 진짜 캐릭터에 '빙의'할 수 있을 것이다.

등장인물 어디까지 정해야 할까?

주인공 및 자주 나오는 서브 캐릭터들은 성격, 외모(키, 이목구비 특징, 눈동자 색깔, 머리 색깔, 몸매 등), 주로 입는 의상, 습관, 과거 트라우마, 가족 관계, 친구 관계 등을 정리해 두면 묘사할 때 헷갈리지 않는다. 특히 외형적 특징은 미리 정하면 차후에 표지용 인물 일러스트를 기획할 때도 큰 도움이 된다.

♨ 장르별 필수 등장인물

여성향		남성향
로맨스/로판	BL	판타지/현판/무협
여주인공, 남주인공, 조연(조력자, 악역), 주인공의 가족	주인수, 주인공, 조연(조력자, 악역)	남주인공, 히로인(주연급인지 조연급인지 정할 것), 조연(조력자, 악역), 주인공의 가족

* BL은 가족 관련 에피소드가 드물다.

로맨스 & 로판의 남주 설정 원칙

남녀의 러브스토리를 다루는 로맨스에서 여성 독자들이 스토리에 빠지려면 남자 주인공이 가장 멋진 매력을 갖고 있어야 한다. 여러분의 마음속에 있는 멋진 남자의 조건, 그것을 구현해서 로맨스를 쓰는 것은 당연한 과정이다.

작가 스스로 조물주라고 생각하면서 남주에게 최대한 근사한 스펙을 만들어 주는 것이다. 소설에서라도 그런 남자를 보고 싶은 여성 독자의 욕망을 충족시키는 것이 포인트다.

POINT 1. 남주 직업을 근사하게 설정하라

한때 모든 로맨스 소설 속 남주가 재벌 2세였던 적이 있다. 그러나 요즘은 반드시 재벌 2세 후계자일 필요가 없다. 하지만 직업을 잘 선택해야 하는 것은 사실이다. 그럼 어떤 직업이 좋을까? 한마디로 자신이 소개팅을 하거나 친구에게 소개팅을 시켜줄 경우 꽤 괜찮아 보이는 직업을 고르면 된다.

> - 기업 CEO: 재벌가 자제로서 자리를 맡게 된 경우뿐만 아니라 능력만으로 자수성가해서 올라왔다는 설정도 충분히 좋은 설정이다.
> - 전문직: 검사, 변호사, 의사 등 '사'자 들어가는 직업군은 스토리를 풀어내기 좋다. 대중의 흥미를 일으키는 전문 직종이라면 모두 괜찮다. 편집장, 작가 등도 독자의 불호가 없는 편.
> - 연예인: 배우를 더 선호하는 편이다. 로맨스에선 아이돌이 좀 어린애처럼 보일 수 있다.
> - 스포츠 선수: 여자들이 좋아하는 스포츠 한정. 최근 로맨스에서는 스포츠물이 그렇게 많이 보이지 않는다.

남주가 결말까지 배달 아르바이트를 하고 있거나, 동네 어귀의 조그마한 식당을 운영하거나, 포장마차를 운영하거나, 어느 작은 회사의 말단 사원으로 일하는 로맨스를 독자들은 읽고 싶어 하지 않는다. 현실 세계에서는 어떤 직업 종사자이든 사랑에 빠질 수 있지만, 로맨스 소설에서까지 이런 모습을 보고 싶지는 않다는 뜻이다. 이것이 로맨스 독자들의 솔직한 심정이다.

현실에선 공무원이나 교사가 소개팅이나 맞선 상대로 선호되는 직업이지만, 로맨스 소설에서는 그다지 매력적인 직업은 아니다. 남주가 건물주의 자식, 땅 부자의 자식일 수는 있겠지만 다른 직업이 없다면 결과적으로 백수나 다름없다. 로맨스에서 남주가 백수일 수는 없는 법! 별도의 직업이 있는 것이 좋다.

동양풍 로맨스에서는 황제, 왕 혹은 앞으로 그에 준하는 권력을 얻을 수 있는 위치의 신분이 적절하다. 왕족이 아닌 신분이라면 되도록 문무를 겸비한 능력자로 설정하여 성군(聖君)의 인정을 받고 나라에 큰 도움이 되는 남자로 설정한다. 남주가 평민 혹은 백정, 노비 등 천민으로 등장하더라도, 이유 있는 신분 세탁으로 설정하는 게 좋다.

로판에서는 어떨까? 여주가 귀족이나 왕족인데 남주가 평민인 설정으로 이야기를 끌고 나가는 것은 한계가 있다. 여주의 계급 아래로 남주를 세팅하지는 말 것. 계급의 의미가 없는 마법사, 드래곤 종족 등으로 설정할 수는 있겠지만 남주가 여주에 비해 너무 떨어지는 느낌이 들지 않도록 하는 것이 중요하다.

POINT 2. 남주를 모태 능력남으로 만들어라

로맨스 독자들은 능력 없는 남자를 싫어한다. 능력 없으면 재벌 2세도 싫어한다. 능력 없는 재벌 2세는 악역감이지, 남주감은 결코 아니다. 부모덕으로 자리를 유지하는 것만으로는 충분하지 않다. 설령 회사를 박차고 나와도 먹고살 걱정 없을 만큼, 아들이 회사 때려치운다고 하면 부모가 당연히 바짓가랑이 붙들 만큼 능력이 있어야 한다. 그래야 시부모의 반대라는 갈등 요소도 해결할 수 있다.

대기만성 타입도 곤란하고, 평강공주와 온달 장군처럼 여주가 남주를 키워가는 것도 곤란하다. 여주가 남주의 조력자가 될 순 있다. 그러나 조력자 없이도 남주 혼자 충분히 실력 발휘를 할 수 있는 능력자여야 한다. 그런 능력을 보여줄 수 있는 에피소드를 만들자.

POINT 3. 남주의 신체 조건을 베스트로 만들어라

여자와 눈높이를 같이 하는 키작남이 BL의 주인수가 될 수는 있지만, 로맨스와 로판에서는 남주 역할을 맡을 수 없다. 직업이 아무리 그럴듯하게 좋아도 이 원칙을 거스를 수 없다. 과거에는 180cm 정도도 키가 크다고 표현되곤 했지만, 현재는 185cm가 기본이다. 이제는 190cm도 자주 보인다.

남주의 키 스펙을 꼭 적을 필요는 없다. 하지만 작가들이 남주의 키와 외모 묘사를 구체적으로 언급하는 까닭은 상상력을 자극하여 현실화하기 위해서다. 특히 190cm 정도의 캐릭터를 설정한다면 원고에서 언급하는 게 좋다.

여성향 장르에서 남주는 등장인물 중 성별이 남자인 사람 중에 키가 제일 커야 한다. 다시 말해서 남주가 누군가를 올려다본다는 표현 자체가 있어서는 안 된다는 뜻이다. 어린 시절 장면에서는 남주가 작아도 괜찮다. 하지만 성인이 된 후에는 남주가 제일 커야 한다.

이렇게 당연한 얘기를 하는 까닭은 실제로 남주를 상대적으로 작은 키로 표현하는 사람들이 있기 때문이다. 보통 개인적으로 너무 큰 키를 선호하지 않는 초보 작가들이 이런 실수를 저지른다.

이성을 향한 취향은 모두 다르다. 하지만 곰돌이 푸 체형의 남자를 좋아한다고 해서 개인적 취향을 로맨스에 넣으면 망한다. 가슴이 여자만큼 튀어나오고 팔이 옆구리에 안 붙을 정도로 우락부락한 근육을 좋아한다고 해서 남주를 그렇게 만들면 망한다. 작가 자신의 취향이 아니라 평균적인 한국 여성들이 좋아하는 남성상을 그려라. 로맨스 남주 외모의 필수 조건은 다음과 같다.

- 등장인물(남자) 중 제일 큰 키
- 긴 다리
- 잘생긴 얼굴이되 남성적인 윤곽(코 높음, 입술 살짝 도톰, 강한 턱선)
- 넓은 어깨와 등판
- 여자의 두 손을 한꺼번에 잡을 수 있을 만큼 큰 손과 긴 손가락
- 적당한 근육질(자주 묘사되는 근육 위치: 가슴, 배(복근), 팔뚝, 허벅지)

쌍꺼풀/홑꺼풀을 구체적으로 표현하는 것은 비추. 독자들의 취향이 확실히 갈리는 문제라 홑꺼풀이라고 적으면 쌍꺼풀 추종자들이 힘들어하고, 쌍꺼풀이라고 적으면 홑꺼풀 추종자들이 느끼한 얼굴로 받아들여서 이야기에 집중을 못 한다. 깊은 눈매 등 뭉뚱그린 은유적 표현을 활용할 것.

POINT 4. 남주의 나이는 상관없다

여주와 남주의 나이 차는 그다지 중대한 문제는 아니다. 나이 차가 확 나는 연하남도 괜찮고 반대로 연상남도 무방하다. 다만 요즘은 나이 차가 많이 나는 연상남 스토리가 그렇게 많이 나오지 않는다. 그뿐만 아니라 남주가 연상이라고 해도 '오빠'라는 호칭을 잘 쓰지 않는다. '오빠'에서 짜게 식는 여성 독자들이 많으니 주의하자. 어쨌든 여주가 성인일 경우, 남주가 미성년자만 아니면 된다.

조연 캐릭터의 기능

웹소설의 어떤 장르에서도 인물이 주인공 한 명만 나오는 설정은 불가능하다. 어떤 스토리라도 주인공 외 여러 명이 등장하게 된다. 그중 대사, 행동 등으로 주인공을 위기로 몰아넣거나 반대로 주인공을 도와주는 캐릭터를 잘 정리해야 한다.

이 중 주인공을 돕는 조연 캐릭터가 조력자다. 조력자 없이 주인공이 혼자만의 힘으로 갈등을 이겨내기는 쉽지 않다. 이 조력자의 기능을 잘 활용하면 편리하게 원고를 쓸 수 있다.

⚓ 조력자 캐릭터 활용법

주요 스토리에 포함	주인공급 조연 수준으로 끌어올려 본편에서 그만의 스토리라인이 진행되도록 한다. 단, 누가 주인공인지 혼동이 될 만큼 조연의 비중이 크면 문제다.
인원 한정	에피소드를 늘릴 수 있다 해서 조력자 인원을 너무 많이 늘리면 안 된다. 독자들이 관계도를 이해하기 힘들고, 집필 과정에서 스스로 혼란스러울 수 있다.
외전으로 조력자 사연 추가	본편 스토리의 기승전결이 마무리된 후, 추가로 조력자 캐릭터의 이야기를 간단하게 풀어낸다. 로맨스에서는 외전에서 서브 커플을 맺어 주면서 독자들의 서브병을 해결하기도 한다.
연작으로 조력자를 주인공화	A 작품에서 조연으로 나왔던 인물을 B 작품에서 아예 주인공으로 내세워 새로운 스토리를 만드는 방법도 있다. 대신 이렇게 연작을 쓰려면, 해당 캐릭터를 이전 작품에서 비호감으로 만들지 말아야 한다.

우선 물리적으로 '대화'를 늘려 준다. 주인공의 편이 아무도 없다면 대화를 하는 게 불가능하다. 물리적으로 '에피소드'를 늘려 주므로, 원고의 분량도 늘릴 수 있다. 그리고 주인공 혼자서는 세상만사 소식을 다 알 수 없다. 이때, 조력자가 소식통이 되어주기도 한다.

반대로 조력자이면서도 주인공을 힘들게 하는 캐릭터를 활용하여 갈등을 투척하기도 한다. 착하지만 사고 치는 가족이 대표적인 예다.

악역을
꼭 넣어야 하나요?

웹소설에서 악역이 꼭 등장하는 이유는 그 존재 자체로 스토리에 '위기'를 설정하는 것이 가능하기 때문이다. 또 스토리 초반에 주인공이 어리바리할 경우 주인공의 각성 계기가 되어준다. 한마디로 주인공의 불행 혹은 능력을 증폭시키는 역할이다.

보편적으로 악역은 주인공의 적일 가능성이 높다. 그러나 '적'이 아닐 수도 있다. 가족, 친구 등으로 비교적 작은 갈등을 만들어낼 수도 있다. 이렇게 주인공의 절친한 주변 인물이 악역에 포함될 경우 선한 주인공은 용서를 할지 말지 갈림길에 서게 된다.

남성향 장르는 악역이 있더라도 큰 비중을 차지하지 않고 주인공이 빠르게 혹은 단기간에 해치우는 방식으로 만들 수도 있다. 이 경우 다수의 에피소드가 필요하며 최종 보스를 만들어주는 게 완결까지 갔을 때 대단원의 막을 내리기 좋다. 완결권에서 최종 보스 없이 뜨뜻미지근하게 끝나면 찝찝한 엔딩이 되기 쉽다.

'주인공'과 '적'의 관계 설정이 중요하다. 주인공이 감당할 수 없을 정도로 적의 수가 너무 많거나 너무 강하면 곤란해진다. 예를 들어 주인공의 편은 단한 명도 없고 조력자였던 사람들은 모두 힘을 잃거나 죽은 상황에서 주인공과 대치하는 인물이 권력과 힘을 갖고 있는 다수라면 독자 입장에서 지치기도 하고 여기서 주인공이 이기게 된다는 결말이 심리적으로 납득이 안 가게 된다. 그러므로 스토리의 길이에 따라 '적'의 수가 정해져야 한다. '주인공'과 '적'의 규모를 어느 정도 맞춰 주면 좋다.

악역이 존재하지 않으려면, 선악 구도를 넣지 않은 설정을 만들어야 한다. 그러나 악역이 나오지 않는 스토리라면 자칫 잔잔하다는 평을 들을 위험이 있다. 그만큼 스토리에 갈등을 보충할 수 있는 설정이 들어가야 한다. 또한 악역이 없다고 해서 주인공 자신이 민폐인 상황을 만들지는 말아야 한다. 만약 스토리가 밋밋해 보인다면 고집부리지 말고 악역을 넣는 게 가장 쉽고 빠른 해결책이다.

쓰기 쉬운 캐릭터 VS 쓰기 힘든 캐릭터

스토리를 풀어나가기 수월하면서 독자들이 거부감을 느끼지 않는 인물은 어떤 캐릭터일까? 한마디로 목표가 분명하고 감정이 확실한 캐릭터다. 선과 악을 따지자면 '권선징악'의 스토리를 이끌어갈 수 있는 선하고 의로운 인물을 주인공으로 세우는 것이 쓰기 편하다.

클리셰 비틀기가 유행이 되면서 악녀 소재가 유행하고 있다. 그러나 실제로 흘러가는 내용은 '악녀'에 부합하지 않는 경우가 대부분이다. 사이다를 연출할 뿐 리얼 악녀가 아니다. 악역으로 알려진 캐릭터를 주인공으로 만드는 것은 문제가 없으나 계속 악을 자행하는 내용으로 흘러간다면 웬만한 필력이 아닌 이상 독자들의 반발을 막아내기가 쉽지 않다.

또한 감정을 잘 표출하는 캐릭터로 설정했을 때 이 주인공으로 이야기를 끌고 나가기 쉽다. 게다가 조연 캐릭터를 붙여서 이른바 '티키타카'가 잘되는 상황을 만들면 이야기가 풍성해진다. 그리고 컨트롤 가능한 캐릭터를 만들어야 집필이 수월해진다. 설정뿐만 아니라 스토리라인을 풀어봤을 때 이야깃거리가 많이 나오는 캐릭터로 만드는 게 중요하다.

그렇다면 작가가 쓰기 힘든 캐릭터는 어떤 타입일까?

행동보다 생각을 더 많이 하는 성격

속으로 생각은 많이 하지만 입 밖으로 말을 거의 내뱉지 않는 성격으로 주인공을 설정하면, 필연적으로 지문이 많아진다. 이렇게 되면 장면과 장면의 진도가 느려지고, 대사 없이 지문으로 벽돌을 쌓게 되어 원고 전체의 가독성이 현저히 떨어진다.

감정을 참는 성격

진중하고 차분한 성격으로 인물을 설정하는 것 자체가 불가능한 것은 아니다. 그렇다고 대사와 움직임이 없으면 곤란하다. 주인공이 이러면 주변에 끌려다니는 것처럼 보인다. 일정 분량의 대사와 행동이 필요하다. 이는 과묵한 남성을 좋아하는 여성들이 자주 하는 실수다.

말이 너무 많은 성격

너무 과묵한 성격도 문제지만 말이 너무 많아도 문제가 된다. 이 역시 이야기의 속도를 느려지게 만드는 주범이다. 주인공이 말이 너무 많으면 주변 인물 및 독자를 계도하는 느낌이 강하게 든다.

또한 주인공이 아닌 주인공의 조력자 역할로 말 많은 촉새를 넣는 경우가 있는데, 이렇게 하면 상대적으로 주인공의 비중 문제가 생길 가능성이 높다.

수줍음 많고 소심하며 우유부단한 성격

남자 주인공을 수줍음 많고 소심하며 우유부단한 성격으로 설정하는 것은 절대 금지! 이는 여성향 장르의 남주로도, 남성향 장르의 주인공으로도 쓸 수 없으므로 장르를 막론하는 웹소설 절대 법칙이다.

여주는 이런 성격이 가능하다. 그러나 소심하고 우유부단한 성격으로 여주를 설정하면 보통 민폐 캐릭터로 발전하는 경우가 많기 때문에 독자들의 호불호가 심하게 갈린다. 최근 들어 불호가 더 심해지고 있어서 그런 캐릭터가 줄고 있다.

이중적이거나 모호한 성격

인간의 성격을 분류한다면 위의 그림처럼 나눠 볼 수 있을 것이다. 실존하는 인간들은 모두 일관적이지 못하다. 서로 상충하는 두 성향을 동시에 지니는 것도 가능하다. 왜냐하면 상황과 환경과 상대에 따라 다르게 행동하고 대응하기 때문이다.

그러나 이렇게 복잡한 캐릭터를 웹소설에서 구현하면 안 된다. 캐릭터의 성격은 뚜렷하고 명확해야 한다. 소설 속 인물이 이중적으로 행동하면 독자는 이를 캐릭터 붕괴 현상으로 받아들이며 개연성이 떨어진다고 생각한다. 독자 자신이 실제로 그런 성격인데도 말이다. 또 캐릭터가 불명확하고 모호하게 행동하면 더욱 답답하다고 느낀다.

소설 속 캐릭터에 현실성을 부여하지 말자. 캐릭터는 캐릭터일 뿐이다.

캐릭터 이름 정하기

이름을 짓는 것은 쉬운 일이 아니다. 상당수의 작가가 네이밍 스트레스를 받는다. 모든 스토리에는 다양한 이름이 필요하며, 그 모든 네이밍은 오직 작가만이 할 수 있다. 비단 주인공 이름뿐만 아니라 대사가 있는 모든 캐릭터와 회사명, 하다못해 과자 이름까지 정해야 할 수도 있다. 웹소설 네이밍 기본 규칙은 다음과 같다.

- 너무 특이하지 않게 정하자.
- 기억하기 쉽게 정하자.
- 헷갈리지 않게 정하자.

시놉시스 쓰는 시점에서는 주인공, 남주, 여주, ○○그룹 식으로 대충 적어도 무방하다. 그러나 원고에 실제로 들어가는 시점부터는 이름을 정해야 헷갈리지 않는다.

현대물 ver. 낯익지만 멋진 이름 정하기

특색 있고 매력 있고 의미 있는 이름을 정하는 게 베스트지만 들어본 듯 친숙한 이름도 필요할 때가 많다. 너무 과하게 예쁘장하고 멋진 이름은 그 자체로 오히려 유치하거나 느끼해 보인다.

주인공은 주인공답게

원하는 분위기를 충분히 낼 수 있도록 주인공은 '주인공'다운 이름이 좋다. 설정한 성격과 분위기에 어울리는 이름을 정하면 된다. 주인공이 활달하고 개그도 많이 치는 캐릭터라고 해서 이름까지 웃기고 우스꽝스러우면 곤란하다. 예를 들어 '김대박'이나 '최근엄'처럼 진지한 장면을 만들 때 분위기를 깰 수 있는 이름은 좋지 않다.

너무 흔한 성보다는 살짝 덜 흔한 성이면 눈에 띄어서 기억하기 좋다. 대신 성과 이름을 합쳤을 때 발음이 힘들면 곤란하다.

웹툰이나 애니 등 이미지로 진행되는 매체에서는 이름 자체가 자주 나오지 않기 때문에 조금 과한 이름이라도 허용된다. 그러나 텍스트로 진행되는 웹소설에서는 끊임없이 이름을 써야 하기 때문에 시각적으로 불편해진다.

남자 주인공한테는 실제로 있을 법한 멋있는 이름을 지어주어야 한다. 반대로 주인공과 대립하는 악역 남자 캐릭터가 착한 느낌의 이름이면 심리적 혼란이 일어난다. 악역은 이름조차도 남주보다 꿀려야 한다.

반대로 여주 이름은 너무 예쁘면 부담되고 자칫 옛날 인소처럼 느껴질 수 있다. 여주 이름은 조금 편안한 이름을 쓰는 게 좋다. 중성적인 이름도 인기가 있다. 오히려 악녀 이름을 여주 이름보다 훨씬 예쁘고 아기자기하게 지어서 새침한 악녀 느낌을 만드는 게 더 어울린다.

여성의 이름에서 풍기는 이미지는 장르에 따라 차이가 생긴다. 예를 들어 '루비', '루미' 같은 이름은 남성향 장르에서 히로인의 이름으로 사용하는 것이 크게 문제는 안 된다. 그러나 여성향 장르에서는 여주한테 붙이기 어렵고, 얄미운 여우 악녀 캐릭터에 더 어울리는 이름이다.

연령대에 어울리게

주인공뿐만 아니라 주인공의 가족이나 나이가 훨씬 많은 캐릭터의 이름을 지어야 할 때도 있다. 여기서 중요한 것은 실제 연령대의 이름이 아닌, 독자가 인지하는 연령대의 이름에 맞춰야 한다는 것이다.

예를 들어 '미영'이란 이름은 현재 20대에서 50대까지 보이는 이름이다. 그러나 어머니의 이름으로 '미영'이란 이름을 붙이면 너무 젊어 보인다. 그렇다고 해서 숙자, 말자까지 가면 너무 멀리 갔다. 보통 'ㅇ숙', 'ㅇ화', 'ㅇ령' 같은 이름이 현재 50대 이상의 여성으로 인지되는 느낌이다.

자음과 모음을 완전히 다르게

주인공과 서브 캐릭터의 이름을 정할 때 자음과 모음을 잘 생각하여 서로 부딪히지 않도록 설정해야 한다. 예를 들어 여주의 이름이 '윤지'인데 여주의 친구나 악조(악역 조연)의 이름을 '유주'로 붙여 버리면 안된다. 남주의 이름을 '상혁'으로 지었는데 권력을 다투는 이복형의 이름이 '상현'이면 독자도 헷갈리고 작가 자신도 쓰면서 오타가 반드시 나온다. 편집자가 교정을 볼 때 못 잡아내는 경우도 흔하다.

한국에서 형제, 자매, 남매는 돌림자를 만들면 가족 관계를 뚜렷하게 인식할 수 있지만, 되도록 자음과 모음, 받침의 조합이 너무 똑같지 않도록 하는 게 실수를 줄일 수 있는 좋은 선택이다.

현대물 이름을
쉽게 짓는 방법이 있을까요?

실존 이름에서 바꾸기

실제로 존재하는 이름에서 한 글자씩 바꿔 보는 것이다. 웹소설 속에서 기업명을 삼송전자, SP엔터테인먼트, LK그룹 식으로 짓는 것은 작가가 웃기고 싶어서 그러는 게 아니다(딱히 웃기지도 않음). 실존하는 업체에 관하여 이야기를 만들어나가면서 예를 들어 A 기업을 비리, 부정부패, 횡령을 자행하는 악덕 기업으로 설정해서 이야기를 꾸려 나갔을 때, 혹시라도 A 기업 쪽에서 명예훼손 등으로 문제 삼을 수 있으므로 이를 미연에 방지하는 것이다. 물론 지금까지는 그런 일이 없었지만 그 일이 앞으로 어느 작품에 생길지 아무도 모른다.

자신의 이름에서 바꾸기

요즘은 작가의 본명이 필명처럼 느껴질 정도로 예쁘고 멋진 경우가 많다.

자기 이름을 응용해 주인공의 이름을 정한다면 집필 시 주인공에 감정 이입하기 좋다. 다만, 작가의 본명과 너무 비슷하면 뜻하지 않은 상황에서 민망해지는 일이 일어날 수 있으므로 유통 시점에서 조금 더 고쳐줄 필요는 있다. 지인의 이름을 활용하는 경우도 종종 있으나, 자칫 원고 집필에 방해가 될 수 있으니 조심할 것.

연예인 이름에서 바꾸기

아이돌이나 배우 등 다양한 업계의 연예인 중 멋진 이름을 찾아보고, 조합한다. 특히 아이돌 그룹은 인원이 많고 영어 예명을 제외하면 대체로 발음하기 좋은 이름을 쓰고 있어서 주인공 이름으로 활용하기 좋다. 단, 성과 이름을 그대로 붙여서 쓰면 독자들이 특정 인물을 떠올릴 수 있으므로 변화를 주어야 한다.

공간 이름은 정하지 말기

남녀 주인공이 영화관 앞에서 만나는 장면에서 굳이 CGV라고 적을 필요도 없고, 별도로 브랜드를 만들 필요도 없다. 편의점, 철물점, 영화관 등 스토리에서 매우 중요한 장소가 아니라면 보통 명사로 뭉개도 무방하다.

원론적으로 외국계 이름은 그야말로 보고 읽기에 아름답고 멋진 이름으로 정하면 된다. 외국 이름에는 각기 의미가 있지만, 작가 자신이 그런 점에 의미를 부여하면서 이름을 붙이고 즐거워하는 것뿐이지 독자들은 이름에 내포된 의미에 딱히 관심이 없다.

한국과는 달리 서양풍 이름은 돌림자가 필요없고 연령대 별 트렌드를 따르지 않아도 된다. 한국 이름 네이밍보다 훨씬 자유로운 건 분명한데 어째서 서양풍 배경 소설을 쓰는 지망생들이 현대물을 쓰는 이들보다 훨씬 더 심한 네이밍 스트레스를 토로하는 것일까? 서양풍 웹소설은 '한국인 독자가 읽는 서양풍 배경 스토리'다. 바로 이 정체성에 각종 문제가 도사리고 있다.

가상 시대로 설정하면 자율성이 있다

서양풍 웹소설은 대체로 실존 시대가 아닌 가상 시대를 배경으로 한다. 그러므로 A 가문의 성과 이름은 독일식, B 가문의 성과 이름은 이탈리아식으로 정해도 특별히 문제가 생기지 않는다.

드, 데, 디, 반, 판, 폰 등 귀족의 이름과 성 사이에 넣는 전치사 역시 넣어도 되고 안 넣어도 된다. 미들 네임 역시 넣어도 되고 안 넣어도 된다. 이름이 잘 지어지면 다행이지만 이름 짓느라 괜한 스트레스를 받을 수 있다. 황제가 등장한다면 황제의 풀 네임에는 미들네임까지 넣는 편이 낫다.

일관성은 있어야 한다

'드'를 붙인다면 모든 귀족에게 '드'가 붙는 설정이어야 한다. 어떤 가문에겐 안 붙이고, 어떤 가문에겐 붙인다면 문제가 된다. 또 이 가문은 '드'를 쓰고 저 가문은 '데'를 쓴다면 역시 이상해 보인다.

미국식 이름은 안 된다

한국 사람에겐 미국식 이름이 굉장히 익숙하다. 그래서 로판이나 판타지에서 주인공한테 미국식 이름을 지어주면 현대적인 느낌이 난다. '서양풍'이라는 건 21세기의 미국 뉴욕이나 영국 런던에서 펼쳐지는 이야기가 아니다. 현대가 아닌 고전적인 모습을 보여주려는 것이기 때문에 미국식 이름이 풍기는 현대적 이미지는 서양풍 스토리와 어울리지 않는 것이다. 예를 들어 에이미, 에밀리, 제니퍼, 제시카, 로버트같은 이름은 너무 흔하고 익숙하고 현대적인 영미권 이름이다.

웹소설에서 원하는 서양풍 이름을 찾으려면 유럽에서 찾아야 한다. 독일어, 프랑스어, 러시아어, 스페인어, 이탈리아어 쪽에서 이름을 찾아보자. 영어보다 조금 더 긴 이름이 많고, 한국인 눈에 낯설고, 그래서 뭔가 판타지 느낌이 나고, 더 고전적인 느낌이 나고 세련되어 보인다.

글자 하나만 바꿔도 달라진다

외국 이름은 인터넷에 자료도 많은 편이다. 서양 이름을 모은 사이트 등을 활용하면 편리하다. 여기서 실존하는 멋진 이름을 찾아도 되지만, 존재하는 이름에서 글자 하나만 바꾸거나 늘리거나 줄여도 적당히 독특하고 다른 작품과 겹치지 않는 네이밍을 할 수 있다.

독자들이 읽으면서 '어? 이 이름은 여기서 글자 하나 바꿨네? 이런 이름은 절대 존재할 수 없어!'라고 생각하고 작가를 비난하는 일은 생기지 않는다. 그럴듯하게 어울리는 이름을 만든다면 아무 문제 없다.

너무 긴 이름은 가독성이 떨어진다

주인공 캐릭터들의 이름을 너무 길게 지어 버리면 집필 시에도 문제가 생기고 독자들이 읽을 때도 힘들어진다. 너무 길게, 너무 어렵게 정하진 말자.

자주 불리는 이름 자체가 길면 대사 쓰기도 힘들다. 그렇게 길게 만들었다면 애칭(줄여서 부르는 이름)이나 이름 대신 부를 만한 어떤 호칭, 직위가 있는 게 읽기도 쓰기도 편하다.

장편용 스토리냐 단편용 스토리냐, 그것이 문제로다!

웹소설 시장에선 어느 쪽이 나을까?

웹소설 시장 바깥의 사람들은 웹소설을 흔히 '스낵 컬처'라고 정의한다. 그러나 이는 '연재로 쪼개서 100원씩 판매한다'는 물리적인 환경에 따른 단순한 분석일 뿐이다. 재미와 퀄리티가 유지된다는 전제하에 길면 길수록 돈을 더 벌게 된다.

실제로 웹소설은 타 분야와 비교했을 때 절대 짧지 않다. 일반적으로 웹소설 시장에서 팔리는 단권은 10만 자 내외다. 이 책에서 '단편'이라는 말하는 분량은 신춘문예에서의 '단편'과 비교할 수 없을 정도의 분량이며, 웹소설의 단편은 사실상 순문학의 경장편 수준이다. 그러므로 생각보다 많이, 길게 써야 웹소설 시장이 원하는 분량을 채울 수 있다.

웹소설 시장에서는 작품의 길이가 론칭하는 플랫폼과 프로모션에 큰 영향을 준다. 쓰는 도중에 단편용 스토리를 갑자기 장편으로 늘이거나, 장편을 갑자기 단편으로 줄이는 것은 힘겨운 일이다. 미리 시놉시스 단계에서 신중하게 준비한다면 고통이 덜할 것이다.

문제는 장르를 처음 쓰는 사람들은 자신의 스토리가 장편용인지 단편용인지 구별하지 못한다는 점이다. 이들의 고통은 여기서 시작된다.

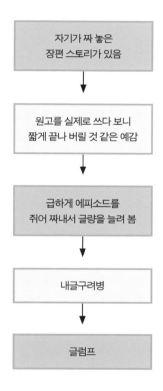

장편을 시도하는 사람들은 대체로 이런 단계를 거친다. 한마디로 자기가 짜 놓은 스토리만 쓰면 내용이 끝나 버려 장편이 안 되는 것이다. 왜 이런 현상이 일어나는 걸까?

첫째, 구성한 스토리가 장편용이 아니라는 뜻이다. 짧게 끝날 이야기를 길게 늘이는 건 힘든 작업이며, 그게 되더라도 퀄리티가 떨어진다. 이는 기성 작가도 마찬가지라 이렇게 작품을 망치는 경우가 꽤 있다.

둘째, 쓰는 사람이 장편을 못 쓰는 실력이거나 장편 집필에 맞지 않는 타입이기 때문이다. 장편을 쓰고 싶은 마음이 간절해도 짤 수 있는 스토리가 단편이고, 원고로 쓸 수 있는 능력이 단편이라면 애석하게도 여러분은 장편을 쓸 수 없는 사람인 것이다.

단편보다 장편을 쓰기 힘든 까닭

실제로 단편을 못 쓰는 까닭은 딱 하나뿐이다. 단편으로 끝낼 수 없을 정도로 장황하게 스토리라인을 짰기 때문이다.

반대로 장편을 쓰기 힘든 까닭은 수천수만 가지가 있다. 필력과 길고 촘촘한 스토리라인이 있어도 자신의 스케줄, 건강 문제, 개인사(인간관계, 집안 문제) 등 다양한 변수가 모두 평탄하게 뒷받침되어줘야 장편을 끝마칠 수 있다. 사실상 이 중 하나만 문제가 생겨도 장편 원고를 쭉 이어가는 게 힘들어진다.

장편 쓰는 연습을 해야 한다

누구나 장편이 될 만한 시놉시스를 짤 수 있다. 하지만 누구나 장편을 쓰지는 못한다. '글을 잘 쓴다', '장면을 잘 묘사한다'만으로는 충분하지 않다. 단편은 잘 쓰지만 장편을 쓰면 늘어지고 재미가 없다면? 짧게 치고 가는 것만 잘 쓰는 사람은 단권이 팔리는 장르로 가야 한다.

그러나 매번 단편만 낸다면 장편을 못 쓴다는 평가를 받게 된다. 또, 단편이 아예 불가능한 장르도 많다. 그러나 죽어도 장편을 쓰기 힘들고 단편 스타일이 어울린다면? 그럼에도 웹소설 시장에서 살아남고 싶다면?

에피소드를 계속 엮을 수 있는 시리즈 스타일을 연구해 보자. 단편을 묶더라도 서로 이어질 수 있도록 쓰는 것이다. 원래 이 스타일은 남성향 현판에서 많이 볼 수 있는 형식이다. 같은 틀 안에서 해결해야 할 문제가 계속 생기고 그걸 해결하면 그 에피소드가 마무리되는 구조다. 현대 로맨스에선 이 형식을 활용하는 것이 현실적으로 불가능하지만 로판에서 로맨스가 아닌 다른 주제를 메인 스토리라인으로 잡는 경우에는 활용할 수 있다. 단편이나 앤솔러지 출간이 쉬운 BL에서도 가능하다.

그러나 장편 중심으로 돌아가는 장르에서 자리를 잡고 싶다면 최종적으로는 장편에 익숙해지고 장편 쓰는 연습을 해야 한다.

단편용 스토리,
어떻게 만드나요?

남성향은 힘들지만 여성향에선 단편이 가능하다. 머릿속 스토리가 방대하다면 시놉시스 작업을 하면서 내용을 축소할 것!

POINT 1. 시간의 흐름을 축소한다

어린 여자아이가 성인으로 성장하는 육아물을 단편으로 쓰는 것은 사실상 불가능하다. 짧으면 한 계절, 길어야 1년 사이에 러브스토리가 결판이 나는 설정으로 이야기를 만들어라.

POINT 2. 배경의 규모를 한정한다

같은 동양풍 로맨스라도 남주가 전쟁의 신이라 전국을 누비다가 돌아와 황제 자리를 되찾는 이야기와 양반가의 병약한 막내딸이 별채에서 머무는 이야기는 사이즈 자체가 다르다. 공간적 배경을 한정하면 캐릭터의 동선이 줄어들어 이야기가 늘어나지 않는다.

POINT 3. 등장인물의 수를 줄인다

시간, 배경, 사건을 줄이려면 등장인물의 수가 줄어들 수밖에 없다. 주인공급 캐릭터 외의 다른 인물들이 등장하더라도 이들의 사연을 대폭 줄인다. 물론 서브녀(약혼녀 등)를 등장시키는 것이 무리는 아니지만, 과도하게 사연을 풀지 말고 적당히 사라지는 악조로 만들 것.

POINT 4. 주인공의 가족 관계를 줄인다

여주의 가족이 살아있다면 화목한 가족으로 설정하여 별 이슈가 없도록 한다. 여주의 삶에 위기를 만드는 역할이라도 과하게 자세히 풀지 말 것. 남주의 가족도 남주 한마디에 찍 소리 못하는 느낌으로 관계를 설정하고 스토리를 짜면 된다. 남주의 가족이 권력을 쥐고 있거나 남주와 갈등이 있거나 여주를 핍박하는 구조로 만드는 순간 남주가 이를 타파해야 하는 이슈가 생기기 때문에 단편으로 줄이기가 쉽지 않다. 주인공의 가족을 아예 등장시키지 않거나, 없애는 것도 좋은 방법이다.

장편용 스토리,
어떻게 만드나요?

장편을 쓰고 싶다면 처음부터 주인공이 무엇을 원하는지를 먼저 생각하고 시야를 넓힐 필요가 있다.

POINT 1. 캐릭터의 목표를 여러 개 설정한다

주인공의 목표와 욕망을 다각적으로 세팅하면 스토리를 장편용으로 만드는 게 쉬워진다.

- 경제적인 목표
- 원하는 권력의 수준
- 커리어 목표
- 원하는 인간관계
- 가족(부모와 형제자매, 친척) 관계 해결
- 복수

다음에는 주인공 외의 다른 등장인물이 무엇을 원하는지도 생각해 본다. 서로 상충하는 동기와 목표를 만드는 것이 가장 좋다. 예를 들어 주인공이 가족의 사랑을 받고 싶어 한다면, 툭하면 잠수 타다가 돈 떨어지면 자식에게 구걸하는 철없는 친모 혹은 주인공을 도박 빚 대신 팔아넘기려는 계부로 주인공을 극한의 고통 속에 몰아넣을 수 있다.

POINT 2. 중심이 되는 이야기 외에 다른 사건을 넣는다

스토리의 중심축은 남녀 간의 러브스토리이지만 그 안에서 범죄 사건이 등장하고 이를 해결하는 내용을 포함한다면 전체 분량이 길어질 수밖에 없다. 정치물 현판이라고 해서 주인공이 정치인만 만난다면 흔한 정치물이 될 것이다. 그러나 기업과 연예계 사건을 추가한다면 스토리는 더욱더 넓게 확장될 것이다.

단, 중심이 되는 이야기가 모두 해결된 다음에 새로운 사건을 툭 넣으면 누가 봐도 이야기를 늘이려는 티가 난다. 어디까지나 자연스럽게 주인공이 해결해야 할 문제 중 하나인 것처럼 스토리에 녹여주는 게 좋다.

POINT 3. 배경과 세계관을 넓힌다

주인공의 동선을 넓히면 공간도 늘어나고 사건도 늘어나고 설명할 것도 늘어난다. 같은 황제 소재라도 제국이 전쟁하여 국경을 넘나드는 설정과 평화로운 시대라 황궁 안에서만 사건이 일어나는 설정은 작품의 길이 자체가 달라질 수밖에 없다.

현대 판타지 기업물을 회귀물 소재로 쓴다고 해 보자. 국내 기업 관련 에피소드만을 이야기하는 작품에 비해, 세계 기업 역사까지 끌어내는 작품은 그 내용이 더욱 방대할 것이다.

탄탄한 스토리를 위한 자료 조사

어떤 장르를 쓰든 어떤 내용을 쓰든 스토리를 쓰려면 자료 조사는 꼭 필요한 작업이다. 현대 배경이라고 해서 자신이 경험한 것만으로 주인공을 굴릴 수 없고, 판타지라고 해서 자신이 상상한 것만으로 이야기를 풀어나가는 건 한계가 심하기 때문이다. 실제로 글쓴이의 지식이 방대하면 글이 풍성하게 나오는 건 사실이다. 필력이 동일하다고 가정할 때 글쓴이의 지식수준에 따라 퀄리티의 차이가 생긴다.

100% 자료 조사는 불가능하다

시놉시스를 쓰기 전이나 스토리를 구성하는 단계에서 사전 자료 조사는 필수. 그런데 무슨 자료조사를 3년 내내 하는 사람들도 더러 있다. 스토리에 녹여 넣을 모든 정보를 이렇게 만반의 준비를 한 다음 스토리를 쓰겠다고 마음먹는 것이다. 그러나 자료 조사를 하는 행위 자체는 '습작'이 아니기 때문에 만약 여러분이 소설 쓰기를 공부해야 하는 왕초보 실력이라면 그동안의 시간을 그냥 버린 것이다.

소설 쓰기에 필요한 자료는 사전에 100% 모으는 것이 불가능하다. 원고를 집필하는 시기에도 자료 조사는 할 수밖에 없다. 스토리 구성 단계에선 전혀 생각하지 못했던 자잘한 정보를 찾아내고 팩트체크를 해야하는 일이 부지기수로 생긴다. 그렇다고 자료 조사를 하느라 집필을 멈춘다? 자료 조사와 집필은 거의 동시에 이루어져야 한다.

소설에 필요한 자료는 인터넷 검색부터 서적, 논문, 영상 매체 등 다양한 곳에서 구할 수 있다. 자료 조사는 내가 모르는 것이나 사람들이 잘 모를 것 같은 특이사항만 찾아내는 것이 아니다. 모두가 알고 있는 기본 상식으로 느껴지더라도 텍스트의 낭비가 아니다. 일단 적어두고 갈무리해두는 게 좋다. 알고 있는 것과 그걸 활용하는 것은 별개다. 자기 머리를 너무 믿지 말자.

때로는 경쟁 혹은 비교가 될 만한 소스들을 체크할 필요도 있다. 같은 소재나 주제로 쓰인 소설도 그 자체로 정보가 된다. 그러나 그 작품들에 나온 정보는 그 작가가 선별해서 녹여낸 내용이므로 소설 작품만으로 자료 조사를 하면 정말 위험하다. 그렇게 해서 스토리를 짜면 당연히 표절 논란이 일어날 수밖에 없다.

혹시라도 전문가를 만나 이야기를 들을 기회가 생긴다면 꼭 필요한 것이 무엇일까? 바로 질문지다. 전문가에게 메일을 보내거나 인터뷰를 요청할 용기는 있으면서 덮어놓고 '팁 좀 주세요' '다 알려주세요'라고 하는 사람들이 은근히 많다. 자신이 궁금한 것이 무엇인지 정확하게 말하지 않으면 좋은 정보를 뽑아낼 수 없다. 이런 태도를 무례하다고 받아들이는 상대도 많으니 용기 있는 진상이 되지 않도록 조심하자. 질문지 작성은 사람을 실제로 만나지 않더라도 자료 조사의 핵심을 파악할 수 있다. 필요한 소스를 정리할 때 정리 효과가 있어 도움이 된다.

웹소설은 전문 서적이 아니다

자료 조사를 많이 했거나 원래 본인의 지식수준이 방대한 사람은 글을 쓰면서 엄청난 욕망을 느낀다.

**"더 깊이 알려주고 싶다! 내가 아는 지식을 자랑하고 싶다!
정보를 더 쓰고 싶다!"**

이 욕구에 발목 잡히는 순간 여러분의 작품은 웹소설인지 설명문인지 전문 서적인지 알 수 없는 수준이 되고 만다.

소설을 쓸 때는 막대한 양의 지식과 방대한 정보 중 가치 있는 것을 선별해야 한다. 큐레이션을 해야 하는 것이다. 주제와 목표에 적합한 정보만 골라서 써야 하고, 어떤 정보는 의도적으로 삭제하고 걸러야 한다. 내가 조사한 정보가 100장이라도 그중에 쓰여야 하는 건 10장 분량뿐일 수도 있다. 자료 조사는 충분히 해야 하지만, 준비한 정보가 아깝다고 욱여넣지 말라는 얘기다.

정보를 한 문단 이상 쓰는 순간 독자는 대번에 작가의 강박을 눈치챈다. 특히 분량을 늘리기 위해 이런 짓을 하는 건 최악의 수다. 그러므로 모든 정보를 글에 쏟아부으려는 강박에서 벗어날 필요가 있다. 원고에 그 정보를 그대로 복붙하는 행위 역시 출처에 따라 법적 조치를 받을 위험이 있으니 조심하자. 스토리에 녹여내되 온전히 자신이 쓴 문장으로 살려야 한다.

스토리텔링
중간 점검하기

다음의 질문을 스스로 던지고 솔직하게 답변해 보자. 부정적인 답변이 나오는 항목이 있다면 그에 주목하여 수정하고 앞으로 쓸 원고에 반영하자.

□ 너무 많은 인물이 나오는 것은 아닌가(쓰는 자신도 헷갈릴 만큼)?

□ 세계관 설정이 너무 어렵지는 않은가?

□ 독자에게 계속 '비밀'을 숨기고 있지는 않은가(떡밥은 조금씩 회수되어야 한다)?

□ 하나의 사건이 스토리라인에서 얼마나 큰 비중을 차지하는가?

□ 그 사건이 정말 그 스토리에서 중요한가?

□ 주인공이 '주인공'다운 비중과 매력을 갖고 있는가?

□ 자신이 읽었을 때 재미있는가?

본격 원고 쓰기

쓰기 편한 시점 찾기

원고를 쓰기 위해서는 모든 문장의 기초가 되는 시점을 정해야 한다. 한마디로 세상을 바라보는 관점이 누구한테 있느냐를 정하는 것이다. 이 시점을 무엇으로 정하느냐에 따라 각 문장의 주어와 조사가 결정된다. 또, 같은 장면이라도 시점에 따라 다르게 묘사된다. 스토리에 어울리면서도 자신이 쓰기 편한 시점을 정하는 것이 중요하다.

1인칭 주인공 시점

소설을 처음 쓰는 사람들이 1인칭 주인공 시점으로 글을 쓰는 까닭은 1인칭 주인공 시점으로 쓸 때 빠르고 쉽게 주인공에 빠져들 수 있기 때문이다. 주인공을 '나'로 칭하며 주인공이 이야기를 끌어가게끔 컨트롤하다 보면, 주인공의 속마음을 가장 많이 묘사할 수 있다. 또 주인공의 눈으로 세상을 바라보기 때문에 주인공의 입장을 독자들에게 더 설득력 있게 보여줄 수 있다.

로판 장르가 웹소설 시장에서 크게 부흥하면서 1인칭 주인공 시점인 작품의 수가 많이 늘었다. 하지만 웹소설 시장 전체로 보면 1인칭 주인공 시점은 여전히 큰 비중을 차지하지 않는다.

1인칭 주인공 시점 작품으로 데뷔한 작가들도 전지적 작가 시점의 작품을 쓰려고 노력하는 편이다. 원고를 실제로 쓰다 보면 1인칭 주인공 시점으로 이야기를 끌고 가는 데 한계를 느끼기 때문이다. 특히 장편일 때 이 문제가 크게 나타난다.

우선 1인칭 주인공 시점에서는 주인공 입장에서 보이는 것만 써야 한다. 그래서 주인공이 아닌 다른 캐릭터의 속마음을 정확하게 표현하는 것이 불가능하다. 상대의 대사와 행동은 분명히 눈에 보이는 현상이지만, 그 바탕에 깔린 의도에 관해서는 주인공이 판단한 내용만 쓸 수 있다. 이렇다 보니 추측하는 느낌으로 자꾸 쓰게 된다.

그리고 모든 장면에 주인공이 등장해야 한다. 다시 말해 주인공이 나오지 않는 장면을 넣을 수가 없다. 때에 따라서는, 스토리를 끌고 가는 역할을 악역이 맡아야 할 때도 있다. 그런데 1인칭 주인공 시점에서는 주인공이 보이지 않는 곳에서 악역이 무언가 음모를 꾸미는 모습을 구체적으로 설명할 수가 없는 것이다. 결국 음모의 계획 단계가 아닌 실행 혹은 실패 단계에 이르러서야 주인공의 눈앞에서 악역이 상황 설명을 하고 주인공이 해결하는 꼴이 된다. 예를 들자면, 주인공이 방에서 나간 후 그 방에 남아있던 사장이 어딘가로 전화를 거는 모습을 1인칭 주인공 시점에서는 적을 수가 없다.

전지적 작가 시점

전지적 작가 시점은 서술자 즉 작가가 등장인물의 모든 것, 사건의 모든 것을 속속들이 알고 있으며 이를 독자들에게 고스란히 전시하는 것을 말한다. '전지적'이란 모든 것을 알고 있다는 뜻이다. 주인공이 나오지 않는 장면이나 사건조차도 작가가 독자에게 보여줄 수 있기 때문에 주인공이 알지 못하는 정보를 독자들은 알고 있게 된다. 이는 주인공에 감정 이입하는 독자들에게 '고구마'가 될 수 있지만, 그렇기 때문에 주인공을 더욱 응원하고 주인공의 문제가 해결될 때 더 큰 카타르시스를 느낄 수 있다.

원고를 진행할 때 전지적 작가 시점으로 쓰는 것이 훨씬 활용도가 높고 장면을 쓰는 것이 쉽기 때문에 웬만하면 전지적 작가 시점을 연습할 것을 권한다. 덧붙여, 전지적 작가 시점으로 쓰면서도 간혹 문장의 뉘앙스를 1인칭처럼 적어주는 것도 웹소설 시장에서는 허용된다.

시점 변형과 교차

장편 위주로 돌아가는 로판에서 1인칭 주인공 시점 작품들이 늘어나다 보니 곧 위에서 언급한 문제가 크게 대두되었다. 그뿐만 아니라 러브스토리에서 1인칭 주인공 시점으로 이야기를 진행하면 여주의 상대 캐릭터인 남주가 주인공인데도 주체적인 느낌이 아니라 객체화되어 표현되는 경향이 있다.

웹소설 시장에서는 양쪽 시점을 번갈아 쓰여 진행하기도 한다. 1인칭 주인공 시점 특유의 장점을 살리면서 장면이 전환될 때 시점의 주체를 바꾸어 주어 이야기를 진행하는 것이다. 여주가 남주와 함께 있는 장면에서는 여주 입장에서 이야기를 풀다가, 장면 전환 후 여주가 없는 공간에서는 남주의 시점으로 이야기를 진행하는 방식이다. 또, 1인칭 주인공 시점으로 쭉 진행하면서 종종 필요에 따라 전지적 작가 시점으로 쓰는 경우도 있다.

이러한 시점 변형은 타 장르나 순문학에서는 허용되지 않는 분위기이지만 웹소설 시장에서는 허용되는 추세다. 독자들 역시 감안하면서 읽고, 이를 작가 필력의 문제로 여기지 않는다.

그러나 여러 가지 시점을 시도 때도 없이 번갈아 쓰는 건 실제로는 필력의 문제다. 독자들이 스토리를 이해하기 버거워질 수도 있다. 이해가 안 되면 재미가 떨어지는 것이고 그건 스토리 고유의 재미와 무관하게 독자들을 탈출하게 만드는 요소다.

그러므로 스토리 전체에서 시점이 너무 자주 변경되지 않도록 조절을 해야 한다. 전지적 작가 시점으로 진행하면서 프롤로그 혹은 에필로그, 외전 등에서만 1인칭 주인공 시점을 활용하여 주인공의 진짜 속내와 숨겨진 사연 등을 어필하는 경우가 올바르게 시점 변형을 활용하는 방식이다.

도입부&프롤로그 잘 쓰기

작품의 도입부는 작가가 독자를 끌어들이는 첫 번째 찬스이기 때문에 중요하고 또 중요하다. 좋아하는 작가의 신작이라고 해서 묻지도 따지지도 않고 구매하는 것이 아니라, 무조건 무료 회차를 보고 결정하는 것이 웹소설 독자들의 특징이다. 그러므로 도입부로 독자들의 흥미를 최대한 자극하여 다음 회차를 보게끔 만드는 것이 웹소설 원고 집필 시 먼저 달성해야 할 목표다.

웹소설에서는 '미리보기' 개념으로 단행본은 전체 분량의 5~10%, 연재본은 3~5화 정도를 무료로 볼 수 있다. 이 무료 회차 안에서 유료 구매로 갈지 말지가 결판난다. 무료 연재 시에도 앞 회차에서 조회수가 훅훅 떨어진다면 앞부분에 문제가 있는 것이다.

한편, 많은 지망생이 프롤로그를 꼭 써야 한다는 강박관념을 갖고 있다. 프롤로그는 일반적인 연재 회차에 비해 분량이 조금 적어도 된다. 이 프롤로그가 작품의 도입부에 붙어 있는 게 멋있을 거라는 고정관념은 쓸데없는 욕심이다. 한껏 겉멋을 들여서 작성한 프롤로그 때문에 독자들이 도망가는 경우도 허다하다. 그리고 애초에 1화와 이어지는 내용이라면 프롤로그는 존재할 필요가 없다.

⚓ **프롤로그 활용법**

이야기가 시작되는 '현재'의 이전 상황을 설명해야 할 때	회귀물, 빙의물, 환생물 도입부가 이런 경우이지만 반드시 프롤로그로 빼지 않아도 된다.
스토리 흐름이 느리거나 1~3화에 해당하는 내용이 너무 잔잔할 때	시간이 한참 흐른 후의 격한 장면을 앞으로 당겨 프롤로그처럼 배치. 진도가 느린 로맨스나 19금 단편이라면 낚시의 용도로 뒤의 씬을 앞으로 당기는 식으로, 자극적인 프롤로그를 만들어줄 필요가 있다.

PONIT 1. 주인공이 등장해야 한다

주인공이 주인공답게 등장해야 한다. 아무리 주인공의 어린 시절이라도 주변 이웃 노인들이 말이 더 많고 어린 주인공은 엑스트라 수준으로 나온다면 이건 등장한 게 아니다.

PONIT 2. 두 주인공이 만나야 한다

로맨스에서 남주가 언제 나오나 독자를 기다리게 하면 안 된다. 남주가 나오더라도 여주가 한창 자기 삶을 살아가는 동안, 남주가 자기 삶을 살고 있으면 안 된다. 두 주인공이 도입부 안에 접점이 있어야 한다. 스치듯 지나가면 곤란하고, 명확하게 마주치면서 사건이 발생해야 한다.

PONIT 3. 주인공이 적응을 완료해야 한다

회귀물, 빙의물, 환생물, 이세계물에서 주인공이 자신의 상황에 적응하지 못하고 버벅거리면 문제가 된다. 도입부 안에 자신이 처한 상황을 인정하고 받아들이고 적응을 해야만 스토리가 다음 단계로 빠르게 흘러갈 수 있다.

PONIT 4. 흥미로운 사건을 앞에 배치한다

'뒤로 갈수록 재미있는' 작품은 성공하기 힘들다. 용두사미인 작품은 뒤로 갈수록 판매율이 떨어지지만, 앞이 단조로운 작품은 아예 유료 전환이 안 된다. 앞부터 재미있도록 톡톡 튀는 사건을 도입부에 넣어라.

모바일로 소비되는 웹소설의 특성상 가장 큰 이슈가 되는 가독성 문제를 물리적으로 해결할 수 있는 장치가 바로 대사다. 한 사람의 말이 큰따옴표로 묶이게 되면 반드시 그 직후 엔터를 쳐야 한다. 이는 한글의 문법에서 반드시 지켜야 하는 원칙이다. 그래서 똑같은 분량을 쓰더라도 지문이 많은 작품에 비해 대사가 많이 나오는 작품이 그만큼 여백이 많아지고 그만큼 페이지도 늘어나게 된다.

또한 웹소설 독자들은 속독을 주로 하면서 대사에 집중해서 읽는 편이다. 극단적으로 지문을 거의 읽지 않는 독자들도 존재한다. 그래서 중요한 정보를 지문에 적었을 때 대사 위주로 읽은 독자들이 내용을 이해하지 못하고 댓글에 이해가 안 된다는 소리를 쓰는 경우가 왕왕 있다. 이를 반대로 얘기하면 대사에 중요한 정보를 적어줘야 한다는 뜻이다.

사실 독자에게 알려줘야 할 중요한 정보를 원고에 넣을 때 줄글로 쓰면 작가가 설명조로 쓰게 될 가능성이 크다. 이를 자연스럽게 대사에 녹아들게 하여 인물의 입을 통해 독자에게 알려주는 방식이 좋다. 대신, 큰따옴표로 묶이는 분량이 벽돌처럼 두꺼워지지 않도록 주의해야 한다.

웹소설에서는 방 안에 있는 사람이 아무도 말하지 않고 침묵을 지키는 장면은 제외해라. 반드시 누군가는 대사를 쳐 줘야 한다.

주인공 혼자 있는 장면 역시 너무 길지 않도록 조절해야 한다. 이 상황에선 아무래도 혼잣말이 아니고서야 말을 할 수가 없다. 머릿속 생각은 웬만하면 작은따옴표로 빼서 적는 것이 낫다. 작은따옴표로 묶인 문장 역시 직후 엔터를 쳐야 하기 때문에 물리적 가독성을 좋게 한다.

"아들, 밥은 챙겨 먹고 다니는 거니?"
"여사님. 언제부터 저를 아들이라고 부르셨습니까?"

현우가 비꼬자 현숙은 눈치를 보며 최 회장에게 도움을 청했다.

대사는 한 사람의 말이며 큰따옴표로 문장의 양쪽 귀퉁이를 묶는다. 대화는 두 명 이상이 주고받는 대사의 집합이다.

그러므로 대사는 혼자만의 독백으로도 가능하지만, 대화하는 장면에서 대사는 '대화'로 표현해야 한다. A의 한 마디가 나오고 행동 또는 생각이 나오고 B의 한 마디가 나오고 또 행동이나 생각이 나오는 식으로 뚝뚝 끊기는 것보다는 서로 주고받는 '대화'로 만들어야 스토리가 유려하게 흘러간다.

3명 이상이 같이 대화하는 경우에는 어느 말이 누구 입에서 나왔는지 혼란스러울 수 있다. 이럴 땐 지칭하는 문장을 넣어 주거나 대사 안에서 호칭을 쓰는 등 정리가 필요하다.

웹소설용 대사와 대화는 어떻게 만드나요?

PONIT 1. 대사는 간결하게, 길면 대화로

한 호흡에 2줄 이상이 되지 않도록 조절하라. 3줄 이상이면 쪼개서 '대화'로 만들어라. 한 호흡을 짧게 얘기한 다음 상대의 리액션을 넣어주고 다시 이야기하는 것이다. 시대극은 설명투가 필요한 장면이 있으므로 예외. 그러나 시대극도 모든 대사가 길면 곤란하다.

PONIT 2. 일상적인 대사는 빼라

일상생활에서 주고받는 평범한 대화를 다 쓰면 쓸데없이 내용만 늘어진다. 특히 반복적인 장면을 빼라. 오피스 로맨스나 기업물이라고 해서 출근할 때마다 직원들과 인사하는 대화를 적는 건 크나큰 실수다.

PONIT 3. 속어와 유행어를 최소화하라

유행어와 유행하는 말투의 수명은 대체로 짧다. 꼭 필요해서가 아니라면 쓰지 않는 것이 좋다. 시간이 지난 후 읽게 되면 그 작품이 굉장히 오래된 소설처럼 보인다.

PONIT 4. 욕설을 최소화하라

과도한 욕설은 검수에서 걸릴 수 있다. 그렇다고 모든 욕이 다 걸리는 건 아니다. 하지만 검수는 사람이 하고 시기에 따라 검수 기준이 달라지기 때문에 언제 어떤 욕이 걸릴지 예측할 수 없다. 하나하나 다 없애고 고쳐야 하는 상황을 맞닥뜨리고 싶지 않다면 처음부터 완만하게 조절하는 게 낫다.

PONIT 5. 직유나 은유를 '말'로 하지 마라

이 현상이 나타나면 구어체를 제대로 구사하지 못하는 것처럼 보이고 문어체 느낌이 팍팍 든다. 내용상 핀잔이나 농담조일 경우 비유적 표현이라도 괜찮다. 그러나 진지한 상황에서 비유로 대사를 쓰면 불편해진다. 입에 자연스럽게 붙도록 써라.

PONIT 6. 사투리는 되도록 한 명만

모든 등장인물이 사투리를 쓰면 독자들이 부담스럽게 느낀다. 사투리로 쓴 대화문을 읽는 것은 고된 일이다. 잡아주는 표준어 캐릭터가 있어야 하고 웬만하면 등장인물 중 특징적인 한 명 정도만 사투리를 쓰는 편이 낫다. 캐릭터상 사투리를 써야 한다면 특징적인 감탄사, 종결형 어미, 모음의 일부 정도만 적용하도록 하자. 표준어와 생판 다른 단어를 쓰지 않도록 주의한다. 다른 단어를 꼭 써야 한다면, 타 지역 사람들이 맥락상 바로 유추할 수 있는 장치를 반드시 넣는다.

PONIT 7. 스토리의 진도를 진전시키는 대사를 쳐라

경쟁, 불호, 질투, 짝사랑, 철벽 등 설명 없이도 대화를 통해 인물의 관계를 보여주어야 한다.

PONIT 8. 주저하는 모습을 반복하지 마라

캐릭터 성격에 따라서 주저하거나 머뭇거리는 모습을 표현해야 할 때가 있다. 그러나 매번 대사를 칠 때마다 '헛, 음, 어…, 저기…, 그…' 등이 나온다면 독자는 답답함을 느낀다. 한두 번 외에는 대사에서 이런 부분을 빼는 게 낫다. 말줄임표도 최소화해라.

대사에 드러나는 인물의 특징

인물은 각자 다른 방식으로 말해야 한다. 즉 인물이 하는 말을 통해 그들을 모두 구분할 수 있어야 한다. 예를 들어 악역 여성과 선역 여성이 구분되지 않으면 문제가 된다. 또한 청년과 중년과 노년 남성이 같은 말투로 말하는 것도 좋지 않다.

대사는 말하는 사람의 특징을 직간접적으로 드러내게 된다. 보통 작가의 말투나 생각대로 인물이 얘기하는 경우가 많으나, 모든 인물이 작가의 아바타처럼 행동해서는 안 된다.

특징적인 말머리, 특징적인 종결형 어미를 지속적으로 쓰면 캐릭터의 이미지가 잘 잡히겠지만, 현실적으로 '소설'에서는 적용되기 쉽지 않다. 또 너무 거슬리는 말투나 웃음도 피해야 한다. 유치하고 불편하다는 반응이 올 가능성이 크다.

종결형 어미를 잘 활용하자

캐릭터의 나이와 계층을 쉽게 파악할 수 있게 하려면, 종결형 어미를 클리셰적으로 쓰는 것이 좋다. 독자들의 머리에는 이미 이 구도가 자리 잡혀 있기 때문에 소설 속에서 이를 거스르며 대사를 쓰는 것은 불가능하다. 특별한 설정이 있지 않는 한, 그대로 따르자.

♨ 동양풍 종결형 어미

to 손아랫사람	to 손윗사람	to 비슷한 신분
• ~하지 못하겠느냐! • ~그렇게 하마. • ~해주련?	• ~하옵니다. • ~하시옵소서.(왕족에게만 사용) • ~하실깝쇼?(노비, 상인, 평민 계층의 조연/엑스트라만 사용)	• ~함세. • ~하시게.(손아랫사람에게 대우 차원으로도 가능) • ~하시어요.(여성만 사용, 윗사람에게도 가능)

* 동양풍의 경우 세대 상관없이 사용하여 그 어미가 동양풍의 맛을 살린다. 예를 들어 '그렇게 하마.'와 '~해주련?'은 현대물에서 젊은 사람이 쓰면 굉장히 이상해 보이지만, 동양풍에선 젊은 처자도 쓸 수 있다.
* 동양풍에서 어느 정도 현대적 종결형 어미를 써도 무방하다.
* 서양풍의 경우 현대적 종결형 어미를 쓰며, 왕족을 향해서도 특별히 우대하는 종결형 어미가 존재하지 않는다. 특히 동양풍 배경의 종결형 어미는 서양풍에서 쓸 수 없다. 단, '하실깝쇼'는 같은 방식으로 활용 가능하다.
* 현대물에서는 중·노년 세대만 쓰는 종결형 어미를 적극 활용하면 대사만으로도 나이를 보여줄 수 있다.

♨ 현대 배경 종결형 어미

to 손아랫사람(부모/조부모 세대만 사용)
• ~그렇게 하마. • ~해주련? • ~좋으련만. • ~하자꾸나. • ~겠네그려. • ~함세.

집필 과정에서 작가가 스스로 만드는 문제들

시놉시스를 잘 썼다면, 번뜩 떠오른 영감만으로 냅다 질러 버린 지름작을 쓰는 것보다는 여러 가지 막힘 현상에서 홀가분해질 수 있을 것이다. 그러나 시놉시스를 써 놓고도 원고 속에서 나타나는 각종 문제들이 있다.

시놉시스를 전혀 반영하지 않고 원고를 쓰는 경우

본편 원고를 위해 하얀 화면을 켜는 순간부터 상황이 달라진다. 기껏 열심히 써 둔 시놉시스를 옆에 두고도 전혀 다른 장면으로 시작하는 것이다. 시놉시스는 분명히 남주가 여주를 찾아 헤매는 장면으로 시작하는데, 원고를 쓸 때는 어린 시절로 1화를 시작하고 있다면? 당연히 머릿속으로 준비가 안 되어 있기 때문에 혼란이 찾아온다. 예시처럼 단순한 장면도 문제지만, 아예 시놉시스를 배제하고 쓰는 경우도 많다.

시놉시스는 여러분의 가이드다. 펼쳐보지 않는 지도는 아무 소용이 없다. 활용하지 않을 거라면 지금까지 왜 시간 낭비를 했는가?

시놉시스를 반영하지 않고 원고를 쓰는 건 지름작을 쓰는 것이나 다름 없다. 시놉시스를 정리하는 과정에서 여러분은 자신이 짠 스토리라인을 충분히 암기했다고 자신하겠지만 결코 그렇지 않다. 자만하지 말자.

시놉시스와는 다르게 내용이 흘러가는 경우

나름대로 시놉시스를 참고해서 썼는데도 한참 원고를 쓰다 보니 자신도 모르게 내용이 시놉시스와 달라진 경우를 말한다.

물론 아무리 치밀하게 모든 것을 짜 놓아도 본편 원고를 쓰다 보면 달라지는 내용이 있기 마련이다. 쓰기 전에는 어차피 그 내용은 모두 '가설정'일 뿐이며 실제로 원고를 쓸 때 오류를 발견하거나 수정해야 하는 부분이 나타나기도 한다.

현실적으로 자잘한 변경은 문제가 없다. 대신 장면 추가에는 반드시 당위성이 있어야 한다. 쓰는 사람의 '쓰고 싶다'는 감정 자체는 당위성이 될 수 없다. 그 내용이 정말 필요한지, 그렇게 길게 추가해야 하는지 심사숙고해야 한다. 퍼뜩 떠오른 조각이 기존 내용과 맞지 않다면 버리는 용기도 갖고 있어야 한다.

만약 큰 흐름을 바꾸거나 전혀 다른 내용을 쓰고 있다면 이건 의식적으로 멈춰야 한다. 이미 썼을 경우, 최악의 상황은 아예 그 부분을 들어내거나 엎어야 할 수도 있다. 해결 방법은 다음과 같다.

첫째, 시놉시스로 돌아가는 것이다.

둘째, 원고를 정신없이 빠져서 쓰는 게 아니라 정신을 차리고 쓴다. 특히 장르적 '톤'이 유지되고 있는지 반드시 확인해야 한다. 장르에 따라 '원하는 감성/흐름/하지 말아야 할 묘사'가 있다.

셋째, 시놉시스의 뒷부분을 더 채운다. 이미 쓴 분량에 어떤 장면을 추가하려면 그 연결고리를 자연스럽게 만들어주는 작업까지 해야 한다. 이렇게 앞부분에 뜬금없이 넣는 것보다는 뒤에서 채워주는 게 훨씬 자연스럽다. 자신이 쓰고 싶은 설정을 뒤에서 어떻게 풀어갈지 연구해 보자.

시놉시스보다 더 재미있는 아이디어가 떠오르는 경우

왜 '더' 재미있는 아이디어는 시놉시스 짜는 기간에 안 나오는 걸까? 많은 이들이 원고를 쓰기 시작하면서 이 문제로 머리를 쥐어뜯는다. 시놉시스를 쓸 때까지만 해도 떠오르지 않았던 것이 꼭 원고를 쓸 때 생각나 버리는 것이다.

여러분은 방금 떠오른 그 아이디어가 엄청나고 대단하고 독특하고 내 스토리의 재미를 배가해줄 설정이라고 생각하겠지만 99% 아니다. 특히 지금까지 쓴 원고를 뜯어고쳐야 하는 설정이라면 고치지 않는 게 낫다 (여기서 시놉시스대로 쓰지 않았거나, 잘못되어서 고치는 경우는 제외).

파생되는 아이디어는 대체로 이 작품에서 안 써도 된다. 안 쓰더라도 버리는 말고 다른 작품에 쓸 수 있도록 정리해 두도록 하자.

작가가 이상한 것에 꽂힐 때 스토리는 늘어지고 산으로 가 버린다. 대개 메인 스토리 외의 다른 문제에 작가가 집착하고 거기에 몰두하면서 문제가 발생한다. 이건 문제를 알아차리는 순간 반드시 멈춰야 한다. 멈출 수 없더라도 멈춰야 한다. 그렇다면 메인 스토리를 늘어지게 하는 각종 문제들은 무엇일까?

주인공의 과거

예를 들어 주인공의 트라우마가 어떤 범죄로부터 시작되었을 때, 주인공의 마음이 현재에 있지 않고 과거의 그 범죄에 머물러 있는 것. 특정한 설정이 아니라면(과거를 파헤쳐야 한다거나, 과거에 아주 중요한 비밀이 있다거나), 주인공의 과거 내용이 계속 이어져서는 안 된다.

악역의 과거

악역이 될 수밖에 없는 까닭을 부여하는 것은 상관없으나, 비중을 너무 많이 차지하면 곤란하다. 또 그 사연 때문에 주인공의 '선'과 '정의'가 무너지거나 독자들이 감정 이입하는 대상이 악역 쪽으로 치우치게 되어서도 안 된다.

서브 인물의 사연

주인공의 부모나 친구, 스승 등 주인공의 편에 서는 조력자들, 이런 서브 캐릭터의 내용을 과하게 뽑아내고 있는 것은 아닌지 살펴야 한다.

서브 커플 이어주기

여성향 장르를 쓰는 작가들이 곧잘 걸리는 강박이다. 반드시 남녀 혹은 남남이 커플이 될 필요는 없다. 물론, 서브 커플이 존재하는 설정 자체가 문제는 아니다. 대신 너무 큰 비중을 차지하지 않도록 하자는 것이다. 메인 커플과 서브 커플의 비중이 5:5 혹은 6:4라면 서브 커플이 너무 큰 것이다.

초반부를 세계관 설명에 치중하는 경우

스토리에 따라 세계관이나 특수한 배경 설명이 장황하게 필요할 수는 있다. 그러나 특히 도입부 및 초반부에 세계관 설명이 계속되는 경우는 웹소설에서 치명적이다.

설정집은 쓰는 사람이 필요한 것이지 독자 설득의 용도가 아니다. 웹소설에서 세계관 설명이 한 회차의 반을 차지한다면 너무 긴 것이다. 이렇게 설명이 모바일 판형으로 3페이지 이상 넘어가면 웹소설 독자들은 휙휙 넘겨서 안 읽거나 '뒤로 가기'를 누른다.

설정집 수준의 설명을 읽어야 그 스토리를 이해할 수 있다면 그 원고는 잘못 쓰인 것이고, 못 알아들은 독자들은 자기 잘못이라고 생각하지 않는다. 작가가 글을 못 썼다고 생각할 뿐.

주인공이 한참 안 나오는 경우

여성향 장르에서는 주인공이 남녀 둘이 되기 때문에 여주가 안 나오는 동안 남주가 나오고, 남주가 안 나오는 장면에서 여주가 나오게 되기 때문에 문제가 덜하다. 밸런스를 맞추는 게 중요한데, 여주가 조금 더 많이 나오는 게 좋긴 하다. 되도록 남녀 주인공이 모두 등장하는 장면을 지속적으로 써 가도록 하자.

반대로 남성향 장르에서는 주인공이 한 명이기 때문에 사실상 악조가 주인공 없는 곳에서 뭔 짓을 하지 않는 이상 주인공이 안 나오기가 쉽지 않다. 악역이 반드시 주인공과 함께 등장하고 대적할 필요는 없다. 주인공이 일정 시간 나오지 않아도 악역이 주도하면 문제가 안 된다. 그렇다고 웹소설에서 주인공이 2회차 이상 안 나오고 다른 인물만으로 사건이 흘러간다면 독자는 답답함을 느낀다.

장르적 특성에 위배되는 에피소드에 집중하는 경우

장르가 판타지인데 러브라인에 너무 공을 들인다면? 장르가 로맨스인데 범인 잡는 수사 내용이 한도 끝도 없이 길어진다면? 원고를 읽다 보면 어느 순간 장르가 바뀐 것처럼 보이는데도 쓰는 자신은 이를 통제할 수 없고 멈출 수가 없는 것이다.

웹소설에서 장르 구별은 독자의 성향과 취향에 직결되고 조회수와 노출로 나타나며 유료 구매 프로모션까지도 영향을 준다. 메인 장르의 주요 목표를 잊는다면 주요 독자를 놓치게 될 것이다. 메인 장르를 정해 놓고 다른 장르의 소재를 차용해서 스토리를 꾸려나가는 것은 OK. 그러나 이런 것들이 스토리의 중요한 흐름을 잡아먹지 않도록 해야 한다.

서브병에 단단히 걸려서 누가 남주인지 알 수 없는 경우

서브병은 주로 여성향 장르에서 언급되는 작가병 중 하나로, 여주 주변의 다른 남성 캐릭터에 작가가 큰 애정을 주는 증상이다. 이 병에 걸리면 조연이었던 캐릭터를 서브 남주급으로 끌어올린다거나, 서브남에게 더 매력적인 조건과 에피소드를 공급하면서 누가 남주인지 알 수 없게 만들고 만다.

애초에 삼각관계나 남편 찾기가 주요 소재이고 그게 작가의 의도라면 서브병이 심각한 문제는 아니다. 까놓고 말해서 그냥 그 캐릭터를 '남주'화하여 비중을 크게 만들어주고 여주와 이어주면서 '결론적으로 애가 남주다!' 하고 선언해도 무방하다.

그러나 남주가 정해져 있는 상태에서 서브병에 걸리면 스토리의 매력을 작가 스스로 망가뜨리게 된다. 쓰는 자신도 정말 여주가 남주와 이어져야 하는지 결심이 서지 않으니, 독자들의 의견을 볼 때마다 끊임없이 갈팡질팡하게 되는 것이다.

남주보다 서브남을 더 사랑하고 안쓰러워하는 게 '서브병'이기 때문에 대개 남주가 매력도 잃고 비중도 잃고 용두사미가 되면서 작품 역시 매력을 잃고 흐지부지 끝나는 말로를 겪는다.

같은 소재, 같은 시놉시스로도 원고를 어떻게 쓰느냐에 따라 그 작품이 웹소설 같아 보이고 반대로 순문학처럼 보이는 일이 발생한다.

시놉시스는 분명히 '대기업 후계자인 이사님과의 오피스 로맨스'인데 원고를 실제로 읽어보면 웬 신춘문예 투고작을 읽는 기분이 드는 것이다.

회사원이 사회생활을 하면서 겪는 고충만 나오며 연애 에피소드는 언제 나오는지 알 수 없고 스산한 분위기의 여주인공이 머릿속으로 생각하는 더욱 스산한 내용만 잔뜩 써 내려간 원고. 이런 원고는 로맨스도 아니고, 웹소설도 아니다. 웹소설이 잘 팔린다고 하니까 그까짓 웹소설 나도 쓰겠다는 생각으로 순문학 지망생이었던 사람이 쓴 원고인 것이다.

여기까지 읽은 여러분은 웹소설에서 심리묘사는 쥐약이구나, 라고 생각할 것이다. 실제로 지금까지 웹소설 작법을 다루는 책이나 수업, 그리고 작가 커뮤니티에서 심리묘사를 자세하게 하지 말라는 식의 조언이 많이 나왔다. 일정 부분 옳은 소리다.

그러나 웹소설이라고 해서 심리묘사 없이 대사와 행동으로만 장면을 쭉쭉 이어나가지는 않는다. 심리묘사가 충분히 들어가 줘야 한다. 단지 순문학만큼 심리 표현이 큰 비중을 차지하지는 않고 서사 중심으로 빠르게 흘러갈 뿐이다.

심리묘사가 아예 없으면 내용이 너무 급하고 무미건조하게 흘러가며 독자가 주인공에게 감정 이입할 틈이 없어진다.

L (로맨스)의 비중이 장르에 맞지 않는 경우

여기서 로맨스란, 진짜 연애와 결혼 단계에 이르는 감정과 관계, 그뿐만 아니라 썸 혹은 두 사람 사이에서 흐르는 뭔가 로맨틱한 감정의 분위기 등등을 모두 포함한다.

장르 자체가 '로맨스'라면 당연히 러브스토리가 메인 줄기지만, 다른 장르들은 굳이 로맨스를 끼워 넣을 필요가 없다. 실제로는 로맨스가 아니라도 냄새를 풍기는 에피소드 정도라면 그 작품의 또 다른 묘미가 될 수 있으나, 필수는 아니다.

장르에 따라서는 로맨스가 가독성과 독자 몰입의 방해 요소로 작용하기도 한다. 남성향이 강한 장르 현판과 판타지에서 정말 치명적인 문제가 되어 욕을 먹을 수도 있다.

사실 로맨스 장르를 쓸 때는 이 방식이 어느 정도 통한다. 어차피 남주는 멋있어야 하고 남주와 여주가 사랑하는 이야기이기 때문에. 그러나 현판과 판타지는 러브스토리가 주요 흐름이 아니기 때문에 이렇게 욱여넣은 로맨스 장면이 자칫 부담스럽고 오그라들고 주요 서사의 흐름에 심각한 방해가 될 수 있다.

또 하나의 문제도 있는데, 일본 수입 라노벨을 주로 읽은 작가가 판타지를 쓰면서 라노벨에서 쓰이는 히로인과의 신체적 접촉 장면을 넣는 것이다. 라노벨과 판타지는 소재와 설정에서 공통점이 있기 때문에 언뜻 비슷하다고 생각할 수 있겠지만, 결코 같은 감성이 아니다. 이를 반드시 구별해야 한다.

로맨스를 넣음으로써 자연스럽게 에피소드가 늘어나는 것은 사실이라

이를 활용하여 글을 늘이는 걸 노하우로 생각하는 사람도 존재한다. 그러나 다른 장르의 스토리 틀에서 로맨스를 만드는 것은 한정적이다. 스토리가 질질 끌어지며 긴장감이 떨어지는 주요 원인이 되기도 한다.

한편, 타 장르 중심의 스토리에 연애를 살짝 끼워 넣고 이를 로맨스라고 정의하는 것 역시 큰 실수다. 물론 여러 가지 판매지수를 위해 출판사에서 억지로 로맨스 카테고리에서 유통하는 경우도 있긴 하다. 그러나 이렇게 한다고 해서 진짜 로맨스만큼 판매되지 않는다. 출판사 역시 이를 기성 작가의 잠깐 방황으로 대우해주는 것일 뿐, 신인의 '로맨스 같지 않은 로맨스' 원고를 받아주지 않는다.

참고로, 로맨스라는 것은 비단 남녀 사이의 사랑만을 이야기하는 것은 아니다. 최근 들어 우정, 의리, 사제, 적대 관계가 동성 간의 케미로 표현되는 경우도 많다.

이 문제는 독자들이 장르마다 다르게 반응하기 때문에 주의 깊게 대응해야 한다. 남성향 장르에서는 작가가 '의도적으로' BL을 넣은 것처럼 보이면 독자들이 길길이 날뛴다. 어떤 작품은 BL(로 보이는) 감성이 나온다는 이유로 연재 내내 논란에 시달려야 했다. 대다수 남자 독자들은 동성애 감성을 싫어한다는 사실을 유념하자.

반대로 여성향 장르에서는 독자들의 허용치가 넓은 편이다. 최근들어 BL뿐만 아니라 GL까지 넓어졌다. 때문에 스토리의 흐름을 깎아내리지 않는 이상 적당히 활용해도 무방하다.

예를 들어, 로판에서 걸크러시 캐릭터가 등장하여 여주인공이 위기에 처할 때마다 계속 도와주는데 알고 보니 그 마음이 단순한 '언니'가 아니지만 여주한테는 꼭꼭 숨긴다는 식으로 설정해도 괜찮다.

그렇다고 여주가 여자를 좋아하면 그건 그냥 GL 장르에 속하니 이건 구별해서 스토리를 짜야 한다. 본격 GL 역시 웹소설 시장에 속해 있기는 하지만, 수요가 크지 않아 마이너 장르로 분류된다.

장르 혹은 메인 스토리를
아예 바꾸기로 했다면
어떻게 해야 하나요?

북마녀가 설득을 했는데도, 방향을 틀어버리자고 마음을 먹어버린 사람이 있을 것이다. 쓰다 보니 아예 장르가 바뀐 느낌이거나 메인 스토리가 바뀌었으니 아예 그쪽으로 가는 게 낫다고 판단을 한 것이다. 이런 흐름을 일부러 의도한 것이 아니라 집필하는 과정에서 자신도 모르게 그렇게 되어 버린 경우를 말한다. 굳이 말하자면 정신없이 써 버린 경우에 해당하긴 한다.

바꾸기로 최종 결정을 내렸을 때, 이미 써둔 원고를 살리면서 바뀐 목적지로 가는 방법은 무엇일까?

- 우선 원고 전체를 다시 읽는다.
- 처음 정해둔 제목이 어울리지 않을 경우 변경한다.
- 바뀐 스토리에 초점을 맞추되, 이미 작성된 분량에서 삭제해야 할 부분과 살릴 부분을 고른다.
- 장르에 맞춰 시놉시스를 재정비한다.
- 여기까지 왔다면 시놉시스를 중반까지만 적어 두면 안 되고, 결말까지 웬만한 흐름을 만들어두는 게 좋다.

단, 목적지를 두 번 이상 바꾸는 건 정말 끔찍한 짓이다. 다시 원래대로 복귀하는 것도 미친 짓이다. 예를 들어 여주인공으로 로판을 쓰다가 쓰다 보니 판타지로 흘러가서 판타지로 바꾸기로 마음먹고 원고를 고치고 있었는데 고치다 보니 로판으로 다시 가는 게 낫겠다는 생각이 든다? 이러면 곤란하다는 거다.

때문에 바꾸려는 결정이 정말 잘하는 짓인지, 더 재미있는 게 분명한지 심사숙고해야 한다. 이렇게 갈팡질팡하다 보면 결국 그 원고는 미완이 될 가능성만 커지기 때문이다. 용두사미보다 미완이 더 나쁘다.

헷갈릴 땐 자신이 쓰고 싶은 이야기를 다시금 한 문장으로 요약해 보자. 이렇게 로그라인을 써 보면 바뀐 내용이 정말 좋은 건지, 또 자신의 생각이 정말 어느 쪽인지 알 수 있다.

가끔 두 가지 버전 원고를 다 써 보면 안 되느냐고 묻는 사람이 있는데, 제발 그러지 마라. 누가 하라고 시켜도 절대로 하지 말아야 한다. 여러분이 로봇이 아닌 이상 두 가지 버전을 동시에 쓸 수도 없고 남들 하나 쓰는 시간에 두 가지를 쓸 수도 없다. 웹소설을 쓸 때 가장 흔히 저지르는 실수가 바로 시간 낭비와 체력 낭비다.

웹소설 연재의 기본!
5,000자 채우는 법

웹소설 시장에서 연재로 유통되는 작품들은 회차당 기본 글자 수가 어느 정도 정해져 있다. 연재 코너에서는 아무래도 장편 중심으로 유통되므로 장편 위주의 글을 쓰는 사람은 이 연재 글자 수에 익숙해져야 한다.

단행본으로 판매하더라도 그 작품을 연재 코너에 넣을 땐 나눠서 올려야 하기 때문에 단편 역시 이 글자 수에 맞춰서 분할하게 된다.

허용되는 글자 수는 시기와 플랫폼과 출판사에 따라 조금씩 달라지지만 전반적으로 조금씩 줄어들고 있는 게 사실이다. 각자들 꼼수를 부리는 경우도 있기 때문에 암묵적으로 5,000자라고 이야기한다.

5,000자가 기준이라고 해서 4,850자가 나왔다고 독자들이 '150자 모자라잖아! 빨리 내놔! 환불해줘!' 하고 반응하지는 않는다. 애초에 글자 수 세면서 읽는 사람은 없고 작은 차이는 티가 나지 않으므로 구분하지도 못한다. 그러나 공개형 공모전이나 플랫폼에 이 최소 글자 수 규칙이 있을 경우, 해당 플랫폼의 본문이나 공지 사항에 이 내용이 언급되어 있다. 이럴 땐 꼭 채워줘야 한다.

반대로 초보 작가들 중에 글자 수를 너무 심하게 넘기는 경우도 많다.

8,000~10,000자 정도의 분량이 한 사건인데 이를 2회 분량으로 나누려니 흐름이 끊기는 기분이 들어서 한 회차에 넣고 싶은 마음. 뭐, 죽어도 안 되는 건 아니지만 작가로서 일말의 이득이 없는 행위다.

이 분량을 2회차로 나누면 연참도 가능하고 최신 업로드 수를 늘릴 수 있으니 노출도 늘어난다. 유료화가 될 경우 100원을 더 벌 수 있는 기회가 추가된다. 기성 작가들이 '절단 신공'을 발휘하는 이유도 어떻게든 회차 수를 늘려서 100원이라도 더 벌려는 것이다. 그까짓 100원이 모여서 남들은 집을 산다. 지금 스토리의 흐름 따지면서 자존심 세울 때가 아니다.

적당한 내용을 적당한 글자 수로 만들어내는 것도 웹소설 시장에서는 필력이고 작가의 능력에 해당한다.

5,000자가 채워지지 않는 이유

5,000자는 보통 A4 4~6장 정도가 나오는데, 많은 사람이 이걸 채우는 걸 힘들어 한다. 5,000자를 채우지 못하는 첫 번째 이유는 장면을 길게 설명하지 못하기 때문이다. 이런 사람들의 원고를 읽어 보면 하나같이 축지법을 하듯이 장면을 통통 짧게 설명하고 넘어간다.

여러분이 시놉시스에 한 줄로 적어 둔 장면은 실제 원고에서 한 문단이 되기도 하고, 때로는 한 쪽이 되기도 한다. 그런데 어떤 이는 매번 그 한 줄이 세 줄씩밖에 안 늘어나는 것이다. 이렇게 되면 도대체 어떻게 5,000자를 채우겠는가? 그리고 이렇게 5,000자를 채우는 게 힘든데 어떻게 장편을 쓸 수 있겠는가?

어느 한 장면이 생각보다 잘 안 써지는 건 문제가 아닌데, 매번 혹은 자주 5,000자를 채우는 게 힘들면 장편을 쓸 수가 없다. 이것은 (웹)소설을 제대로 쓸 연습이 안 되어 있다는 뜻이다. 기본적으로 장면을 상세히 기술하는 연습부터 해야 하는 생초보 레벨이라고 볼 수 있겠다. 지금 출판사 투고를 할까 공모전에 들어갈까 고민할 실력 자체가 아닌 것이다.

물론 보통은 시놉시스를 허술하게 쓰거나 아예 쓰지 않은 탓에 머릿속의 스토리에 중간중간 빈틈이 많아서 진도가 빨리 나가버리는 경우에 해당하니 너무 걱정하지는 말자. 장면 구성을 촘촘하게 해 놓고, 그 장면을 자세히 묘사하면 5,000자는 뚝딱 쓸 수 있다.

자연스럽게 분량 채우기

웹소설에서는 대사가 많아야 한다는 이야기는 많이 들어봤을 것이다. 그러나 캐릭터와 상황 설명을 전부 대사에 의존한다면?

대사로 모든 장면과 정보를 보여주는 건 한계가 있다. 보통 스토리의 진도를 나가게 해주는 말들을 적어야 하기 때문이다. 또 같은 배경, 같은 계급, 비슷한 연령대, 비슷한 성격일 때 대사만으로 캐릭터의 차이를 보여주기 쉽지 않다. 특히 여러 인물이 비슷한 말투를 쓰게 되면 대사의 구별이 되지 않아 매번 대사의 주체를 지정해줘야 하는 사태가 발생한다.

대사를 잘 쓰지만 지문 작성이 약한 타입과 문장을 짧게 쓰는 타입의 지망생들은 문체가 너무 건조하고 반복되며 표현이 빈약하다는 평가를 들을 수 있다. 그리고 이 사람들이 대개 글자 수 채우는 걸 힘들어한다.

여기서 단어 스펙트럼이 유효하게 작용한다. 비슷한 뜻의 다른 단어를 쓸 수 있거나 풀어 쓸 수 있다면 글량은 자연스럽게 늘어난다.

슬픔, 기쁨, 행복을 어떻게 다르게 표현할 것인가를 고민해 보자. 매번 구구절절할 필요는 없지만 정확하게 특정 감정 단어만 툭 쓰고 끝나는 것이 아니라 이를 '표현'하면 글의 맛도 살릴 수 있고 글량도 늘어날 것이다.

슬퍼졌다. ——▶ 갑자기 몰려온 슬픔 때문에 코끝이 시려왔다.

강한 감정은 대체로 신체 반응으로 나타나게 된다. 예시의 글자 수만 계산해 봐도 5자가 19자로 늘어나는 마법을 누릴 수 있다. 이 방법은 독자들이 몰랐던 진실, 속마음, 캐릭터가 숨겼던 이중적인 성격을 '설명' 없이 독자에게 보여주는 좋은 방법이니 이를 적극적으로 활용하자.

풍부한 감정 표현으로 글자 수 늘리기

웹소설 스토리텔링에서는 감정의 파도가 크게 칠수록 독자가 여기에 강하게 몰입한다. 주인공의 성격이 차분하더라도 극한의 분노나 슬픔이 휘몰아치는데 로봇처럼 티를 안 낼 수는 없다. 오히려 그런 성격의 인물 마저도 견디기 힘든 상황이라는 것을 독자에게 대신 알리는 것이다.

또한 강렬한 감정에 이르기까지 과정을 설명하면 글량은 더 늘어난다.

현실적으로 사람이 눈물을 흘리거나 울부짖게 되기까지는 상당한 외적 자극과 당사자의 사전 행동이 존재한다. 글을 쓸 때 이 과정을 생각한다면 글량 추가는 어렵지 않다.

　단, 분노 등의 표현에서 양쪽 모두가 똑같이 과하게 행동하면 정신이 없어 보인다. 격한 감정이 너무 오래 계속 몰아치지 않도록 주의해야 한다. 예를 들어 여주인공과 악조가 만날 때마다 계속 서로에게 소리를 지른다면 텍스트인데도 시끄럽게 느껴진다. 강약중강약 식으로 오르락내리락하는 파도가 필요하다.

POINT 1. 표정, 눈빛

눈코입의 움직임, 표정의 변화를 통해 심리를 표현할 수 있다. 단, 여기서 '형용사'만 사용하면 표현의 제약이 생긴다.

> • 사장의 눈빛이 흔들렸다.
> • 그녀는 눈가가 붉어진 채 말했다.

위에서 마지막 문장처럼 '말했다'를 매번 적을 필요는 없다. '말했다'의 반복이 심해지면 보는 독자도 피곤하다. '사장의 눈빛이 흔들렸다' 다음에 대사가 와도 자연스럽다.

POINT 2. 비언어적인 몸짓과 무의식적인 행동

몸짓언어를 활용하면 따로 대사가 나오지 않아도 인물이 왜 그런 몸짓

언어를 보여주는지 알 수 있다. 술 취했을 때, 잠들거나 비몽사몽한 때, 위급한 상황에서 무의식적으로 하는 행동으로 보여줄 수도 있다.

> 입술을 깨물었다.
> 잡힌 손을 슬쩍 뺐다.
> 팔짱을 끼며 매달렸다.

POINT 3. 소품, 주변 환경 묘사

환경 및 장소, 물건을 곁들이면 감정 표현을 더 맛깔나게 할 수 있다. 인물이 자주 사용하는 것, 반대로 항상 있었지만 인물이 신경 쓰지 않던 것 등 사물의 변화에 관한 설명은 캐릭터 성격이나 상황 변화를 곁들일 수 있기 때문에 글량이 늘어난다. 그에 따른 캐릭터의 반응을 반드시 넣어줘야 하기 때문이다.

> 오늘따라 벽이 허전해 보였다. 그림이 걸려 있던 자리가 비어 있었다. 그는 벌떡 일어나 황후의 방으로 향했다.

예외가 하나 있다. 뜬금없는 자연현상 설명은 굉장히 진부하고, 누가 봐도 글량 늘리려고 억지로 늘린 것처럼 보인다. 자연현상은 관련 에피소드가 스토리라인에 존재할 때만 풀어주는 것이 낫다.

주의해야 하는
상투적인 표현은 무엇인가요?

순문학에서는 상투적 표현을 지양하는 분위기이지만 웹소설에서는 그렇게까지 극혐하지는 않는다. 그래도 매번 반복되면 이상하게 보인다는 사실을 유념하자.

- 몸을 벌벌 떤다.
- 놀라서 눈을 크게 뜬다.

    감정에 따른 행동은 인물의 성격과 개성에 따라 다르게 표출된다. 소설에 등장하는 모든 캐릭터가 놀랐을 때 눈을 크게 뜨고, 무서울 때 몸을 벌벌 떨면 이상하지 않은가. 고백을 받아서 똑같이 기쁜 감정이라도 얌전한 성격과 털털한 성격, 과묵한 성격 등 사람마다 다른 방식으로 감정을 표현하게 되고 비언어적인 반응도 달리 나타난다. 이렇게 신체 반응을 통해 인물의 성격을 명확하게 정의하면서 글량을 늘릴 수 있다.

웹소설이라도
멋스러운 문장을 쓰고 싶어요

글량을 늘리려는 목표에 몰두한 나머지 읽기 어려운 문장을 쓰거나 만연체가 되지 않도록 주의해야 한다. 가끔 표현이 잘된 작품을 보면서 왜 나는 글을 이렇게 쉽고 간단한 표현으로만 쓰는 걸까 하고 자책하며 어려운 표현을 쓰기 위해 끙끙대는 사람들이 생각보다 많다. 이 사람들이 착각하는 점이 있다. 그 잘 쓴 작품은 결코 '어려운 표현'을 쓴 것이 아니다.

아무리 멋스러운 문장이라도 읽었을 때 무슨 의미인지 즉각적으로 이해되지 않는다면 웹소설에서는 문제가 된다. 어렵고 현학적인 문장이 아니라 정확한 문장, 읽기 쉬운 문장을 풀어 쓰는 것이 웹소설 작가의 목표다. 과도한 멋부림은 웹소설에서 아무 의미가 없다.

글량을 줄여야 할 때 우선 없애고 줄여야 할 것

슬프게도 이미 쓸 내용을 다 썼는데 글량을 줄여야 할 때가 가끔 생긴다. 한편으로 온 힘을 다해 써 놓은 결과물에서 일부를 잘라내는 건 창작자에게 크나큰 고통이다. 모든 단어가 다 아픈 손가락인데 무엇을 삭제한단 말인가? 그래도 웹소설 작가는 해야 한다.

- 반복되는 단어 삭제
- 문장과 문장을 이어주는 접속사 삭제
- 은유적인 묘사 삭제
- 클리셰적인 표현 삭제
- 삼천포 삭제
- 일상적인 장면 압축/삭제
- 없어도 되는 장면 압축/삭제

차를 타고 가면서 음악이 흐르고, 창밖 풍경이 어떻다는 장면은 스토리라인에서 그다지 중요하지 않다.

에피소드 추가하여 글량 늘리는 법

글의 분량을 늘려야 하는 걸 알게 되는 시점은 '처음'이 아니다. 어느 정도 쓴 상황 혹은 완결 직전에 분량을 늘려야 할 일이 생긴다. 이 압박감 때문에 진정한 목표에서 멀어지는 경우도 부지기수다. 공모전 등에서 정해진 조건 때문에, 수월한 판매와 마케팅을 위해 현실적으로 분량 늘릴 일은 자주 일어나니 마음의 준비를 해 두도록 하자.

이럴 땐 몇백 자 늘리는 정도로는 해결이 되지 않는다. 아예 에피소드를 추가하여 장면을 늘리고 이를 통해 전체 글량 및 회차수를 추가 확보해야 한다.

먼저 짜둔 스토리라인에서 쓸 얘기를 다 썼을 것이고, 추가한 내용이 그 스토리라인을 흩트리면 곤란하므로 기존 스토리를 거스르지 않는 선에서 에피소드를 덧붙인다. 되도록 중간보다는 뒤쪽에 붙이는 게 무리가 없을 것이다. 이는 외전을 쓸 생각이 없었는데 독자들이 외전을 원하거나 인기작이 되어 출판사에서 외전을 요청해 올 때도 활용할 수 있다.

공간을 이동할 수 있는 사건 추가하기

장소가 제한적이고 주인공이 움직이지 않으면 사건을 만들 때 제약이 심하고 스케일도 작아진다. 그러므로 공간을 이동할 수 있는 사건을 만든다. 비일상적인 장소를 정하는 게 중요하다. 그것만으로도 충분한 '이동'이 된다. 단둘이 지방 출장을 가든가, 휴양지로 둘이 여행을 가든가, 폭설로 산장에 고립된다거나 다양한 상황을 연출할 수 있다.

주인공에게 문제 투척하기

주인공이 해결해야 할 문제를 만들어 투척한다. 남의 도움을 받더라도 주인공이 적극적인 해결사로서 움직이도록 만드는 것이다. 한편으로 주인공이 쫓겨나거나, 납치를 당하거나, 오해를 받는 등 주인공이 피해자가 되는 사건을 만들어도 좋다.

주변 인물 사연 추가하기

주인공의 주변 인물 중 주인공과 애증관계에 있었던 캐릭터가 있다면 두 사람이 화해하는 에피소드를 추가할 수 있다. 또 주인공들 부모 세대의 악연이나 숨겨진 사연이 있다면 이를 너무 가볍게 훑고 지나가기보다는 비하인드 에필로그 느낌으로 풀어준다면 글량이 충분히 늘어난다. 주인공의 조력자들에 관해서는 서브 커플까지는 아니더라도 약간의 썸을 추가해주면서 분량을 늘려준다.

'알고 보니' 사연 넣기

주인공이 과거에 눈치 채지 못했던 것들을 대화를 통해 알게 되는 에피소드를 추가하는 것도 가능하다. '알고 보니 과거에 만난 적이 있다'는 에피소드 역시 쉽게 추가할 수 있다. 이 경우는 어린 시절 혹은 두 사람의 인연이 시작되기 전에 스쳐 지나가는 장면이어야 한다.

악역의 결말 추가 공개하기

이미 쓴 분량에서 아예 목숨을 잃은 상황이 아니라면 분량 확보를 위해 악역이 고통받는 썰을 보다 자세하게 푼다. 예를 들어 그 인물이 이미 감옥에 들어가 있더라도 그 안에서 더 괴로워질 얘기를 주인공이 전해주거나, 일말의 회생 가능성을 없애 준다면 더욱 시원한 에피소드가 될 것이다.

글량 늘려야 할 때 효율적으로
사용할 수 있는 방법은 무엇인가요?

❶ 전 회차의 마지막 대사를 본 회차에서 반복: 매번 쓰면 안 되지만 허용
되는 꼼수

❷ 대사 추가: 대화를 조금 더 쪼개서 행갈이하기

❸ 공간 배경 설명 추가: 상황 속 요소 추가

❹ 행동 추가: 말하는 사람의 행동뿐만 아니라 상대의 상황

❺ 분위기 설명 추가: 인물의 언행뿐만 아니라 그 공간에서 느껴지는 분
위기를 설명

❻ 단어의 뜻을 풀어서 문장으로 설명: 뜻이 압축된 한자어 단어 대신 우
리말로 풀어서 설명

❼ 뒷장면 당겨오기: 다음 회차의 앞부분에 쓸 내용을 끌어오되 늘일 것

❽ 씬 추가: 19금 등급이 확정된 원고를 쓰고 있다면 공간 및 상황, 자세를
다양하게 설정하여 씬 에피소드를 추가하는 게 편리

웹소설 독자들은 인내심도 없고 집중력도 없고 시간 여유도 없다. 그러나 콘텐츠의 유료화 정책에 적응했기 때문에 재미있는 작품에 돈을 지르는 데 거리낌이 없다. 어느 작가의 팬이 되면 무슨 일이 생겼을 때 나서서 쉴드 치는 팬덤이 주도적으로 만들어지지만, 반대로 마음에 안 들면 서슴없이 작가의 가슴에 비수를 꽂는 악플을 아무렇지 않게 적어 놓고 다른 잠재적 독자들의 구매 욕구까지 없애면서 사라진다.

우리는 '독자'를 대상으로 글을 쓴다. 그러므로 이 현상과 변화를 항상 주시하면서 글을 써야 한다. 일단 읽어 볼까 하는 생각으로 이 작품을 선택한 사람의 마음을 지속적으로 낚는 것이 이 시대에 웹소설을 쓰는 사람들의 가장 중대한 목표다.

POINT 1. 절단신공으로 시퀀스 쪼개기

- 시퀀스(sequence): 특정 상황의 시작부터 끝까지를 묘사하는 영상 단락 단위. 씬 여러 개가 모여 시퀀스를 구성한다.
- 씬(scene) : 장면

많은 지망생들이 '시퀀스=챕터'라고 생각한 나머지, 무의식 중에 이를 마무리하려고 노력한다. 사건이 정말 마무리되는 시점이라도 '떡밥'을 날린다고 생각하고 다음 사건 혹은 주인공이 스토리 전체를 통해 이루고자 하는 것을 어떻게든 언급하는 게 좋다.

정말 긴 장편이라 몇 권이 된다면 되도록 각 권의 말미에 마무리되는 느낌을 만들지 않아야 한다(완결권 제외). 특정 사건이 해결되었더라도 안 풀린 떡밥이 남아 있어야 하며, 그것을 웬만하면 암시해서 독자의 망각증을 해결하고 궁금증을 증폭시켜야 한다.

웹소설 회차로 나눌 경우, 회차 단위로 시퀀스가 마무리되는 것은 무조건 금지다. 오히려 엇갈려서 흘러가도록 하는 걸 목표로 해야 한다. 이것이 바로 절단신공이다.

#1 어떤 여자가 갑자기 나타나 여주의 등짝을 때렸다? 누굴까?
#2 긴밀한 대화 중에 문밖으로 그림자가 슥 지나간다. 누굴까?
#3 중요한 회의 중 막내 인턴이 '팀장님'을 다급하게 외치며 뛰어 들어왔다. 무슨 일일까?
#4 어제 장례식을 해서 울다 잠들었는데, 오늘 아침에 눈을 떠 보니 죽은 언니가 주방에 있다. 언니가 환히 웃으며 늦잠꾸러기라고 구박한다. 어떻게 된 일?
#5 전쟁에서 멍청한 이복형 황태자를 보필하던 도중 새벽부터 전투 시작. 멀리서 화살이 황태자를 향해 날아오는 것을 발견했다. "저하!"

이렇게 시퀀스를 어슷썰기(?) 해서 끝내 버리면 다음 회차에서 이 장면의 뒷부분이 나오게 될 테니 독자의 호기심이 증폭된다. 물론 다음 회차에 가 보니 뭐 그렇게 별스러운 일이 아니어서 가벼운 실망감이 들 수도 있다. 그래도 내용이 계속 이어지고 재미가 있다면 문제가 되지 않는다. 참고로, 두 사람이 대화하는 도중에 물어보는 문장이 나온 시점에서 끊고 대답을 다음 회차로 넘겨 버리는 것도 가능하다.

반대로 사건이 마무리가 되는 시점이 아닌데도 궁금증을 죽이는 끝부분이 있다.

> #1 자연 현상 언급으로 그 회차의 문장이 끝남.
>   '촛불이 흔들리고 있었다' 류도 포함된다.
> #2 내일 있을 사건을 언급하면서도 마무리 느낌.
>   Ex) 첫 번째 전투의 서막이~~
> #3 인물들이 농담 따먹기 하다가 그 챕터가 끝남.

이런 방식은 오래 전에는 많이 쓰였지만, 웹소설 장편 연재에서는 왠지 끝나는 느낌이 들기 때문에 안 쓰는 편이 낫다. 이미 작품이 기승전결의 서사 중 '결' 단계에 진입해 있는 시점이라면 좀 느슨해져도 무방하다. 거기까지 왔다면 이미 독자들의 '의리(팬심)'가 생긴 상황이니까. 물론 전체적인 작품성을 위해서 조절은 필요하다.

POINT 2. 떡밥 투척하고 회수하기

떡밥이란 무엇인가? 독자가 궁금해할 부분을 만들어서 뿌리고, 나중에 알려주는 것이다. 나중에 '반전'이라는 거대한 사건을 보여주기 위해 미리 뿌려두는 힌트이기도 하다. 독자가 인지하지 못할 만큼 작은 떡밥도 있다. 스토리를 진행하면서 작가가 재미를 배가하기 위해 끼워넣는 자잘한 요소들도 모두 떡밥이다.

예를 들어 방에서 회의하던 사람 중 한 명이 등 뒤로 손을 숨겼다면 언젠가는 뭘 숨겼는지 반드시 나와 줘야 한다. 어떤 조연이 다리를 절룩

거린다면 언젠가는 얘가 왜 절룩거리게 되었는지 사연이 나오고 그 사연이 나올 수밖에 없는 타당한 이유를 만들어줘야 할 것이다.

미리 던진 떡밥은 꼭 회수해야 한다. 작가는 자기가 만든 떡밥을 잊어도 독자는 안 잊기 때문이다. 원고 쓰면서 만들어낸 떡밥은 즉흥적이라 그만큼 작가 스스로 잊어버릴 가능성이 크다. 이를 해결하려면 최대한 빠르게 정리하는 게 좋다. 특히 시놉시스에 쓰여 있을 만큼 큰 떡밥은 반드시 신경 써서 해결한다.

그리고 너무 많은 떡밥이 생기지 않게 조절해야 한다. 모든 것이 의문투성이인 상태로 스토리를 오래 끌면 모든 요소가 안개처럼 느껴지면서 재미도 흐릿해진다. 또 떡밥 회수가 계속 미뤄지면 독자의 흥미에서 멀어지고, 떡밥 회수의 카타르시스가 줄어든다. 그리고 일정 기간 이상 회수되지 않아서 독자가 태클을 걸면 매우 민망한 상황이 된다.

만약 공개적으로 연재 중인 상황에서 중요한 떡밥을 넣었어야 하는데 못 넣었다면 앞부분을 수정하지 말고, 뒤에 넣을 타이밍을 찾아보자. 타이밍이 없으면 작은 사건을 만들어서라도 넣을 것. 이런 중요한 부분을 공개 후 수정하게 되면 연재 흐름이 망가진다. 아직 공개 전이거나 통원고 작성 시에는 고쳐도 된다.

그렇다면 떡밥 회수의 적절한 위치는 어디일까? 모든 떡밥 회수를 마지막 장면에서 싹 털어 넣거나, 대사로 퍼붓는 방식이 최악의 경우라고 할 수 있다. 기-승-전-결에서 '결'에 퍼붓지 말라는 뜻이다.

웹소설
가독성 높이는 법

웹소설 시장에서 가독성은 재미만큼이나 매우 중요한 문제다. 가독성은 물리적 가독성과 심리적 가독성으로 구분할 수 있다. 독자들은 작은 휴대 전화 화면으로, 커봤자 태블릿 사이즈로 웹소설을 즐긴다. 또한 글을 곱씹지 않고 빠르게 휙휙 넘기며 속독한다. 이해가 안 된다고 앞으로 돌아가서 다시 읽는 일은 일어나지 않는다. 그만큼 바로바로 이해되기 쉽게 글을 적어 주어야 한다.

내 원고의 가독성 확인하기

우선 원고를 쓰고 나면 입으로 읽어 보면서 껄끄럽지는 않은지 호흡이 길지는 않은지 확인해 볼 필요가 있다. 쓰는 과정에서 읽는 것과는 별도의 과정이다. 입으로 소리 내어 쭉 읽어 보면서 문장이 너무 길지 않은지 불편하지는 않은지 체크한다. 묵독 체크 시 확인되지 않던 비문이나 꼬여 있는 문장이 음독에서 잘 발견된다.

두 번째로 변화된 환경에서도 그 글이 여전히 잘 읽히는지 체크해 보자. 독자들의 입장에서 내 글의 물리적 가독성과 심리적 가독성을 모두 점검해 보는 것이다. 독서 환경은 다음과 같이 바꿔 볼 수 있겠다.

- 폰트 바꿔 보기
- 판형 바꿔 보기(문서 용지 폭을 210에서 130으로 변경해 보자)
- 종이에 인쇄해 보기
- 인터넷에 띄워 보기(아직 공개연재 전이라면 비공개로)
- 읽는 기기를 바꿔 보기(작가는 PC로 글을 올리지만 독자들은 모바일로 본다는 점을 유념하라)

작가가 개떡같이 써서 보낸 원고를 출판사가 알아서 가독성 좋게 정리해주는 광경도 요즘은 흔하지 않다. 이제는 기성 작가들 역시 초고를 쓸 때부터 철저히 플랫폼에 들어가는 상황을 계산하여 가독성이 떨어지지 않도록 작성한다.

POINT 1. 문장을 짧게

'웹소설에서는 문장을 짧게 써야 한다'는 이야기를 많이 들어봤을 것이다. 정확하게 얼마나 짧게 써야 할까? 문서 프로그램을 열었을 때 나오는 기본 화면 즉 A4 상태에서 문장 하나가 두 줄을 넘기면 웹소설에서는 너무 긴 문장이다. 실제로는 한 줄을 넘기는 순간부터 마침표 찍을 준비를 해야 하고, 한 줄 내로 짧으면 더 좋다.

긴 문장을 써 버렸다면 어떻게 쪼갤지 연구해서 반드시 두 문장으로 나눠야 한다. 그러나 이미 쓴 문장을 당장 고치든 퇴고하면서 고치든 차후에 쪼개는 건 부가적인 업무가 된다. 애초에 쓸 때부터 짧게 쓰는 것이 몸 고생, 머리 고생 안 하는 방법이다.

POINT 2. 문단을 좁게

글쓰기에 집중하다 보면 행갈이 한 번 없이 문장을 이어 써 버려서 눈앞에 웬 글자 벽돌 담벼락이 떡하니 놓여 있는 경우가 있다. 사실 이건 종이책 문학 도서에서 아직도 흔히 보이는 현상이다. 그러나 웹소설에서는 이런 화면을 본 적이 없을 것이다. 왜냐하면 출판사 편집자가 하나하나 다 뜯어냈을 것이기에……!

문단의 경우 들어가는 플랫폼에 따라 방식이 달라진다. 이미지 파일 시스템인 카카오페이지에서는 거의 문장마다 엔터를 쳐서 행갈이를 하는 수준으로 바뀌고 있다. 반대로 epub 전자책 파일이 들어가는 다른 플랫폼들은 사용자가 자간, 행간, 글자 크기 등 보기 설정을 독자들이 변경 가능하므로 문단 두께가 있어도 어느 정도 허용된다.

웹소설의 이상적인 문단은 문서 프로그램을 열었을 때 나오는 기본 화면 즉 A4 상태에서 2~3줄 정도다. 5줄을 넘어가는 문단을 모바일 화면에서 보면 한 바닥이 가득 차 있다.

그래서 웹소설의 문장 길이와 문단 두께는 서로 영향을 준다. 문장을 길게 쓰는 사람은 문단의 두께를 줄이기가 힘들다. 한 문장을 두 줄이나 쓰면서 어떻게 문단을 세 줄로 끊겠는가.

카카오페이지 출간을 생각한다면 처음부터 문장마다 행갈이를 해 가면서 써도 무방하다. 프로 작가들도 이렇게 하는 편이다. 다른 플랫폼을 생각하더라도 문단의 두께가 너무 두꺼워 보이지 않도록 노력해라.

문장과는 달리, 문단은 출판사 쪽에서 알아서 나눠주면 되는 것 아니냐고 항변하는 작가들도 있을 것이다. 퇴고할 때 대충 나누면 된다고 생각하는 작가 지망생들도 많다.

우선 타인(편집자)이 문단을 나누면 작가 자신의 생각과 다른 지점에서 나누는 일이 생길 수 있다. 행간의 맥락에서 끊기는 지점을 다르게 생각할 가능성이 있는 것이다. 또 도저히 행갈이를 하기가 힘든 문장들의 집합인 문단이 다수 존재한다. 작가 자신이 나누더라도 결국 고된 작업을 해야 한다. 그러니 쓸 때 잘 쓰자.

POINT 3. 불필요한 여백은 금지

무료 연재 플랫폼에서 모바일 가독성을 좋게 한답시고 무의미한 엔터를 여러 번 쳐 가면서 쓰면 나중에 본인만 힘들어진다. 그런 여백은 출판사에 투고를 하든, 완성 후 편집을 보내든 결국 다 자기가 정리해야 한다. 무료 연재 플랫폼 쪽 독자들도 스크롤 압박을 너무 심하게 하는 여백을 그리 선호하지 않는다.

한 줄 여백은 반드시 이유가 있어야 한다. 대화가 시작되기 전과 끝난 후, 간단한 장면 전환의 용도다. 요즘은 문단이 조금 긴 경우 가독성을 위해 문단과 문단 사이에 한 줄 여백을 넣어 주기도 한다.

사소하지만
효율적인 집필 팁

집필 시 오류와 물리적 사고의 위험을 줄이고 편의성을 높여야 한다. 그렇다고 반드시 프로 작가의 스타일을 그대로 따를 필요는 없다. 사람마다 성격과 잘 맞는 패턴이 다르기 때문에 다른 작가의 방법이 자신에게 안 맞을 수도 있으므로 자신만의 루틴과 방법을 찾는 것이 중요하다. 다만 효율적인 팁은 체화해두면 편리하므로 소개해보도록 하겠다.

❶ 특수기호 활용하기

소설에서 특수기호를 쓸 일이 언제일까 싶겠지만 실제로 소설 쓰는 과정에서 특수기호는 여러모로 활용도가 높으니 잘 활용하기 바란다. 원고 수정이나 분량 체크, 회차 체크를 할 때 아주 편리하다. 소설 내용에 연도, 날짜, 개수 등으로 숫자가 나오는 일이 다반사이기 때문에 숫자를 적으면 헷갈릴 수 있으므로 특수기호가 유용하다.

- 시놉시스, 트리트먼트 작성 시 대분류와 소분류 앞에 특수기호를 붙여둔다.
- 챕터의 번호와 제목, 연재 회차의 번호와 제목에 특수기호를 적어 구분한다(원고를 업로드하거나 출간할 때 특수기호의 사용 여부는 상관없다. 사용하든 사용하지 않든 독자에게 영향을 주진 않는다).
- 극중 인물의 이름을 정하지 못했거나, 확정이 아닐 때 특수기호로 적어둔다.
- 특정 지명 등 고유명사가 나와야 하는데 정하지 못했을 때도 특수기호로 적어둔다.

❷ 통원고 파일 만들어두기

장편 위주로 집필하는 작가들 중 다수가 회차별로 원고를 쓰고 회차별로 번호를 붙여 파일을 따로 저장해둔다. 그러나 이 경우 다양한 상황에서 엄청난 불편과 오류를 초래한다.

단순한 예를 들어 백곰을 흑곰으로 수정해야 하는 상황이 발생했을 때 회차별 파일만 있다면 모든 파일을 하나하나 다 열어서 수정해야 한다. 하지만 통파일이 있다면 한꺼번에 수정하는 것이 가능하다.

앞부분 원고를 퇴고하거나 점검차 읽어 보는 경우에도 회차별 파일만 있다면 작가 스스로 개고생을 해야 한다. 이렇게 수많은 파일을 계속 여는 행동은 퇴고와 교정 작업 시 흐름이 깨진다. 그래서 오류를 놓칠 가능성이 커진다.

그러므로 회차로 끊는 장편이라도 통원고 파일을 만들어 두는 것을 권한다. 다만, 통원고 파일에 원고를 계속 쓰고 있으면 당장 쓰는 회차의 글량 조절이 힘들 수 있다. 따로 써서 붙이는 등 자신만의 루틴을 생각해 보자.

가장 무난한 방법은 매 회차 파일을 따로 써서 저장 후 그 분량을 통원고 파일에 그대로 붙이는 것이다. 이 구조로 파일을 정리해 두면 차후 연재본과 단행본 양쪽을 제작하게 될 때 매우 효율적으로 작업을 진행할 수 있다. 완결 전에는 통원고 파일에 회차 표시가 적혀 있는 것이 중간과정과 차후 작업 때 편리하다.

❸ 백업 루틴 정하기

내 컴퓨터에 무슨 일이 생겼을 시를 생각하여 백업을 생활화한다. 최소한 현재 쓰는 중인 파일은 '내게 보낸 메일' 저장함에 넣어두든가, 클라우드에라도 올려둔다.

무엇을 써야 할지 모르겠거나 무엇을 쓰고 무엇을 제외해야 할지 모르겠다면? 큰 수정을 해야 하는데 다시 돌아와야 할까 봐 겁이 난다면? 초고 파일, 원본, 버전별 파일을 따로 보관해둔다. 파일 덮어쓰기는 금지다. 이렇게 파일이 유실되면서 항상 문제가 생긴다. 공개할 일이 없더라도 각 버전의 파일을 모두 보관하는 것이 좋다.

그리고 업데이트 버전이 헷갈리지 않도록 파일 이름에 숫자 혹은 날짜 등을 기재하여 섞이지 않게 한다. 두 번 세 번 열어봐서 저장이 제대로 되었는지도 확인하고, 최종 버전인지도 확인한다.

간혹 휴대 전화로 무연 플랫폼의 에디터 상태에서 바로 써서 올리는 경우가 있는데 가끔 급하게 써서 올리는 일이 있더라도 반드시 이를 개인적인 창고에 저장해둬야 한다. 인터넷 게시판은 백업 기능이 없다. '삭제' 버튼을 잘못 누르는 순간 'the end'이고 그 터무니없는 일은 실제로 일어난다.

❹ 나의 집필 속도와 패턴 알아두기

웹소설은 시간 싸움, 분량 싸움이다. 그래서 자신이 평소 얼마나 어떻게 쓰곤 하는지 파악하는 것이 의외로 중요하다.

> • A4 1쪽을 쓰면 분량이 얼마나 나오는가(대사를 많이 쓰는 사람은 페이지가 팍팍 넘어가게 된다)?
> • A4 1쪽을 쓰는 데 드는 시간은 평균 얼마인가?
> • 작업이 잘되는 시간대는 언제인가?

이렇게 집필 소요 시간과 분량, 시간대를 알아두면 자신의 생활 스케줄을 관리하기 좋다. 웹소설 작가 지망생 대부분이 다른 일이나 공부를 하면서 시간을 쪼개 글을 쓴다. 글 쓰는 시간을 효율적으로 관리해야 건강도 지키고 습작 기간도 줄여 단기간에 데뷔할 수 있다.

또, 원고를 쓰면서 페이지 수 혹은 글자 수를 계속 체크해 보자. 내가 어디까지 와 있는지, 얼마나 더 써야 하는지 알 수 있다. 스토리의 진도, 오늘의 진도를 알아야 이 정도에서 끊을지, 앞으로 몇백 자를 더 쓸지 결정할 수 있다.

문단 길이 역시 중간중간 계속 체크할 것. 미친 듯이 쓰다가 정신 차려 보면 벽돌 같은 문단이 눈앞에 있을 것이다. 몇 줄에서 끊는다는 것을 평소 체화해야 나중에 수정하느라 이중 고통을 겪지 않는다.

PART 5

뒤통수 조심!
안전한 작가 생활 노하우

"잘 써지는 날만 쓰면
완결은 멀어진다."

- 북마녀 -

웹소설 작가
데뷔 방법

무료 연재 & 출판사의 컨택

무료 연재 플랫폼에 작품을 올리고 공지란이나 작품소개란에 이메일 주소를 적어 둔다. 출판사 편집자들도 무료 연재 플랫폼을 수시로 드나들며 체크하기 때문에, 그 작품을 원하는 출판사가 있다면 컨택 메일이 올 것이다. 또한, 플랫폼에도 출판팀이 있고 역시 좋은 작품에 욕심을 내어 직계약 컨택을 한다.

플랫폼과 직계약을 하면 프로모션에서도 유리하고 좋은 점이 분명히 많다. 반대로 유통 타이밍에서 태클이 생기기도 한다. 예를 들어 A 사이트와 직계약을 하게 되면 A 사이트 독점 유통을 거친 다음 다른 곳에 유통해야 하는 조건이 붙게 된다. 그런데 내가 쓰는 장르가 A 사이트보다는 B 사이트에서 독점으로 제일 먼저 유통하는 게 매출에 도움이 된다면?

일반 출판사와 계약하면 유통을 어디서 시작할 것인가의 자유가 있는 것은 사실이지만 이러니저러니 해도 출판사와 해당 플랫폼의 프로모션 합의를 거쳐야 한다. 이런 문제를 모두 고려해서 신중히 결정해야 한다.

컨택을 받는 것은 그리 쉽지 않다. 연재만 하면 출판사들의 연락이 줄줄이 이어질 것 같지만, 지망생 대부분 잠잠한 메일함을 매일 열어보며 좌절을 맛본다. 일단 무료 연재 플랫폼의 베스트 랭킹 첫 번째 페이지에는 올라와 있어야 출판사도 간을 본다.

그런데 무료 독자들은 기대치가 낮아서 필력이 많이 약해도 일단 읽어보는 경향이 있다. 그래서 분명히 인기작인데 출판사 컨택을 못 받는 경우도 더러 있다. 만약 여러분이 베스트 랭킹 첫 페이지에 오랫동안 있었는데도 컨택을 단 한 건도 못 받았다면 진지하게 시장성을 고민해야 한다. 편집자들의 눈은 다 똑같다. 작업하기 너무 힘들겠다 싶을 정도의 필력이면 안 건드린다. 유료 시장에서는 안 먹힐 소재나 플랫폼에서 걸고 넘어질 위험한 소재 역시 안 건드린다.

출판사에 직접 원고 투고하기

출판사에 원고를 투고하는 방식은 간단하다. 자신이 쓴 원고 파일과 간략하게 정리한 줄거리를 첨부하여 해당 출판사의 공식 메일에 보내면 된다. 출판사의 공식 사이트나 블로그, SNS 계정이 있는 경우, 투고 양식 및 서류에 관련된 공지 사항이 있을 테니 이를 반드시 숙지하고 그에 맞춰 줄 필요가 있다.

출판사 사정에 따라 빠르면 일주일 내, 길면 한 달 내에 연락이 온다. 출판사에서 계약 의사가 있다면 그때부터 서로 계약 관련 협의를 하게 된다.

만약 다른 출판사를 통해 출간한 경력이 있다면 그 역시 간단히 메일에 적자. '기존 경력 상관없이 평가받고 싶다' 같은 되지도 않는 생각은 하지 말고 솔직하게 쓸 것.

이전 작품 성적이 좋다면 당연히 우대되고, 성적이 나쁘다 하더라도 어차피 신인 대우나 중고신인 대우나 별반 다를 게 없다. 성적이 나빴어도 실제로 계약하게 되면 기존 출판사에서 일러스트 표지를 어느 급으로 붙여줬는지, 출간 당시 프로모션을 어디까지 받았는지 등 여러 가지 사항이 이번 출판사의 다음 행보에 영향을 준다.

출판사 답장 속
진짜 속마음은 무엇일까요?

"~하지만 계약하기 어려울 것 같다"

칭찬의 말을 늘어놓고 결론은 계약 거절이라면? 칭찬은 쥐어 짜낸 것이고 안타깝지만 원고가 구려서 계약 못 하겠다는 뜻이다. '작가님과 다음 기회가 있었으면 좋겠다, 좋은 원고 있으면 연락 달라'는 말도 마찬가지다.

"원고의 특정 부분을 수정할 수 있다면 계약 진행 가능하다"

편집자가 보기에 시장에 내놨을 때 문제가 생길 법한 부분이 있다는 뜻이다. 출판사가 계약 의사가 있는데도, 쓰는 자신이 죽어도 고치기 싫다며 계약을 포기할 때도 많다. 이 경우 어딜 가도 마찬가지 반응이 나오기 마련이다. 웬만하면 출판사 의견을 따르는 게 좋다.

"이 원고는 힘들지만, 혹시 다른 작품(을 쓸 의향)이 있다면 계약하고 싶다"

흔치 않은 경우로서, 담당자가 작가의 필력이 마음에 드는데 그 작품의 소재가 별로일 때 이런 말이 나온다. 신인 작가를 옆에 끼고 키울 여력과 마인드가 되는 출판사의 편집자가 간혹 이렇게 답장을 보내기도 한다. 복사해서 붙이기한 느낌의 대사가 아니라 구체적으로 계약을 하거나 원고를 쓰자는 식의 말이 나와야 한다.

이런 답장을 받았다면 다른 원고를 꼭 보내자. 원고가 없다면 시놉시스라도 최대한 상업적인 스토리로 전달하길 권한다.

주요 웹소설 플랫폼에서 주기적으로 웹소설 공모전을 연다. 모든 메이저 장르를 뽑는 종합 공모전도 있고 시기와 플랫폼 측의 정책에 따라 밀어주고 싶은 특정 장르만 뽑는 공모전도 자주 열린다.

이 특정 장르는 그 플랫폼에서 원래 잘되는 장르일 수도 있지만, 반대로 그 장르의 좋은 작품들이 그 플랫폼에 부족해서 작품을 모으고 이슈를 만들고자 하는 의도로 공모전을 열기도 한다.

그 외에 타 플랫폼을 견제하는 차원에서 진행하는 경우, 신생 플랫폼이라 시선을 모으기 위해서 공모전을 여는 경우도 있다.

공모전에 참가하는 작가 지망생들은 내심 '최소한 본심 안엔 들겠지', '수상권에는 들겠지' 하는 생각으로 원고를 준비한다. 그러나 현실의 벽은 매우 높다. 공모전이 아무리 커 봤자 수상작은 최대 10명이다. 참고로, 수십 명 뽑는 참가상은 뽑혀봤자 영향력 있는 스펙이 되지는 않는다.

문제는 본심 통과한 정도로는 출판사 컨택이 그렇게 많이 들어오지 않는다는 점이다. 최종심까지는 들어가서 물먹었다면 모를까. 다시 말해 공모전 참가 자체가 데뷔를 보장하지는 못한다.

공모전 수상은 힘들지만, 수상작이 된다면 다른 방법보다 훨씬 화려하게 데뷔할 수 있다. 당연히 작가로서 멋진 스펙이 된다.

대기업 플랫폼에서 주최한 공모전에서 수상하면 플랫폼과 직계약하는 작가가 될 수 있다. 이른바 '정연'으로 불리는 정식연재로 직행하는 것도 가능하다.

요즘 공모전은 신인, 기성 가리지 않고 참가 자격을 준다. 공모전에서 기성이 유리한 건 당연하다. 여기서 공정성을 따지는 건 무의미하다. 태어날 때부터 기성 작가인 사람은 없고, 그 사람은 여러분이 글 안 쓰는 동안 글을 쓰며 필력을 쌓고 경력을 채우고 팬층을 확보한 것이다.

실제로 사용되는 용어는 아니지만 편리한 설명과 이해를 돕기 위해 현존하는 공모전 방식을 다음과 같이 구분하겠다.

♨ 장르 소설 공모전 유형

투고형 공모전	공개 연재 대신 공식 메일로 지원작을 받는 시스템으로 운영되는 공모전을 말한다. 주최측의 심사위원들이 출품된 작품을 읽고 수상작을 선정한다. 필수 서류는 일반적으로 시놉시스와 본편 원고다. 스토리 자체는 재미있어도 필력이 떨어져서 출간 작업이 힘든 원고를 반발 없이 걸러낼 수 있다. 주최측의 선정 기준과 선호 방향을 정확하게 알기 힘든 공모전이다.
연재형 공모전	무료 연재 시스템을 갖추고 있는 플랫폼에서 공개적으로 운영하는 공모전을 말한다. 대개 장편 중심이며, 조회수와 관작(선작) 수가 중요한 심사 기준이 된다. 이 공모전은 좋은 작품을 모으려는 목적과 함께 해당 연재 코너를 더욱 활성화하기 위한 목적도 있다. 챌린지리그가 있는 네이버, 조아라, 문피아, 북팔 등에서 진행하는 공모전이 여기에 해당한다. 기존 필명을 숨기고 필명을 바꿔 도전하는 것도 가능하다.

웹소설 공모전에서
생기는 흔한 실수

원고보다 재미없는 시놉시스

투고형 공모전에서 심사위원이 시놉시스보다 원고 파일을 먼저 여는 경우는 0에 수렴한다. 원고의 재미가 좀 떨어지더라도 시놉시스가 재미있으면 심사위원이 무조건 그 원고를 보겠지만, 시놉시스가 재미없으면 원고에 눈길이 가지 않는다.

이미 충분히 인세를 뽑고 있는 기성 작가들은 시놉시스를 잘 쓰지 못해도 담당 편집자가 알아서 잘 정리할 것이고 시놉시스가 좀 부족해도 충분히 잘 쓸 거라는 믿음이 있기 때문에 상관없다. 하지만 그 능력을 아직 증명하지 못한 여러분은 시놉시스 쓰는 연습을 해야 한다. 최대한 재미있어 보이도록, 흥미로워 보이도록 포장하자.

또한, 공모전에 보낼 시놉시스는 비밀스럽지 않게 써야 한다. 반전, 비밀, 클라이맥스가 얼마나 재미있고 신선한지 인내심 없는 심사위원에게 빨리 투척하라는 뜻이다. 시놉시스의 마지막 문장을 '~하는데?' 식으로 말꼬리를 흐리며 끝내지 않도록 한다.

모바일 친화성 없는 원고

모바일 친화성이란 한마디로 휴대 전화로 봤을 때 읽기 편하게 쓰였는 가를 말한다. 공모전 심사위원이라고 해서 출품작을 프린트해서 읽지 않는다. 심사위원은 컴퓨터 화면으로 읽고 독자들은 휴대 전화로 그 출품작을 읽게 된다.

신인들이 이런 심사 환경을 생각하지 않고 행갈이 없는 원고를 보내거나 한 문단이 터무니없이 긴 연재 분량을 업로드할 때가 많다. 그렇다 보니 요즘은 아예 공모전 심사 기준에 '모바일 친화성' 항목이 등장한다. 요약하면 행갈이 많이 하고 대사 팍팍 넣으라는 얘기다. 결국, 가독성 문제이니 앞에서 설명한 웹소설 가독성 높이기 페이지를 참고하길 바란다.

공모전이 시작되면 그때부터 집필 시작

공모전 시작할 때까지 넋 놓고 있다가 공모전이 시작되면 그때부터 허겁지겁 쓰기 시작하는 사람이 부지기수다. 여러분이 생초고를 올리는 동안 미리미리 준비한 사람은 한결 여유롭게 퇴고도 여러 번 해가며 올린다. 독자들 눈에는 극명한 차이가 보일 수밖에.

급하게 마지막 날 넣는 불상사

모든 웹소설 공모전은 최소 1개월 이상의 지원 기간이 있고, 마감 날짜가 있다. 연재 오픈형 공모전에서는 늦게 넣으면 넣을수록 조회수를 확보하기 힘들기 때문에 참가하는 의미가 사라진다.

투고형 공모전에 출품하는 지망생들 대부분이 거의 마지막 날까지 원고를 붙잡고 퇴고하다가 마감 당일에 보내기 일쑤다. 이때 실수가 나오게 된다. 메일 주소를 잘못 썼거나, 파일을 잘못 넣었거나, 아예 첨부를 안 했거나 별의별 오만 가지 실수가 나온다. 정말 운이 없는 경우에는 서버의 문제로 메일이 튕기거나 주최측 메일함이 터지기도 한다.

넉넉하게 여유 있는 날짜에, 최소한 사나흘 전에 보내고 멀쩡한 파일을 제대로 보냈는지 재차 확인하라. 그래야 어떤 문제나 실수가 생겼어도 제시간에 커버할 수 있다.

잘못된 장르 카테고리 선택

여러 장르를 한꺼번에 받는 종합공모전이면서 투고형으로 진행된다면, 장르를 잘못 넣어도 엄청나게 큰 문제는 아니다. 정말 재미있는 원고, 상품성 뛰어난 작품인데 장르를 잘못 넣었다고 원고를 읽지 않거나 점수를 깎진 않는다. 투고형 공모전에선 이 정도 융통성은 탑재하고 진행될 수 있다.

그러나 연재형 공모전에서는 장르를 잘못 넣으면 심각한 문제가 된다.

재미만 있으면 독자들이 알아서 찾아올 거라는 생각? 하지도 마라.

독자들은 자신이 좋아하는 장르 카테고리만 누를 뿐, 다른 장르에 도전하지 않는다. 판타지 독자는 '로맨스'라는 글씨 자체를 절대로 클릭하지 않으며, 여성향 소설만 보는 독자는 판타지나 무협을 볼 일이 없다. BL 독자는 현로를 많이 보지 않는다. 물론 여러 장르를 보는 교집합이 분명히 존재하기는 하지만 완벽하게 겹치지는 않는다.

때문에 연재형 공모전에서 장르를 잘못 넣으면 필연적으로 조회수는 폭망하고 심사 결과에 악영향을 미친다. 연재형 공모전에선 이런 실수로 인한 결과를 딱히 선별하여 추가 점수를 주는 일이 없다. 그래서 장르가 헷갈리는 작품을 공모전에 넣지 말라고 얘기하는 것이다.

웹소설 공모전에 넣지 말아야 할
작품은 무엇인가요?

장르 짬뽕 퓨전 스토리

내가 지금 쓰는 장르는 스릴러이면서 판타지인데 어느 카테고리로 출품해야 할까? 현대 로맨스이면서 판타지라면 어느 장르로 지원해야 할까? 쓰는 자신이 장르를 어느 쪽으로 넣어야 할지 모를 정도로 헷갈린다면 심사위원도 헷갈린다. 웹소설 시장 속 메인 장르 하나를 고르고, 그 장르의 전형성을 띠되 신선함을 딱 한 스푼만 넣을 것.

장르 짬뽕은 확률적으로 공모전이나 출판사 투고를 뚫기 힘들다. 물론 잘 쓴다면 수상작 물망에 오를 수는 있다. 하지만 장르적으로 전혀 애매하지 않고 상품성이 뛰어난 작품과 경쟁하게 된다면 주최측은 확실하게 '모 아니면 도'에서 '모'가 되어 줄 작품을 선택할 것이다.

공모전은 대중적으로 성공 확률이 높은 작품을 쉽게 찾기 위해서 여는 행사다. 주최측은 군이 마이너하거나 애매한 작품을 발굴하여 상금까지 줘가면서 신인을 키울 생각이 전혀 없다.

너무 복잡한 세계관의 작품

세계관이 복잡하면 시놉시스와 원고에 그 세계관 설정을 자세하게 설명할 수밖에 없다. 설정집을 만들어야 할 정도로 광활한 세계관이고, 그걸 제대로 인지하지 않으면 이 스토리(원고)를 이해할 수 없다? 그러면 공모전에서 떨어질 확률이 높다. 왜냐하면, 독자도 심사위원도 설정집을 읽을 시간과 인내심이 없기 때문이다. 밥 먹으면서 대충 쓱 봐도 흐름이 이해되는 스토리를 공모전에 넣는 게 좋다.

작가 지망생들은
믿고 싶지 않은 공모전의 진실

경쟁률이 높지만 허수다

연재형 공모전이 시작되면 내내 '원고를 올리자마자 2페이지로 떠내려갔다!', '글이 너무 많아서 묻혔다!'는 넋두리가 들린다. 이것 때문에 지레 겁을 먹고 포기하는 사람들도 많다.

원래 모든 공모전은 경쟁률이 높다. 웹소설 시장이 잘되고 있으니 지원작 수는 많을 수밖에 없다.

그러나 공모전에 출품된 작품들이 모두 괜찮은 작품일까? 절대로 그렇지 않다. 1,000종이 출품되었다고 해서 여러분이 999종과 경쟁하는 것은 아니다. 개중에는 정말 터무니없는 원고도 많다. 여러분이 이 사실을 알지 못하는 까닭은 여러분의 순위 위쪽으로 무슨 작품이 있는지 확인할 뿐, 아래쪽으로는 시선을 주지 않기 때문이다.

별점 테러는 위에 있는 사람만 당한다

별점 테러(별테)는 질투와 경계에 따른 공격 작업이며, 위에 있는 사람 끌어내리려고 하는 짓이다. 별테하는 독자도 별테하는 작가도 하위권은 신경 안 쓴다. 특히 경쟁자를 공격하고 싶은 작가는 현재 자기 위치보다 높은 순위의 작품을 건드리지 자기보다 한참 낮은 작품에는 관심없다. 공모전 페이지에서 한 5페이지 안에는 들어야 정성스러운 별테를 당할 수 있다. 여러분이 한 500위 정도 하고 있으면 아무도 여러분의 작품을 건드리지 않는다.

별테로 멘탈이 깨져서 글을 못 쓰면 그 인간을 웃게 해주는 것이다. 별테 하지 말라고 공지를 쓰는 것부터 이미 멘붕 티를 내는 것이니 애초에 아무 반응을 하지 말자. 어차피 공모전에서 평가 기준에 별점을 포함하는 경우가 거의 없고, 당락을 좌우할 정도로 중요한 기준이 되지 못한다.

홍보 안 해도 올라갈 작품은 올라간다

연재형 공모전이 열릴 때마다 매번 논란이 일어나는 문제가 바로 '홍보'다. 그러나 홍보를 일절 하지 않고 뒤늦게 연재를 시작했어도 오르락내리락하면서 점점 상위권으로 치고 올라가는 작품도 많다.

거의 모든 지망생이 '올리자마자 난 쓸려 내려갔다', '기성도 신인 필명으로 올렸더니 묻혔다더라' 하며 우는 상황에서 홍보를 하지 않고 원고만 차근차근 올렸는데 순위가 오른 작품들은 운이 좋았던 것일까?

올리는 타이밍이 좋았던 것일까? 과연, 정말, 연재하는 내내 100% 운이 좋을 수 있단 말인가? 사실은 내 글이 구린 건데 '홍보를 못해서 떨어진 거야'라고 스스로 합리화하지 말자. 그건 자존감을 지키는 일이 아니다. 재미있는 원고는 결코 쓸려 내려가지도, 심해에 묻히지도 않는다.

지인 버프와 홍보의 효과는 약하다

실제로 지인들을 동원한 홍보 효과는 극히 미미하다. 가족, 친구 등 주변 사람들에게 링크를 돌리며 읍소한다면 한두 번 정도는 볼 것이다. 그러나 우리 마음처럼 매 회차를 계속 따라가 주면서 지인들이 다 봐주지 않는다. 이들은 누적 조회수에 도움이 되지 않고 연독률을 망치는 원인으로 작용한다. 그들을 한 명 한 명 끝까지 보도록 감시하면 어떻게든 될 것이다. 한데, 그런 주접을 부려서까지 조회수를 확보해야 할 상황이라면 과연 순수한 응원을 받을 수 있을까?

이 작업을 하려면 지인들에게 무조건 작밍아웃을 해야 하고 그로 인해 벌어지는 각종 피곤한 상황 또한 감당해야 한다.

모든 공모전의 막판에는 심사위원 정성평가가 반드시 들어간다. 홍보를 통해 거기까지 올라갈 수도 없거니와 친분 버프로 자기들끼리 품앗이 한다고 해도 최종적으로 수상작 물망에 들어가는 건 불가능하다.

연재형 공모전에서 무료를 너무 많이 공개하는 게 나중에 출간할 때 영향 줄까 봐 걱정하는 사람들이 많다. 이런 걱정은 최종심에 들어서 수상이 가까워져 있을 때 이걸 이대로 계속 연재해서 대상 각을 재는 것과 그냥 출판사 계약해서 론칭 준비하는 것 중 어느 쪽 수익이 더 높을 것인가 저울질하는 기성 작가들이나 하는 것이다. 20위 안에도 들지 못한 신인의 원고로는 다 부질없는 걱정이다.

연재형 공모전에서 떨어진 작품은 그냥 내려도 문제없다. 무연 독자들은 딱히 여기저기 돌아다니지 않고 한 플랫폼에 머물러 있으니, 그 플랫폼에서 성적이 좋지 않았다면 다른 플랫폼에 연재를 시작하면 된다.

출판사 편집자들도 '이건 계약해서 프로모션 심사 넣기 어렵겠는데?'라고 생각하지 않는다. 플랫폼 MD 역시 '이 작품은 ○○○공모전에서 ○○화까지 공개했으니 프로모션 못 주겠는데?'라고 판단하지도 않는다. 편집자와 MD들이 공모전의 모든 작품을 하나하나 계속 지켜보지 않고, 그 작품들을 모두 기억하지도 못한다.

공모전에서 무료 분량으로 길게 연재했다는 사실은 계약이나 프로모션이 안 되는 사유가 될 수 없다. 애초에 수상작이 될 가능성이 없는 퀄리티였다는 것이 문제일 뿐.

자신의 필력과 인내심을 시험하는 마음으로 공모전 연재를 시작해 보는 것도 좋은 방법이다. 내 작품이 하위권에 계속 머물러 있다면? 미안하지만 이건 총체적인 난국이었을 가능성이 크다.

기성 작가가 필명을 새로 파서 아무도 모르게 공모전에 넣었는데 하위권에 있다면 그건 쓸려 내려간 게 아니라 퀄리티 문제다. 그 원고는 제목부터 몽땅 갈아엎어야겠지만, 갈아엎는 것도 실력이 되는 사람이 갈아엎어야 나아진다.

반대로 수상작에는 못 올랐지만 꽤 높은 순위였다면? 수상작 발표 후 반드시 주최측에서 직계약에 준하는 연락이 간다. 원래 공모전이란 게 수상작만 받아내려는 게 아니라 좋은 작품 쓸어 모으려고 여는 것이다. 물론 이 연락이 모든 상위권에게 오는 것은 아니다. 하지만 상위권이었다면 자신감을 가지고 타 플랫폼 연재와 투고 단계를 진행하면 된다.

공모전에 참가해본 사람들은 알겠지만, 그 기간 내내 피가 마르는 기분을 느끼게 된다. 이런 스트레스를 견디면서 하루에 한 편씩은 써야 최신 업데이트에 밀리지 않을 수 있다.

예심 통과를 목표로, 공모전 참가 기간 동안 매일 연재하는 것을 목표로! 자신에게 '강제 마감'을 부여하는 것이다. 여기까지 해낸 것만으로도 엄청난 자신감이 붙을 것이다. 그렇게 한번 공모전을 치르고 나면, 여러분은 앞으로 못할 마감이 없게 될 것이다.

만약, '불법 홍보'로
데뷔한다면 어떻게 될까요?

장담하건대, 그 사람은 작가 생활하는 내내 자존감이 낮을 것이며, 평생 자기 글이 정말 재미있는지 의심하면서 살게 될 것이다. 열심히 노력해서 나중에는 정말 잘 쓰게 되고 팬이 생기더라도. 늘 자신을 의심할 수밖에 없다.

공모전 수상보다 작품을 출간해서 판매 성적을 올리는 것이 훨씬 중요하고 그게 작가 생활을 유지하는 방식이다.

무료 연재 때 무슨 불법적인 짓을 해서 조회수를 늘릴 수 있다 치더라도, 유료 플랫폼에 출간한 후 그와 같은 짓을 하는 건 사실상 불가능하다.

종이책과는 달리 웹소설 전자책은 계정당 하나밖에 살 수 없고 구매 가능한 계정을 여러 개 만드는 것도 한계가 있기 때문에 사재기가 힘들다. 어떤 홍보를 통해 무료 회차의 조회수를 늘리더라도 유료 회차 구매가 그만큼 나오지 않으니 구매율 수치만 더 떨어지는 최악의 결과가 발생한다.

이 책을 읽는 여러분은 이렇게 자학하며 살게 되지 않기를 바란다. 착하게 원고만 열심히 쓰는데도 '내글구려병'에 걸려 괴로워하는 것이 우리의 루틴 아닌가. 굳이 자기 발로 고통의 늪에 걸어 들어가지 말자.

장르별 데뷔 코스,
어떻게 다른가요?

현대 로맨스 및 동양풍 로맨스 15금

네이버 챌린지리그에서 연재하면서 출판사 컨택을 기다리거나 출판사에 원고를 바로 투고한다. 이 장르는 연재 조회수 성적이 좋으면 당연히 좋겠지만 연재를 안 하고 투고해도 무방하다. 조아라에서는 현로와 동양풍 작품이 그다지 힘을 못 쓰는 편이다.

로판 15금

주로 조아라에 연재하고 여기서 선작과 조회수를 웬만히 얻는 것을 목표로 한다. 일반적으로 투데이 베스트(투베) 랭킹 첫 페이지에 오른 작품에는 출판사에서 컨택이 들어간다. 요즘엔 네이버 챌린지리그에도 많이 올린다. 만약 연락이 왔는데도 그중 마음에 드는 출판사가 없거나, 인기를 얻지 못해서 연락이 없을 경우 투고를 돌리게 된다. 그러나 로판의 경우,

출판사들이 투고작보다는 자신들이 직접 컨택한 작품을 선호하는 편이다. 투고하는 것 자체를 '무연에서 인기가 없었음'으로 받아들이는 분위기다.

로맨스 19금

19금 씬이 확실히 들어가는 로맨스는 북팔이나 로망띠끄에서 연재를 하면서 출판사 연락을 기다려도 된다. 서양풍 19금이라면 조아라도 괜찮다. 단, 네이버 챌린지리그에선 19금 연재가 불가능하다. 19금 로맨스는 출판사에 원고를 바로 투고해도 된다. 연재를 안 하고 투고하는 게 딱히 단점이 되지는 않는다.

BL 15금 & 19금

조아라나 북팔에서 연재를 하면서 출판사 연락을 기다리거나, 출판사에 원고를 투고한다. 조아라가 여전히 훨씬 더 큰 비중이기는 하지만, 북팔도 최근 몇 년간 BL을 키웠다. 무료 연재 반응이 좋으면 더 좋지만, 썩 좋지 않더라도 원고 내용만 보고 출판사 연락이 들어가는 경우가 종종 있다.

판타지, 현대 판타지, 무협

현재로서는 남성향 장르 모두 문피아에 연재를 하는 게 기본이다. 문피아에서 무조건 선작과 조회수를 확보해야 출판사 컨택을 받을 수 있다. 다만, 네이버 챌린지리그에서 평가를 잘 받아 베스트리그에 오르면 네이버 정식 연재(정연)를 향한 수순을 밟을 수 있다. 물론 모든 베스트리그 작품이 정연이 되는 것은 아니지만, 정연 승격이 되기만 하면 웹소설 작가로서 상당히 유리한 포지션에 오른다.

---

* **선작? 관작?** 모두 같은 의미다. 독자들이 하트 혹은 별 표시를 눌러두면 독자들의 관심 작품(선호작) 리스트에 올라 다음번 접속했을 때 연이어 읽을 수 있게끔 돕는 연재 플랫폼의 기능을 말한다. 네이버 챌린지리그와 북팔은 관작으로 부르며 조아라와 문피아에선 선작으로 명명한다.

작가 계약
필수 상식

많은 신인이 출판사와의 계약 협의 도중 작가 커뮤니티에 상담글을 올린다. 문제는 작가 커뮤니티의 회원들 대부분이 계약을 경험하지 못한 지망생이라는 사실이다. 또 기성 작가들 역시 자신이 계약한 출판사, 자신이 한 계약만의 경험을 토대로 이야기할 뿐이다.

계약 관련 상식을 미리 알아둔다면 출판사와 계약하는 상황에서 당황하거나 억울한 일을 당하지 않는다. 웬만한 출판사들은 원칙에 따라 상식적으로 진행하지만, 이상한 업체가 걸릴 수 있으므로 미리 알아두는 게 안전하다.

계약서 필수 검토사항

출판 계약에서 갑은 저작권자(작가), 을이 출판권자(출판사)다. 출판 계약의 정확한 용도는 저작권자의 권리 중 출판권, 발행권 활동을 해당 출판사가 독점으로 대행하고 수익을 나누는 것이다. 인세는 결국 저작권 사용료의 의미다. 작가는 출판권과 발행권 업무에 필요한 각종 귀찮은 작업을 출판사에게 맡기고 수수료를 주는 것이다. 출판사한테 저작권을 통째로 넘기는 것이 절대로 아니다. 기본적으로 출판 계약을 하더라도 저작권은 언제나 작가에게 있다. 계약 파기 혹은 종료되면 그 즉시 해당 권리는 작가에게 돌아온다.

반대로 출판사가 제작한 데이터(표지 등)는 출판사에게 귀속된다. 계약 종료 후 작가가 그 일러스트를 가져다가 다른 곳에서 쓸 수 없다. 출판사 역시 계약이 끝났으므로 그 데이터를 판매 및 이용하는 건 불가능하다.

최근 전자책만 제작하여 유통하는 출판사도 매우 많아졌다. 이 업체들은 굳이 '출판권'을 묶지 않고 '발행권'만 독점으로 묶는다. 여기서 독점이라는 것은 해당 출판사만 그 권리를 갖는다는 뜻이므로, 작가는 동일한 계약을 다른 출판사와 같은 시기에 해서는 안 된다.

♠ 웹소설 출판 계약서에 꼭 들어가야 할 계약 조건

저작권료(인세) 비율	수익 배분 조항이 반드시 들어가야 한다.
인세 입금 주기	분기마다 지급하는 종이책 시장과는 달리 웹소설 시장에선 매달 입금이 일반적이다.
계약 기간	웹소설 쪽은 계약 기간이 짧은 편이다. 보통 2, 3년으로 표시하고 서로 문제없을 시 갱신하는 식이다. 계약 기간을 1년 이내로 줄이고 독점을 풀어주는 곳도 있다.
선인세 금액	선인세 혹은 계약금을 받기로 한 경우 계약서에 표시되어야 한다.

업체에 따라 특정 조항이 추가 및 삭제되어 있을 수 있다. 그래도 표준 계약서 양식을 기준으로 하며 계약서에 무조건 들어가야 하는 내용은 표현이나 단어만 다를 뿐 의미는 동일하다. 계약 조항을 이해하지 못한 채 대충 넘기고 도장을 함부로 찍으면 안 된다. 일단 계약을 하고 나면 무르고 싶어도 그 과정이 굉장히 피곤한 여정이므로 꼼꼼히 살펴야 한다.

⚓ 웹소설 배타적 발행권 설정 계약서 예시

> **[배타적 발행권 설정과 용어의 정의] 조항**
>
> 0. 저작권자는 출판권자에게 본 저작물의 전자출판권과 배타적 발행권(전자책으로 발행,복제,전송할 배타적 권리)를 설정한다.
>
> **[계약 기간과 갱신(연장)] 조항**
>
> 0. 본 계약의 계약 기간은 계약일로부터 본 저작물의 완결권 초판 발행일까지와, 그 후 __ 년간 그 효력이 존속한다.*
>
> 0. 본 계약의 계약 종료 1개월 전까지 저작권자 혹은 출판권자가 계약 종료의 뜻을 통지하지 않을 경우, 본 계약은 동일한 조건으로 자동 갱신된다.
>
> _____
>
> * 첫화(혹은 1권) 발행일로 계산하면 계약 기간이 완결 전에 끝나는 상황이 발생할 수 있다.

_____

* **저작권이란?** 창작물을 만든 사람이 자신의 창작물에 대해 독점적으로 소유하는 법적 권리를 말한다.

[출판사가 위임받는 권리] 조항

0. 출판권자는 본 계약에 따라 저작권자로부터 저작물의 저작권 이용에 대한 권한을 위임받아 유통사 등과 협의할 권한을 갖는다. 그러나 저작권자의 명시적인 의사 표명에 반하는 계약을 체결할 수 없으며 저작권자의 동의를 얻어야 한다.

[작가의 저작권 보증] 조항

0. 저작권자는 본 저작물이 저작권 등 제3자의 권리를 침해하지 않고 적법하게 창작된 완전한 저작물임을 보증한다.

0. 제3자로부터 저작물 관련 분쟁이 발생할 경우 출판권자는 면책되며, 저작권자가 손해배상 등 민형사상의 책임을 진다.**

[정산] 조항

0. 출판권자는 본 저작물의 순수익 중 ___%를 저작권자에게 지급한다.

0. 순수익이란 판매처에서 마켓 수수료를 제하고 출판사 통장으로 입금하는 금액이다.

0. 출판권자는 저작권자에게 정산 리포트(총 수입과 공제 내용 증빙 자료)를 제공한다.

[작가의 의무] 조항

0. 저작권자는 상호 협의된 기간 내에 상호 협의된 원고 분량을 출판권자에게 인도해야 한다.***

** 원론적으로 표절 문제 발생 시 저작권을 가진 작가가 책임지고 출판사는 그 책임에서 빠진다는 조항이지만, 실무적으로는 출판사도 같이 수습하게 된다.

[계약 해지] 조항

0. 한쪽이 본 계약 사항을 위반하거나 충실히 이행하지 않았을 경우, 상대방에게 시정을 요구할 수 있다. 합의 기간 이내에 위반 사항이 시정되지 않는다면 본 계약을 해지할 수 있다.

0. 출판권자가 부도, 파산, 합병, 지급 불능 사태 등으로 본 계약을 계속 유지하는 것이 곤란한 상황일 경우, 저작권자는 일방적인 통지로 본 계약을 해지할 수 있다.

[계약 만료] 조항

0. 본 계약이 종료된 경우, 출판권자는 저작물의 신규 사용을 중단하고, 판매되고 있는 작품의 판매 중단을 위한 조치를 ___개월 내에 완료하여야 한다.

[출판권자]　　　　　　　(인)　　**[저작권자]**　　　　　　(인)

출판사명　　　　　　　　　　　　　이름 및 필명
사업자등록번호　　　　　　　　　　주민등록번호
대표자 이름　　　　　　　　　　　　계좌번호
주소　　　　　　　　　　　　　　　전화번호
연락처　　　　　　　　　　　　　　주소

*** 기간 내 마감해야 한다는 조항이 들어가긴 하지만, 실제로는 조금 늦었다고 큰일이 나지는 않는다. 그러나 론칭 프로모션 날짜를 잡아놓고 못 지키면, 해당 출판사에 대한 플랫폼의 신뢰가 깨져 차후 출판사의 업무를 방해하게 되는 엄청난 문제를 일으키는 것이다. 그리고 플랫폼에서도 확정된 업무에 차질을 빚게 되니 사고 친 작가의 필명을 당연히 기억한다.

웹소설 출판 계약 시 알아둬야 할 사전 정보는 무엇이 있나요?

독점 기간

계약 기간과는 별도로 독점 유지 기간을 따로 정할 때도 있다. 장르에 따라 독점 유지 기간 개념이 다르다. 장편 및 연재 위주로 돌아가는 장르들은 이 개념이 없다고 생각해도 무방하며, 19금 로맨스 단행본 계약에서 주로 나타나는 현상이지만 점점 사라지는 추세다.

개인정보 기재

인세 역시 엄연히 '소득'이므로 출판사에서 반드시 나라에 소득 신고를 해야 한다. 이를 위해서는 해당 저작권자의 주민등록번호와 주소가 필요하다. 또 인세를 돈 봉투로 전달하는 게 아니니 계좌번호가 꼭 있어야 한다. 이렇게 개인정보가 오가는 계약이므로 더욱더 출판사를 꼼꼼히 알아보고 택해야 하는 것이다.

세액 공제

작가는 최종 확정된 정산금액에서 원천징수 세액 3.3%를 공제 후 지급받게 된다. 소득세 3% 지방소득세 0.3% 합하여 3.3%가 된다. 이는 한국에서 경제활동을 하는 모든 프리랜서가 통상적으로 떼이는 세금이며 작가 개인이 납부하지 않고 출판사가 알아서 국가에 납부한다. 참고로, 수익이 높아서 사업자등록을 한 작가의 경우는 원천징수 세액이 면제된다.

인세 지급 시작

일반적으로 인세 지급은 출간 후 익익월부터 시작된다. 예를 들어 1월 5일에 출간했다면 한 달 집계가 다음 달에 나오므로 정산 리포트가 2월에 공유되고, 판매처(플랫폼)에서 그 수익금을 3월에 출판사로 지급한다. 때문에 출판사도 인세를 작가에게 3월에 내보내는 것이다. 단, 대형 플랫폼 외에 소규모 플랫폼은 정책상 기간이 다른 경우도 있다.

출판사의 모든 상품은 출간 플랫폼에 올라와 있기 때문에 그 출판사에서 나온 책을 검토해 보면 좋다. 꼭 구매하지 않더라도 출판사 검색을 해서 나온 검색 결과를 통해 표지 스타일, 내지 스타일, 선호하는 프로모션, 선호하는 플랫폼 등을 확인할 수 있다. 또 요즘은 웬만한 웹소설 업체들이 모두 공식 블로그나 트위터를 운영하고 있으니 확인하기도 좋다.

많은 신인 작가 커뮤니티에 특정 출판사의 신뢰도와 업무 스타일을 물어본다. 그런데 경험자들의 답변을 잘 살펴보면 같은 출판사를 향해 누구는 욕을 하고 누구는 칭찬한다.

왜 이런 상황이 발생하는 걸까? 같은 업체이고 같은 부서라도 담당자에 따라 행동 패턴과 업무 스타일이 달라지기 때문이다. 또 작품 퀄리티에 따라, 작가의 성격에 따라 대처가 달라질 수 있다. 그래서 다른 작가들의 평가를 100% 믿어서는 안 된다. 솔직히 커뮤니티에 나오는 출판사 뒷담화를 보면 웹소설 시장에서 계약할 만한 출판사가 몇 없다.

계약 협의를 하는 과정에서 파토가 나는 건 법적 문제가 생기지 않으니 질문하고 답변받는 과정에서 자신과 맞는지 살펴보자. 단, 계약 시 프로모션을 보장하는 것은 불가능하다. 신인한테 엄청난 프로모션을 보장하는 것 자체가 이상한 것이다.

참고로 처음 보는 출판사 작품이 최상단 프로모션을 받는 경우는 대부분 이미 존재하는 출판사의 별도 레이블이다. 기존 출판사명이 특정 장르에 치우친 이미지라 다른 장르 레이블을 따로 키우기도 하고, 플랫폼 MG 관련 별도 레이블을 만들기도 한다. 악명 높은 출판사에서 브랜드

세탁(?)을 위해 레이블을 만드는 경우도 있다. 단행본의 경우 해당 작품의 미리보기 혹은 맨 뒤에 판권 페이지가 붙는다. 여기서 어느 업체인지 확인할 수 있다.

저작권료(인세) 기준

장르마다 차이가 있긴 하지만 여성향 장르는 순수익 기준으로 작가 70%, 출판사 30%가 기본이다. 얼마 전까지도 신인에게 60%를 내미는 업체도 꽤 있었으나 현재는 70%가 마지노선으로 보인다. 남성향 장르는 전반적으로 특정 플랫폼의 무연 인기를 기반으로 움직이고 투고 계약이 많지 않다 보니, 신인이라도 무연 인기작이라면 80%에서도 많이 시작한다.

어떤 장르든 인기 작가의 수익배분율은 당연히 더 올라가게 된다. 그렇다고 작가에게 수익 100%를 배분할 수는 없는 노릇이므로, 인세 비율을 올리지 않고 종이책, 웹툰 등을 무조건 해 주는 것으로 옵션 계약하기도 한다.

계약 후
출간까지의 시스템

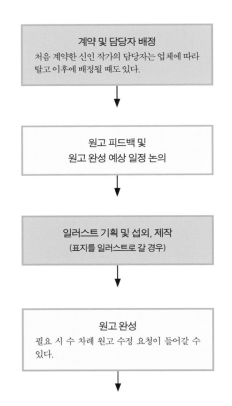

계약 및 담당자 배정
처음 계약한 신인 작가의 담당자는 업체에 따라
탈고 이후에 배정될 때도 있다.

원고 피드백 및
원고 완성 예상 일정 논의

일러스트 기획 및 섭외, 제작
(표지를 일러스트로 갈 경우)

원고 완성
필요 시 수 차례 원고 수정 요청이 들어갈 수
있다.

표지 디자인 논의 및 제작

그래픽 디자인으로 갈 경우 이 단계에서 진행한다. 인물 일러스트를 쓰더라도 원화 위에 제목과 작가명을 적어야 하므로 디자인 작업이 들어간다.

↓

플랫폼, 프로모션 논의 및 최종 확정

장르와 예정 분량에 따라 이 단계의 위치가 달라진다.

↓

최종 편집

원고 교정 및 편집을 마친 후 전자책 파일을 제작한다. 교정 작업은 편집부만 하는 것이 아니라 작가도 함께 진행한다.

↓

가격 등 각종 서지 정보 최종 확정

출판 등록 및 작품 소개글 작성을 이 단계에서 한다.

↓

파일 등록 및 플랫폼의 파일&내용 검수

등급 검수를 하는 플랫폼에 들어갈 경우 판정 결과에 따라 원고를 수정하여 재제작하기도 한다.

↓

판매 시작

보통 유통예정일이 정해져 있으므로 파일 등록과 검수가 일찍 끝나더라도 바로 오픈하지 않고 대기했다가 유통예정일에 판매를 시작한다.

방금 소개한 순서는 '완성 원고'를 전제로 한 기초적인 웹소설 제작 사이클이다. 장르와 작품 길이에 따라 미리 정해야 할 이슈가 추가되기 때문에 계약 단계와 최종 편집 단계 사이의 순서가 변동될 수 있다.

- 어느 플랫폼에서 첫 유통을 시작할지 미리 정해야 하는 경우
- 프로모션 협의 및 심사를 위해 해당 플랫폼 MD에게 샘플 원고를 보내야 하는 경우
- 일러스트 작업에서 발생하는 각종 문제를 해결해야 하는 경우(일러스트레이터 섭외 난항 혹은 잠수, 수정 및 재작업 등)

웹소설 시장에서 15금 장편 작품은 미완 상태라도 론칭 분량의 원고가 준비되면 유통을 시작할 수 있다. 뒤를 이어 집필 및 편집, 제작을 병행하며 회차 업데이트를 진행하는 것이다. 카카오페이지나 네이버 시리즈의 로판, 판타지, 현판 카테고리에서 쉽게 볼 수 있는 미완작들이 여기에 해당한다.

보통 미완결 장편 작품은 론칭 후 주 5회 혹은 매일 연재를 하면서 독자들을 끌어모은다. 속필이 가능한 작가들은 론칭 초기 및 중반에 본편 원고 작업을 끝내고 휴식을 취하다가 슬슬 외전 준비를 하기도 한다.

미완결 상태로 연재 업데이트를 지속하는 한, 담당 편집자도 위의 사이클 중 최종 편집 작업과 파일 등록 작업을 계속하고 있다고 보면 된다. 만약 장편이라도 완결 원고를 수급한 후 론칭한다면 되도록 론칭일까지 최종 편집을 마무리한 다음 순차적으로 공개한다.

작가와 출판사의
합의 사항

작가는 저작권자이자 계약 당사자다. 때문에 출판 계약 후 출판사는 작가에게 출판 관련 사항을 반드시 알리고 협의해야 한다.

원고 피드백 및 진행 단계 공지

저작권은 작가의 소유이지만, 출판사에게는 그 작품이 '상품'이다. 출판사는 상품을 팔아 수익을 얻는 기업이므로 상품 가치를 최대한 올려야 한다.

그래서 계약을 했다고 해서 원고 발송 즉시 편집으로 들어가지는 않는다. 완결 전에 계약했거나, 완결 원고를 투고하여 계약하게 되었더라도 담당자가 기본적인 피드백을 해준다. 더할 나위 없이 원고가 좋을 땐 '원고 너무 재미있다, 이제 편집 들어가겠다'는 식의 언급이 반드시 나온다. 만약 계약을 하고 원고를 보냈는데 출판사 측에서 2주 이상 아무 얘기가 없다면 진행상황을 확인해 보는 게 좋다.

표지 관련 합의

웹소설 시장에서 표지 디자인은 인물 일러스트와 그래픽 디자인으로 나뉜다. 그래픽 디자인은 보통 인물이 나오지 않고 제목에 힘을 주는 디자인을 말한다. 그래픽 디자인 표지는 론칭 날짜와 가까운 시기에 제작하며, 인물 일러스트 표지는 외주 인력을 쓰기 때문에 미리 제작한다.

간혹 인물이 나오지 않는 일러스트를 제작하는 경우도 있으나 돈은 돈 대로 들면서 효과는 약하다. 특히 15금 장편에서는 표지에 인물이 나오지 않으면 크게 메리트가 없어서 인물 없는 일러스트와 그래픽 디자인 표지를 지양한다. 반대로 19금 로맨스와 BL에서는 고급스러운 느낌의 그래픽 디자인 표지가 여전히 먹히기 때문에 인물 일러스트에 너무 연연하지 않아도 된다.

작가와 출판사는 인물 일러스트와 그래픽 디자인 중 어느 쪽으로 표지를 만들지, 어떤 구도와 어떤 내용으로 만들지에 관해 정해야 한다. 기획 및 진행 단계에서 작가는 충분히 자신이 원하는 바를 이야기할 수 있다. 단, 작품 퀄리티와 작가 인지도에 비해 너무 과도한 요구를 할 경우 출판사가 난색을 표할 수 있다.

가격, 권수 등 서지정보 합의

가격 책정과 더불어 몇 권, 몇 회로 가게 될지도 출판사 마음대로 정하는 것이 아니라 작가와 함께 논의한다. 물론 이는 시장에 형성되어 있는 평균적인 가격 정책에 맞춰 결정하게 된다. 예를 들어, 단행본의 경우 한 권을 무료로 주던 시절이 있어서 그 당시에는 울며 겨자 먹기로 그렇게 해야 했지만 지금은 시장에서 그 정책이 사라졌다. 이처럼 출간 시기에 따라 시장 상황을 면밀히 검토하고 맞춰 줘야 한다.

인세 관련 리포트 공유

출판사가 정해진 날짜에 작가에게 인세를 지급하는 것은 당연한 의무다. 납득되는 이유 고지 없이 인세를 밀릴 경우 이는 계약 해지 사유가 된다. 리포트를 공유하지 않는 것도 마찬가지다.

웹소설 시장은 종이책 일반서 시장과는 달리 플랫폼과 출판사 간 매출 내역 공유 시스템이 투명하다. 웬만한 메이저 플랫폼은 짧으면 5시간, 길어야 하루 이후 전날 매출 내역이 전산 집계된다. 소형 사이트들도 조금씩 기간 차이는 있지만 전산 집계하여 오픈한다. 그래서 웹소설 출판사가 작가에게 인세 리포트를 전달할 때는 어느 플랫폼에서 몇 권이 팔려서 매출이 얼마가 나왔다는 것이 투명하게 공개된다. 단, 출판사에게 공개되는 항목이 제한되어 있는 플랫폼도 존재한다.

가끔 출판사를 믿지 못하는 작가들이 원장부(출판사가 플랫폼 CS 시스템에서 볼 수 있는 매출 내역) 공개를 원하는 경우가 있다. 보통은 회계 부서 쪽 누락 실수나 시스템 전산오류이지만, 심각하게 이상하다고 느끼는 부분이 있다면 괜히 다른 곳에 고민상담하지 말고 담당자한테 확인하는 게 가장 빠르다.

웹소설 인기작은 웹툰, 오디오북, 드라마/영화 등 2차 판권 사업을 진행할 수 있다. 이런 부분을 작가가 요구한다고 해서 무조건 진행되는 것은 아니다. 2차 판권 사업은 웹소설 제작과 비교할 수 없을 만큼 높은 제작비가 들어가며 외부 업체와의 계약도 성사되어야 하기 때문이다. 특히 영상화는 방송 제작사와의 진행이 필요하기 때문에 확정적인 제작 보장이 불가능하다.

원작 웹소설 작품이 인기를 크게 얻어 출판사 측에서 2차 판권 사업을 진행하고 싶다면 작가와 무조건 합의해야 한다. 저작권자 허락 없이 마음대로 진행할 수 없기 때문이다. 물론 2차 판권 사업 제안을 굳이 거절하는 작가는 없다.

현재 웹소설 시장에서는 2차 판권에 관해 별도 계약서를 쓰는 추세다. 그래도 간혹 출판 계약서에 2차 판권 허가를 자동적으로 포함시키려는 곳도 있으니, 계약 시 이 조항이 있는지도 확인할 필요가 있다. 일반적으로는 '우선순위가 있다' 정도로 언급된다.

SOS! 위기 상황 해결 & 방지책

세상에, 이럴 수가! 출판사가 폐업했다

출판사가 망하면 그 회사와 계약한 책은 어떻게 되는 걸까? 회사가 망하면 출판 계약은 해지되며, 판권이 자동으로 회수되어 저작권자에게로 돌아온다. 출판 계약은 저작권 중 출판권을 잠시 회사한테 빌려주는 것이니 계약이 사라지면 빌려줬던 것도 다시 돌아오는 것이다.

출판 계약서에는 반드시 '출판사가 도산 등 계약을 계속 이어갈 수 없는 상황이 되면 본 계약은 해지된다'는 문장이 들어 있다. 이렇게 독점 계약이 해지되면, 그 순간부터는 그 작품으로 다른 출판사와 출판 계약을 할 수 있다. 책을 내기 전에 회사가 망했다면 하늘이 도왔다 생각하고 발 빠르게 다른 회사를 찾아보면 된다.

만약 출간을 이미 했을 경우, 계약이 해지된다고 유통사에서 그 책을 알아서 내려주지는 않는다. 카카오페이지, 네이버 시리즈, 리디북스, 원스토어, 교보문고, 예스24 등 웹소설을 판매하는 플랫폼에서 판매를 정지시켜야 한다.

이 판매 정지 신청까지 그 출판사의 의무이기 때문에 일반적으로는 장사를 접게 되었으니 이 책들을 내려달라고 출판사측에서 유통사에 고지를 하게 된다. 일종의 사후관리인 셈이다.

그러나 망한 곳 대표가 정말 쓰레기라 잠수를 타 버린다면? 심지어 사업자 등록을 그대로 두고 유통사에 따로 고지를 하지 않는다면? 책이 계속 팔린다는 전제 하에 그 대표의 계좌로 수익이 계속 들어가는 문제가 벌어진다.

유통사 입장에서는 작가와 직접 유통 계약을 한 게 아니라 출판사와 유통 계약을 했기 때문에 그 계약이 사라지지 않는 한 출판사한테 그 매출액을 지급해야 하는 의무가 있다. '작가한테 인세를 줄 의무'는 유통사가 아니라 출판사한테 있다. 그 출판사가 그 의무를 지키는지 안 지키는지에 관해서는 유통사가 관여할 권리가 없다. 유통사가 작가를 생각해줘서 책 판매 수익을 출판사에 주지 않는 게 사실상 불가능하다.

그래서 웬만하면 대표 혼자 일하는 1인 업체보다는 최소한 편집부 인원이 몇 있는 업체와 계약을 하는 것이 안전하다. 재무 구조가 탄탄한 1인 출판사, 마지막까지 직업 윤리를 지키고 케어하고 가는 1인 출판사도 물론 존재한다. 그러나 대표가 나쁜 마음을 먹으면 정말 피곤해진다.

직원과 대표가 분리되어 있는 출판사라면, 대표가 쓰레기라서 잠수를 타더라도 커버가 된다. 직원들도 월급쟁이니 경황이 없겠지만 그래도 유통사한테 메일 한 통이라도 돌리고 갈 것이다. 게다가 그 편집자들도 이직을 해야 하니 거기서 작가들 사후 관리를 하고 가야 이직한 회사에서 작가들한테 민망함 없이 연락을 할 것 아닌가.

안타깝게도 출판사 대표가 잠수 탔을 경우, 작가와 출판사 간의 계약 문제이므로 공식적으로는 유통사가 참견하지 않는다. 그러나 비공식적으로는 살짝 해결이 되기도 한다.

우선 각 플랫폼의 CP센터 혹은 MD 연락처를 찾아본다. 이메일 주소로 자세한 상황 설명과 함께 작품 판매 정지 신청을 한다. 이때 질질 짜면서 넋두리를 쓰는 게 아니라 공식적인 문체로 메일을 쓴다.

연락하는 게 부담스럽거나, 연락처를 찾는 게 힘들다면 이걸 쉽게 하는 방법이 있다. 빨리 다른 출판사와 계약을 해서 담당자를 배정받는다. 출판사에서는 각 플랫폼과 지속적으로 긴밀히 소통하기 때문에 연락할 루트를 다 알고 있다. 또한 계약 해지된 그 작품을 계약하면 그 판권이 그 출판사한테 넘어간 것이므로 빨리 조치를 취할 수밖에 없다. 이렇게 새로 계약한 출판사 측에서 작가 대신 연락해서 내리게 하는 것이다. 북마녀 역시 과거에 쓰레기 대표를 만나 인세를 계속 떼이고 있는 담당 작가들의 문제를 앞장서서 케어한 적이 있다.

물론 위의 방법이 모든 플랫폼에 100% 먹힌다는 보장은 단언할 수 없다. 그리고 모든 출판사의 담당자가 다 이렇게 해준다는 보장도 하기 힘들다. 그러나 예전과는 달리 요즘은 어떤 문제가 생길 경우 SNS에서 불붙고 바로 기사도 뜨는 등 이슈몰이가 되는 시대다. 그래서 유통사에서도 어느 정도 신경 쓰고 관리를 하는 편이다.

책을 아직 내지는 않았지만 좋은 프로모션까지 정해진 상황에서 회사가 망하는 경우는 어떨까? 공식적으로는 망한 업체와 유통사 간의 합의였기 때문에 날아갈 가능성이 높다. 하지만 잘만 하면 살릴 수 있다.

좋은 프로모션이 잡혔다는 건, 그 작품이 상당 분량(혹은 완결까지) 있으며 유통사 MD가 보기에도 괜찮은 원고였다는 뜻이다. 이럴 때는 다른 업체와 신규 계약을 최대한 빨리 할수록 좋다. 새로 계약한 업체 쪽에서 최대한 빨리 유통사에 연락할 수 있게 하는 것이다.

'최개굴 작가의 《개구리 왕눈이》이 작품이 이전 회사에서 이런 프로모션을 하기로 했는데 회사가 망해서 우리가 다시 계약했으며, 런칭 준비 그대로 가능하다' 이런 얘기가 들어가면 유통사가 출판사 폐업 소식을 몰랐어도 상황 파악을 하게 된다.

발빠르게 협의할 경우 타이밍이 좋으면 그대로 갈 수 있다. 단, 출판사가 바뀌면 표지도 새로 만들어야 하고 모든 편집을 새로 해야 하기 때문에 일정이 타이트할 경우 맞추기 힘들 수 있다.

타이밍이 안 좋거나 다른 업체와의 계약이 늦어졌어도 프로모션이 예정되었던 작품은 유통사 MD가 기억하는 편이다. 원래 정해졌던 일정 그대로는 못 가더라도 어느 정도 감안하여 프로모션이 세팅될 것이다. 이러니저러니 해도 좋은 작품은 어떻게든 살릴 수 있으니 너무 걱정하지 않아도 된다.

알아두면 쓸데 있는
웹소설 플랫폼

웹소설을 처음 접하거나, 지금까지 웹소설을 읽기만 해 왔던 사람들은 플랫폼의 특징과 기능을 잘 구분하지 못한다. 우선 내가 '작가 지망생으로서 연재를 해보겠다'고 한다면 무료 연재 코너가 활발히 운영되는 사이트에서 연재를 시작할 수 있다.

현재 웹소설 시장에서 자유롭게 연재할 수 있는 플랫폼으로는 문피아, 조아라, 네이버 챌린지리그, 북팔, 로망띠끄, 톡소다, 블라이스 등이 있다. 이 중 메이저라 부를 수 있는 곳은 문피아, 조아라, 네이버, 북팔 정도다.

문피아, 조아라, 북팔은 일정 회차수와 글자 수 등 플랫폼에서 정해둔 조건을 갖췄다는 전제 하에 글쓴이가 순차적으로 유료화하는 것이 가능한 시스템이다.

조회수와 연독률이 높더라도 성급한 유료화는 제살 깎아먹기다. 유료화를 하면 무료일 때 보았던 독자들이 모두 따라오는 게 아니다. 그래서 당장 눈앞의 푼돈에 눈이 멀어 유료화를 하게 되면 조회수가 급락하게 된다. 남성향 장르의 유료화는 기성 작가의 계약작이 출판사와 함께 차근차근 진행되는 경우가 허다하다.

♣ 주요 무연 플랫폼의 특징

플랫폼	주요 인기 장르	유료화가능 여부	19금 가능 여부	직계약 출판팀 유무
네이버	로맨스, 로판	챌린지 리그 불가, 베스트 리그 승격 시 유료화 가능	불가	정식연재 관리 부서 별도 존재
문피아	판타지, 현판, 무협	유료화 가능	가능	있음
조아라	로판, BL, 판타지	유료화 가능	가능	있음
북팔	로맨스 (19금 특화), BL	유료화 가능	가능	있음
로망띠끄	로맨스	불가	가능	있음

여성향 장르에서는 출간 전 유료화가 치명적이다. 출판 플랫폼에서 최초 출간할 때, 기존에 유료화된 작품은 '최초 출간'이 아닌 것으로 치부되어 프로모션을 받지 못할 가능성이 높다. 그래서 출판사에서는 출간 전 유료화를 지양하는 편이고, 계약을 거부하기도 한다. 여성향 장르를 쓴다면 계약 전 유료화는 하지 않는 게 좋고, 계약 후에 출판사의 의견을 듣는 것이 이롭다. 어느 플랫폼에서 하느냐에 따라 허용되는 경우가 없지는 않다.

주요 출판 플랫폼 및 신작 대상 프로모션

CHECK 1. 카카오페이지

기다리면 무료(기무/기다무)　일명 '기무' 혹은 '기다무'로 불리며, 카카오페이지의 최대 프로모션이다. 론칭일에 첫 화면 배너, 팝업창 이벤트 등 각종 노출을 몰아주는데, 작품의 사이즈에 따라 조금씩 달라진다. 독자 입장에서는 말 그대로 하루를 기다리면 한 회차를 무료로 볼 수 있는 이벤트로, 유료 전환이 잘 될수록 매출이 높아지는 시스템이다. '12시간마다 무료', '8시간마다 무료' 등 무료로 한 회차를 볼 수 있는 주기를 좁혀서 독자 혜택을 키우는 변형 프로모션도 있다.

오늘의 선물　독자들에게 이용권이 지급되는 코너로, 다른 프로모션과 함께 병행되기도 하고, 론칭 기간 이후 별도로 진행되기도 한다.

CHECK 2. 네이버 시리즈

매일 10시 무료　일명 '매열무'로 불리는 '매일 10시 무료'는 네이버의 주요 프로모션이다. 매일 아침 10시마다 작품의 한 회차를 무료로 볼 수 있는 쿠키가 나온다('쿠키'는 네이버의 웹툰/웹소설 파트에서 공동으로 쓰고 있는 포인트 단위). 그러나 같은 날 한 작품만 론칭되는 것은 아니라서 첫 화면 배너와 별도의 페이지에 노출될 시 앞쪽에 배치되는 게 중요하다.

타임딜　정해진 무료 회차보다 더 많은 회차를 한정 기간만 무료로 풀어주는 프로모션이다. 프로모션 심사에서 '매일 10시 무료'보다는 낮은 등급을 받았을 때 '타임딜'이 되는 경향이 있다. '타임딜'까지 떨어졌다면 프로모션 심사에서 탈락했다고 봐야 한다.

CHECK 3. 리디북스

오늘, 리디의 발견　리디북스는 첫 화면 배너가 사실상 매대에 해당하며 이 매대에 들어가느냐가 관건이다. 리디북스는 다른 플랫폼에 비해 매달 신작 라인업을 활용하여 새로운 조합으로 프로모션을 짜는 정책을 운영한다. 이런 프로모션과 함께 '오늘, 리디의 발견'이 세트로 움직인다. 물론 별다른 프로모션에 포함되지 못하더라도 '오늘, 리디의 발견'에 들어가는 것만으로 충분히 메리트가 있다.

오늘의 신간　'오늘, 리디의 발견'에 들어가지 못했다면 '오늘의 신간'에라도 들어가야 독자들에게 표지를 선보일 수 있다. 과거에는 '오늘의 신간'이 프로모션 개념이 아니었으나 현재는 이 자리 역시 보장되어야 들어갈 수 있다. 작가들 사이에서는 '오신'으로 불린다.

마크다운　도서정가제 문제 때문에 큰 할인을 하기 힘들어진 탓에 종이책 온라인 서점에서도 고육지책으로 쓰고 있는 이벤트다. 출판사는 정가 자체를 다시 책정하여 상품화하고, 독자 입장에서는 최대 50% 할인된 가격으로 단행본을 살 수 있는 시스템이다.

'마크다운'은 원래 기존 인기작의 판매를 증진시키는 전략적 이벤트였지만, 최근에는 신작도 함께하는 홍보 프로모션으로 발전했다.

리디 기다리면 무료　연재관에서 '리디 기다리면 무료'를 진행하며 완결을 친 다음, 정해진 기간이 지나면 리디북스 e북 메뉴에서 단행본으로 선독점 출간된다. 단행본이 출간될 때 추가 노출을 받게 된다.

그 외 원스토어, 예스24, 알라딘, 교보문고, 북큐브 등의 플랫폼들이 모두 웹소설 장르를 운영하고 있다. 종이책 판매 시장과 웹소설 시장은 완전히 다르며 플랫폼의 인지도와 매출 또한 다르다는 점을 유념할 것. 그리고 미스터블루, 봄툰 등 웹툰으로 유명한 사이트에도 웹소설 코너가 있으며 일정한 매출이 나온다.

♟ **플랫폼 별 19금 작품 유통 및 이벤트 가능 여부**

플랫폼 이름	19금 작품 유통 가능 여부	19금 작품 이벤트 가능 여부
카카오페이지	불가	불가
네이버 시리즈	검수 결과 수정사항 반영 후 가능	가능한 경우가 있으나 매우 한정적
리디북스	가능	가능
원스토어	가능	가능

선독점(최초 독점) 유통은 필수 메이저 플랫폼에서 주요 프로모션을 받으려면 선독점 유통은 필수다. '선독점'이란 해당 작품이 웹소설 시장 전체에 처음 출간될 때 어느 한 곳의 플랫폼을 정하고 그 플랫폼에서만 일정 기간 동안 독점 판매되는 것을 말한다. '최초 독점'으로도 불린다. 단행본 선독점 기간은 보통 4~8주로 책정된다. 장편 연재의 경우 선독점 기간이 훨씬 길다. 그 기간이 지나면 다른 플랫폼에서도 그 작품을 판매할 수 있다.

연재 프로모션에는 심사가 있다 해당 플랫폼의 담당 MD들이 작품을 읽고 프로모션을 줄 만한 작품인지 상품성을 판단하는 단계를 말한다. 엄청난 수의 원고가 몰려들기 때문에 심사받을 원고를 미리 준비하여 보내고 심사 결과를 기다려야 한다.

카카오페이지 쪽 프로모션은 일정이 넉넉하게 잡히기 때문에 그동안 원고를 집필하고 일러스트 섭외해서 표지를 만드는 등 작가와 출판사가 론칭 준비를 하게 된다.

네이버 시리즈 쪽 프로모션은 심사 결과와 함께 론칭 일정이 비교적 타이트하게 잡힌다. 그러므로 네이버 쪽으로 선독점 유통을 가고 싶다면 훨씬 많은 분량을 만들어둔 상황, 사실상 론칭 준비 후반부 시점에 심사를 넣는 것이 낫다.

리디북스의 단행본 파트는 월 개념으로 움직이며 다음 달 프로모션이 이달 하순까지 무조건 세팅된다. 매달 1일 신작 라인업 캘린더가 뜨는 것을 시작으로, 그달의 갖가지 이벤트가 차례대로 진행된다. 연재관 리다무는 조금 더 상세하게 원고 심사를 하여 일정을 논의하는 편이다.

PART 6

작가 유리멘탈 강화하기

"안 행복해도 행복한 내용을
쓸 수 있어야 프로 작가다."

– 북마녀 –

웹소설 3대 작가병
– 내글구려병, 리메이크병, 신작병

평소 강한 자존감을 지닌 사람이라도 작품을 평가받을 땐 유리멘탈이 되고 만다. 자신의 창작물을 사람들 앞에 내보여야 하는 작가는 필연적으로 평가를 받는 입장일 수밖에 없다. 그렇다 보니 다른 직군보다 더 큰 스트레스와 압박감을 느끼게 된다.

사실 장르 무관 모든 글을 쓰는 작가들이 유리멘탈이지만, 유독 웹소설 작가들이 상처를 더 많이 받는 환경에 처해 있다. 그 까닭은 웹소설 시장 특성상 다른 분야에 비해 상처를 받을 기회가 훨씬 많기 때문이다.

웹소설 작가를 괴롭히는 것은 악플뿐만이 아니다. 작가 동료와 가장 힘이 되어주어야 할 주변 사람들마저도 작가에게 상처의 원인이 될 수 있다.

작가가 자기 자신을 상처 입히며 힘들어하는 광경도 흔히 볼 수 있다. 글쓰기는 즐거울 것 같지만 그다지 즐겁지 않은 행위다. 오히려 멀쩡한 사람도 자학하게 되는 여정이다. 자학을 줄여야 글쓰기를 지속할 수 있다.

내글구려병

웹소설 뿐만 아니라 장르를 막론하고 소설을 쓰는 모든 사람을 괴롭히는 '내글구려병'. 나을 만하면 재발하기 때문에 작가 생활하는 내내 완치가 힘들다. 내글구려병의 원인은 무엇일까?

첫째, 집필하면서 내 글을 계속 읽기 때문이다. 인생작을 재탕한다 한들, 같은 책을 스무 번씩 읽는 독자는 없다. 아무리 재미있는 이야기도 몇 번을 반복해서 읽으면 사람인 이상 질릴 수밖에 없다. 처음 보았던 재미와 감동이 떨어지는 건 이미 내용을 알고 있기 때문이다. 이 심리가 작가에게 그대로 적용된다. 집필 과정에서 자신이 지금까지 쓴 부분을 어쩔 수 없이 계속 읽게 되기 때문에 점점 지루하게 느껴지는 것이다.

둘째, 잘 쓴 글만 읽기 때문이다. 비교만 안 해도 내글구려병에 걸리지 않을 수 있다. 자기가 최근에 읽은 소설을 생각해 보자. 아마 베스트셀러 위주로 읽었을 것이다. 무료 연재 사이트에서도 투데이 베스트, 주간 베스트에 들어간 작품만 읽지, 조회수 0에 수렴하는 원고를 굳이 찾아서 읽지는 않는다. 결국 작가로서의 본능도, 독자로서의 본능도 베스트셀러를 선택하게 만드는 것이다.

이름만 들어도 아는 인기 작가의 베스트셀러 작품을 읽으면 독자는 재미와 감동으로 즐거운 시간을 보낸다. 그러나 작가 지망생들은 이 시점에서 '비교'를 하기 시작하면서 좌절과 자기비하의 감정에 사로잡히게 된다.

자신과 인기 작가의 글을 비교한다면 당연히 자신이 꿀린다. 똑같은 배경, 똑같은 소재, 똑같은 회귀물, 똑같은 기갑물이라고 같은 퀄리티가 나오지 않는다. 쓰는 사람이 다르고 쓰는 스토리가 다르고 쓰는 필력이 다르니까. 만약 여러분이 그 작품만큼 그 작가만큼 쓸 수 있다면 왜 지금 작가 지망생 신분이겠는가. 이미 떼돈 벌면서 인기를 누리고 있을 것이다.

내가 쓰는 수준과 내가 읽는 수준이 다르다는 것을 인정해야 한다. 아직 시험장에도 들어가지 못한 상태에서 1등과 자신을 비교하는 건 시간 낭비다. 지금은 시험장에 들어갈 자격을 받는 게 우선 과제인 때다.

셋째, 글이 안 팔렸기 때문이다. 연재사이트에서 유료화를 하거나 출간을 했는데 매출이 좋지 않으면 자신감이 무너진다. 그러나 글이 안 팔리는 것에는 다양한 이유가 있다. 글의 재미는 기본이다. 여기에 표지, 플랫폼의 MD 성향, 플랫폼의 독자 성향, 노출 위치(프로모션), 그리고 출간 타이밍 등 각종 요소가 복합적으로 작용해서 매출 실적이 나온다.

여기서 출간 타이밍이란, 같은 날 혹은 직전 직후에 다른 작가의 어떤 작품이 나오느냐다. 책을 내기만 하면 무조건 1위 찍는 작가와 같은 날 같은 장르를 출간한다면 당연히 여러분의 글이 묻힐 것이다. 한마디로 대진표가 중요한 것이다. 이 대진표는 미리 알 수 없고, 알게 되는 시점에는 변경이 불가능하다.

랭킹도 마찬가지다. 수천만 원을 팔아도 더 잘 팔린 작품 때문에 1위를 못 찍기도 한다. 이 작품이 다른 시기에 나왔다면 무조건 1위를 찍었을 것이다. 이렇게 타이밍이 안 좋은 작가는 등수로 한이 맺히게 된다. 안타깝지만 랭킹 기록은 그 작품의 팔자다. 욕심을 버리는 게 마음의 평화를 지키는 길이다. 복합적인 요소에 의한 결과인데 이걸 내 글이 구려서 안 팔린 것으로 생각할 필요는 없다.

1위 작가도 '내글구려병' 걸린다?

내글구려병은 원고의 실제 퀄리티나 매출의 절대적인 크기와 무관하게 발현하기 때문에 연 매출 억 단위를 찍는 사람도, 신작을 냈다 하면 베스트 랭킹 1위를 찍는 사람도 걸릴 수 있다. 걸리면 한동안 정신을 갉아먹어 글을 못 쓰는 사태가 벌어지고, 기성 작가들은 작가 지망생보다 더 큰 압박감을 느끼기 때문에 어마어마한 스트레스를 받는다.

계약한 작가가 내글구려병에 걸리면 일정에 큰 차질이 생긴다. 보통 차기작 계약이 되어 있는 경우가 많아서 작가 자신만 괴로운 게 아니라 그와 엮인 관계자 모두 고통받게 된다. 내글구려병 기간이 금방 끝나면 다행이지만, 그렇지 않다면 원고를 다 쓰고도 자꾸 갈아엎고 계속 고치고 교정 단계에서 한 문단씩 더 채우는 등 제작 일정을 불안하게 하는 일이 발생하게 된다. 그래서 편집자들은 자신이 관리하는 작가가 이 병에 걸리지 않도록 위로와 응원을 많이 하는 편이다.

그러나 '병'이 아닐 수도 있다

냉혹하게 얘기하자면, 모든 요소가 다 맞아떨어졌는데 매출이 안 나온 이유는 그 글이 정말 구려서다. 여기서 여러분은 의문이 들 것이다. 투고나 컨택으로 계약한 작품이라면 출판사 편집자가 괜찮다고 본 것일 텐데 그럼 그 편집자의 눈이 낮거나 잘못된 것일까?

사실 그 편집자도 대충 그 글이 어느 레벨인지 알면서 계약한 것이다. 그러나 신인 작가를 키워서 잘되면 출판사에도 힘이 될 것이고, 반드시 그 작품이 잘되지 않더라도 다른 작품이 언제든 터질 수 있기 때문에 가능성을 보고 계약한 것이다.

물론 일정에 쫓긴 나머지 퀄리티를 더 높이지 못한 채 일단 출간하게 될 때도 없지 않다. 그러나 작가가 비상식적으로 담당자를 괴롭히거나 탓하지 않는 이상 '사실 당신의 원고가 구렸다'고 대놓고 말해주는 담당자는 세상에 없다. 이건 작가 자신이 깨달아야 한다.

음대생들이 피아니스트 손열음과 자신을 비교하면서 방황하고, 체대생들이 자신과 김연아를 비교하면서 넋 놓고 있으면 어떻게 될까? 몸이 굳고 실력은 떨어진다. 글도 마찬가지다. 필력은 안 내려갈 거라고 믿고 싶겠지만, 필력도 꾸준히 쓰지 않으면 쭉쭉 떨어진다. 기성 작가들 역시 중간 텀이 너무 길면 복귀가 힘들어지고 시장에서 잊힌다. 글도 예체능에 포함된다는 사실을 잊지 말자.

내글구려병은 백혈구와 같은 존재다. 더 좋은 글을 쓰기 위한 열병이며, 글쟁이로서 더 발전하기 위해서 때 되면 오는 성장통이다. 내글구려병이 아예 없다면 결국 자만해진다. 작가에게 오만함은 성장 가능성을 차단하는 유해 요소다.

하지만 백혈구가 너무 많아지면 백혈병에 걸리듯이, 내글구려병도 심해지면 작가의 커리어가 흔들리고 종국에는 글쓰기 자체를 포기하게 된다. 그러니 앞으로 내글구려병이 찾아온다면 이렇게 생각해 보자.

"나의 무의식이 앞으로 더 잘 쓰고 싶어서 노력하는구나!
내가 성장하려고 자학하고 있구나!"

정말로 내 글이 구려서 조회수가 안 나오고 안 팔렸다고 가정해 보자. 저번 글이 구렸다고 해서, 다음 글도 또 다음 글도 계속 구릴까? 매번 잘 쓴다는 보장도 할 수 없지만, 매번 못 쓰는 것도 아니다. 글은 쓰면 쓸수록 더 나아진다. 여러분은 더 잘 쓰게 될 것이다.

리메이크병

'리메이크'는 본래 예전에 제작된 영화, 드라마, 음악 등을 새롭게 다시 만드는 것을 말한다. 원작의 재구성이라 전체적인 줄거리를 바꾸지 않는다. 대표적인 예로 고전 영화 《태양은 가득히》의 리메이크작 《리플리》를 들 수 있다. 이렇게 이미 완성된, 그중에서도 인기가 높았던 작품을 다시 만든다는 개념이며 존경의 의미가 담겨 있기에 리메이크의 주체가 다른 사람, 즉 후배인 경우가 많다.

그러나 웹소설 시장에서는 이 '리메이크'라는 단어가 전혀 다른 의미로 쓰인다. 그 작품을 집필하던 본인이 원고를 갈아엎어서 재작업하는 개념이다. 미완결 상태, 혹은 연재 중지, 혹은 완결된 채로 방치했던 작품의 연재분을 싹 내리고 리메이크해서 새로이 연재를 시작하겠다! 이것이 지금 무료 연재 사이트에서 통용되고 있는 리메이크다. 리메이크병에 걸리는 까닭은 무엇일까?

첫째, '내글구려병' 때문이다. 리메이크병은 내글구려병의 합병증이라 할 수 있다. 앞부분을 읽을 때마다 다시 쓰고 싶다는 생각이 자꾸 드는 것이다. 하지만 써 둔 원고가 그리 많지 않은 상황에서 리메이크할 경우 생각보다 필력이 늘지 않았고 남들 눈엔 이전 원고나 갈아엎은 원고나 별반 다를 게 없어 보인다.

둘째, 글을 쓰면서 자신도 모르게 필력이 성장했기 때문이다. 분량이 늘수록 자연스레 학습효과가 생겨 필력이 좋아진다. 이때 현재의 눈으로 과거에 쓴 앞부분을 보니 스스로 견딜 수가 없고, 지금의 실력으로 앞부분을 다시 쓰면 훨씬 더 재미있고 멋들어지게 쓸 수 있을 거라는 확신이 든다.

이건 기성 작가들도 마찬가지로 겪는 증상이다. 원래 시간이 지나면 옛날 작품은 전부 마음에 들지 않기 마련이다. 그래서 자신의 초창기 작품이나 데뷔작을 수치스럽게 생각하며 내리고 싶어 하거나, 리메이크해서 다시 출간하고 싶어 하는 경우가 상당히 많다. 데뷔작의 성과가 약했지만 너무 소중할 때도 이 병을 앓는다.

그러나 리메이크 후 재출간하면 최초 출간이 아니기 때문에 프로모션을 받기가 쉽지 않고, 리메이크작이 잘 팔린다는 보장도 할 수 없다. 혹여 매출이 높았던 작품인데 본인이 견딜 수 없다는 이유로 삭제하고 재출간한다면 별점, 조회수 등 각종 판매지수가 사라지게 된다.

지금 충분히 잘 나가고 있는 작가라면 리메이크에 시간을 빼앗기기보다는 그 시간에 신작을 쓰는 게 남는 장사다.

리메이크를 무조건 하지 말라는 것은 아니다. 그러나 정말 신중해야 한다. 오탈자나 맞춤법 문제가 많다면, 리메이크를 할 필요 없고 해당사항을 수정하면 된다.

리메이크를 해야 하는 상황은 심각한 설정 오류를 발견했을 때뿐이다. 스토리라인의 중요한 근간을 흔드는 오류라면 앞으로 쓸 분량을 더 꼬이게 만들기 때문에 당장 수정을 시작하는 게 옳다. 안타깝게도 비축분을 제대로 만들지 않고 전체적인 검토 없이 허겁지겁 쓰면서 올리다가 나중에 오류를 발견하는 경우가 대부분이다. 심지어 작가 자신은 인지하지 못하다가 독자들의 댓글 지적으로 알게 되는 상황도 허다하다.

리메이크 하면 안 되는 이유

첫째, 독자의 피로도가 높아진다. 글을 올리는 작가 입장에서는 엄청난 고민 끝에 일생일대의 결정을 내린 것이지만, 그 공지를 보는 독자는 허무해지는 것이다. 여기까지 읽었는데 작가가 리메이크해서 올릴 때까지 기다리란 말인가? 연재를 재시작하면 바뀐 원고를 처음부터 다시 봐야 한단 말인가? 독자들은 그렇게 기다려주지 않는다. 읽을 작품은 세상에 너무 많고, 그 작품은 금방 독자들의 기억 속에서 사라질 것이다.

둘째, 완결의 경험치를 쌓기 힘들다. 작가 지망생들한테는 완결을 치는 것만으로 엄청난 경험치가 된다. 스토리 준비 단계부터 완결까지 한 사이클을 도는 연습을 하는 게 아주 중요하다. 썼던 원고를 갈아엎어서 처음부터 새로 쓰면 완결 타이밍이 그만큼 멀어진다. 리메이크병에 단단히 걸린 사람은 수년간 한 원고를 계속 갈아엎기도 한다. 도대체 언제까지 그 원고만 붙잡고 있을 건가?

셋째, 신작을 쓸 기회가 멀어진다. 이 책을 읽는 여러분 중 쓰고 싶은 스토리가 하나밖에 없는 사람은 없을 것이다. 만약 그렇다면 작가로서의 기본 재능이 없는 것이니 괜히 고생하지 말고 다른 길을 알아보는 게 낫다. 일반적인 작가 지망생이라면 머릿속에 쓰고 싶은 스토리만 백만 개고 컴퓨터에 시놉시스 모아놓는 폴더도 있을 것이다. 지금 그 이야기들을 작품으로 만들려면 하나만 붙잡고 시간 낭비할 틈이 없다. 언제까지 회귀물 찍고 있을 건가?

수정의 늪에 빠지지 않기

초고 완성 후 전체적으로 수정을 하게 되거나, 출판사 계약 후 편집자의 피드백을 받아 수정해야 할 때 웹소설 작가들은 '수정궁에 들어간다'는 표현을 많이 쓴다. 수정궁은 집중해서 고치고 나오면 되지만, 수정의 늪에 빠지면 못 빠져나온다. 그러므로 써 놓은 앞부분을 읽더라도 고칠 생각을 하지 말고 읽어야 한다.

앞부분에서 뭘 수정하든 뒤를 계속 쓰면서 해야 진도를 멈추지 않게 된다. 그러나 현실적으로 동시에 진행하는 건 불가능하다. 맞춤법이나 오탈자 문제는 바로 고쳐도 문제가 아니지만, 앞부분 설정을 수정하면서 뒷부분을 쓰면 스스로 혼란에 빠져서 원고가 꼬이는 경우도 많다.

또한 더 좋은 표현을 위한 문장, 단어 수정 작업은 언제든지 할 수 있다. 고로, 지금 당장 안 해도 된다.

신작병

신작병은 시놉시스를 끝낸 직후 혹은 집필 기간 중간에 걸리게 된다. 그래서 집필 속도를 늦추거나 아예 그 작품을 멈추게 하는 주범이다.

이 병이 계속될 경우, 작가 지망생은 자신이 계속 글을 쓰고 있다는 착각을 하게 된다. 맨 앞 구간만 반복하는데도 스스로 발전하고 있다는 거짓 환상을 심어주기 때문에 더욱 치명적이다.

작가라는 직군은 뼛속 깊이 관심종자고, 이는 지망생들도 마찬가지다.

여러분은 자신의 스토리로 대중의 관심을 얻고 돈도 벌고 싶다. 그러나 돈 버는 소설을 쓰려면 문장을 예쁘게 쓰는 것만으로는 충분하지 않다. 기승전결의 서사를 만들어내는 창조성이 있어야 한다.

내가 가진 창조성을 확신할 수 없을 때 내글구려병에 걸린다. 내 창조성을 믿지만 과거의 내가 그 창조성 충만한 스토리를 만족스럽게 만들지 못했다고 느낄 때 리메이크병에 걸린다. 마지막으로, 나는 창조성이 넘쳐흐르는데 이놈의 원고는 끝나려면 멀었고, 내 창조성을 아무도 믿어주지 않는 것 같을 때 신작병에 걸리게 된다.

앞서 말한 내글구려병과 리메이크병과는 달리, 신작병에 걸리면 고통스럽지 않다. 작가로서 아주 행복해진다. 쓰고 싶은 이야기가 또 생각나고, 그 이야기를 구성하다 보면 자신이 이 시대의 창조적인 스토리텔러라는 생각이 절로 든다. 이렇게 행복한 기분이 충만한데 어째서 병이고 중독일까?

신작병은 눈앞에 자신이 써야 할 원고가 한참 남아 있을 때 발현하기 때문에 병이다. 두 번 세 번 계속 반복해서 걸리고 빠져나오기 힘든데 자신은 그게 잘못되었다고 생각하지 못하기 때문에 중독이다.

만약 완결까지 한 10화 정도 남거나 한 달 내로 지금 쓰고 있는 작품이 마무리되는 상황이라면, 완결이 눈앞에 있는 시점에서 다음 작품으로 어떤 이야기를 쓸지 생각하는 것은 신작병에 해당하지 않는다. 이건 자연스러운 수순이고 작가라면 거쳐야 할 당연한 단계다.

신작병은 지금 쓰고 있는 작품을 아직 반도 안 썼는데, 혹은 기승전결의 '기'까지밖에 안 썼는데, 혹은 이제 시놉시스 썼고 이제 원고 들어가려는 찰나인데 머릿속으로 다른 스토리를 생각하는 증상이다.

신작병 환자들은 동시 연재를 계획하고 겁 없이 시작한다. 그러나 시간과 체력이 부족하기 때문에 동시 연재는 대개 실패로 끝나게 된다. 하나는 무조건 연중하게 되어 있다.

지금 쓰던 원고와 새롭게 떠오른 스토리 둘 중 골라야 한다면 어느 쪽을 고르고 싶은가? 여러분은 대체로 신작 스토리를 고르게 된다. 왜냐하면 지금 쓰던 원고는 재미가 없기 때문이다. 이렇게 미완 원고가 또 하나 늘어나는 것이다. 신작병의 발병 원인은 3가지로 압축할 수 있다.

첫째, 느리게 써서. 빠르게 진도를 나가면 신작병에 걸릴 틈이 없다. 천천히 쓰면 이미 쓴 앞부분을 계속 보게 되고 뒷부분에 무슨 얘기가 나올지 스스로 스포일러를 알고 있는 상태가 된다. 여기서 진척이 느리니 시간이 갈수록 집필의 의욕이 떨어져 다른 재미를 찾게 된다.

둘째, 오랜 기간 써서. 콘텐츠를 만드는 사람들은 한 가지만 계속하지 못하는 성격이다. 지망생들도 마찬가지다. 손도 느린데 세계관은 방대하게 만들어 놨고 그래서 초장편을 쓰고 있다면 그 작품을 수년간 잡고 있어야 한다. 그러나 몇 개월이면 벌써 질려 있을 터. 신작병이 올 때마다 원고를 멈췄다 다시 손보고 멈추고 다른 스토리를 짜다가 돌아와서 다시 시작하는 일이 많다.

마지막으로, 인기가 없어서. 느리게 쓰고 오래 써도 조회수가 나오면 신작병을 피해 갈 수 있다. 그러나 조회수가 안 나오면 무조건 신작병에 걸리게 된다.

신작병 초기 증상,
어떻게 해결할까요?

신작 줄거리 '만' 적어둔다

뇌는 모든 걸 다 기억하지 못한다. 그렇다고 아이템을 버릴 수는 없으니 일단 줄거리를 적어서 잘 보관해둔다. 다시 또 번뜩 어떤 장면이 생각난다면 그 파일을 열어서 대충 추가해 두고 저장한다. 장편을 쓰고 있거나 쓰는 기간이 오래 걸리면 신작병 옆차기가 계속 들어올 것이다. 이럴 때마다 줄거리만 간단히 적어 두는 것이다. 줄거리만 써 놓는 시간은 오래 걸리지 않고, 잘 보이지 않는 폴더에 넣어두면 아이템은 보관되지만 내가 신경을 덜 쓰게 된다. 눈에서 멀어지면 마음도 멀어지는 법.

신작 원고를 쓰지 않는다

절대적으로 지켜야 할 것! 줄거리를 적는 것은 괜찮지만 원고 본편으로 들어가면 안 된다. 신작 초고를 쓰는 순간 진 것이고 앞에서 설명한 신작병

증상을 그대로 경험하게 될 것이다. 집필 시간과 힘을 오직 현재 원고에만 쏟아야 한다.

좋은 내용은 현재 원고에 넣는다

번뜩이는 아이디어가 자주 나타날 것이다. 이 장면, 이 대사, 이 문장을 지금 쓰는 원고에 넣는 게 아니라 신작 스토리에 써먹으면 정말 좋을 것 같다고? 아끼면 똥 된다는 인생의 진리를 기억하라. 그냥 현 원고에 넣어라. 어차피 신작 원고를 쓸 때 되면 더 스펙터클한 장면, 더 멋지게 어울리는 대사, 그때 트렌드에 맞는 어록 모두 떠오른다.

마감 날짜를 정한다

현재 쓰는 원고를 미친듯이 빨리 써서 끝내야 신작에 들어간다고 생각하면서 속도를 내도록 하자. 속도를 내기 위해 가장 좋은 방법은 마감 기한을 정하는 것이다.

초고 완성 마감 날짜를 부모님이나 친구한테 공표할 수도 있고, 혼자 디데이 앱을 설정해 둘 수도 있고, 무료 연재를 하고 있다면 공지를 올려둘 수도 있겠다. 그렇다고 마감 날짜를 너무 급박하게 정하지는 말자. 어디까지나 자신의 능력과 환경을 고려해야 한다.

작가병은 NO!
북마녀의 마인드 컨트롤 조언

내 글을 의인화해 보기

자신이 지금 쓰는 원고를 의인화해 보자. 여러분의 작품은 자식과 같은 존재다. 예상보다 좀 못났을 수도 있다. 그러나 소중한 창조물이다.

그 아이를 못 끝내면 책으로 나올 가능성이 영원히 없다. 표지며 프로모션이며 생각할 필요가 없는 존재가 된다. 가엾지 않은가? 여러분이 어떻게 애정을 들여서 만든 스토리인데? 거기에 들인 시간과 체력이 얼만데. 여러분이 카페에서 노트북 붙들고 쓰면서 마신 커피값은 또 얼마인가. 아픈 허리를 붙잡고 치료를 받아가면서 쓰지 않았는가. 그렇게 공을 들여 써 왔는데 그 아이를 여기서 멈출 것인가?

여러분이 마무리해주지 않는다면 그 스토리는 그 자리에 멈춰 있게 된다. 또한 그 주인공도 그 불행하고 어정쩡한 상황에서 그냥 그렇게 영원히 서 있어야 한다. 《나니아 연대기》의 움직이지 않는 석상과 다를 바 없는 존재가 되는 것이다. 이 아이에게 숨을 불어넣을 수 있는 능력자는 오직 여러분 자신뿐이다.

신작병과 내글구려병이 함께 오면 '내가 지금 쓰는 원고가 구리기 때문에 신작으로 갈아타는 것이다'의 논리로 자신을 합리화하게 된다.

그러나 안 되는 거 버리고 되는 거 붙잡아서 잘된 작가들은 이미 그 전에 여러 개의 작품이 있다. 그다지 매출이 좋지 않았더라도, 혹은 무료 연재 후 출판을 하지 못했더라도 완결작에 해당하는 습작 원고가 있는 것이다.

그런 작가들이나 간을 보는 것이지 제대로 습작도 하지 않은 초보가 간을 보면 안 된다. 왜 자신과 기성 작가를 동일시하는가.

웹소설 무료 연재에 도전하는 절대 법칙처럼 들리는 얘기가 이것이다.

"안 되는 작품 붙잡고 있지 마라! 조회수 안 나오면 버려야 한다!"
"트렌디한 소재, 조회수 나오는 소재를 써야 한다!"

원고를 좀 올렸는데 조회수가 안 나와서 버린다고 가정해 보자. 다른 스토리를 만들어서 시작했는데, 또 조회수 안 나온다면? 또 버리고 다른 스토리를 만들어서 올렸는데 또 조회수가 안 나온다면? 버리고, 다른 스토리 쓰고, 또 버리고……. 이걸 반복하다 보면 언젠가 대박 작품이 나온다고? 과연 정말 그렇게 될까?

물론, 그렇게 버리고 쓰고 버리고 쓰고 버리고 쓰다가 어느 날 갑자기 조회수가 올라가 출판사 연락이 들어오고 계약을 할 수도 있을 것이다. 그런 경우도 없지는 않다.

하지만 이 사람의 필력과 경험치는 현재 어떤 수준일까?

지금까지 모든 스토리를 몇 화까지밖에 안 써 본 사람이며, 완결까지의 구성을 한 번도 안 해 본 사람이고, 완결은커녕 중반까지도 원고를 써보지 못한 사람이다. 과연 이 사람이 완결까지 무사히 갈 수 있을까?

실제로 무료 연재 플랫폼에 연중 상태로 멈춰 있는 작품이 수두룩하다. 조회수가 좋아서 출판사와 계약을 했으나 뒷부분을 쓰지 못해서 출판 플랫폼으로 나오지 못하고 있는 작품도 수두룩하다. 출간했지만 어느 순간 회차가 업데이트되지 않고 미완결 상태로 연재 중지되는 작품도 은근히 있다. 이런 작품은 매출이 급감하고 반드시 매출이 멈춘다.

과거의 무료 독자들은 인내심이 꽤 길었다. 그러나 지금은 그들도 고인물이 되었고 인내심도 줄어들어서 연중만 하는 작가는 딱 알아보고 거른다. 앞길이 뻔하기 때문이다. 대신 출판을 많이 한 작가는, 연중이 많아도 그중 완결까지 가는 작품이 여럿 존재하므로 독자들이 넘어가 준다.

신작병이나 내글구려병에 굴복한 사람들은 지금까지 써 본 원고가 모두 앞부분뿐이다. 뒷부분 쓰는 경험을 전혀 하지 않은 것이다.

집필 기간 내내 잘 써지는 사람은 한 명도 없다. 잘 써지는 구간이 있고 안 써지는 구간이 있고 슬럼프 오는 구간도 있다. 이런 것들을 다 견디는 것이 작가의 일이고 완결까지의 사이클이다. 한 사이클 도는 연습을 하지 않으면 소설을 쪽지처럼 계속 접게 된다. 그러다가 어느 순간 쪽지도 안 쓰게 될 것이다.

그렇다고 조회수가 0에 수렴하는 원고를 1,500회까지 쓰라는 소리가 아니다. 용두사미라도 괜찮으니까 내용상 자신이 만들었던 줄거리, 그 서사의 완결을 내라는 뜻이다. 어쨌거나 마무리를 지으라는 얘기다.

몇 작품을 이미 출간하여 괜찮은 매출을 기록했고, 중간에 출간 텀이 길어지면 안 되는 기성 작가들은 굳이 이런 사이클을 돌 필요가 없다. 기성 작가들은 되는 소재로 빨리 치고 나가는 게 중요하다.

하지만 지금 습작과 경험이 필요한 분들은 조회수 안 나오는 작품이라도, 안 되는 작품이라도 자기 원고를 끝까지 열심히 써 보는 시간이 꼭 필요하다. 이건 절대로 시간 낭비가 아니다.

많은 사람들이 대박을 원한다. 그리고 갑자기 혜성처럼 나타난 신인 작가의 대박 소식에 열광하고 자신에게도 그 행운이 오기를 기다리며 원고 버리기를 반복한다. 이상하게도 유난히 웹소설 시장에서 요행을 바라는 사람들이 많다.

여러분은 조회수를 기다리며 원고 버리기를 반복하는 지망생이 되고 싶은가? 아니면 쓰고 싶은 스토리를 조회수가 좀 안 나오더라도 꾸역꾸역 완결까지 가 보고, 스토리텔러로서 한 단계 업그레이드되고 싶은가?

정말 행운의 여신이 누군가를 뽑는다면 어느 쪽한테 행운을 선사할까? 장기적으로 어느 쪽의 성공 가능성이 더 클까? 정답은 여러분 가슴속에 있다. 기회는 준비된 자에게 온다.

이유가 있다면 멈추기

원고를 열심히 쓰던 어느 날 더는 앞으로 나아갈 수 없을 때가 도래할 것이다. 내글구려병도 아니고 신작병도 아니고 리메이크병도 아니고 그런 날이 분명히 온다. 언제일까?

- 시놉시스 곳곳에 비어 있는 장면을 원고로 쓰려니 생각이 나지 않는다.
- 설정 오류가 있거나 설정이 꼬였다.
- 쓰다 보니 스토리에 문제가 생겼다.
- 앞으로의 장면이 막막하다. 한마디로 적어 둔 줄거리가 다 떨어졌다.
- 결말을 어떻게 쳐야 할지 모르겠다.
- '그냥 대충 정리하고 끝내고 싶다 vs 퀄리티 있게 완성하고 싶다' 마음이 갈팡질팡한다.

지금까지 계속 이야기해왔던 각종 문제가 산적했을 때, 여러분에게 그 날이 오게 될 것이다. 그런데도 여러분은 멈추고 싶지 않을 것이다.

작가 지망생에겐 '멈춤' 자체가 스트레스와 두려움이 된다. 글쓰기를 멈추면 한동안 글을 못 쓸 것 같고, 연재를 멈추면 독자들이 연중이라고 조롱하거나 잊을 것 같고, 이 작품의 순위가 밀릴 것 같다.

그래서 멈추지 못한 사람들은 잘못된 길로 들어선 원고를 강행하여 목표로 했던 산이 아닌 전혀 다른 산으로 올라가 버린다. 이런 두려움에 휩싸이면 옆에서 아무리 '더 가면 안 된다'고 피드백을 줘도 말을 듣지 않고 밀고 나가다가 제풀에 꺾이고 만다.

이유 있는 멈춤은 충분히 해결할 수 있다. 멈춰야 그 원고가 살아남는다. 나중에 고치려고 하면 그 작업이 너무 힘들어서 그 원고를 버리게 된다. 그러니 멈추는 것을 너무 두려워하지 말길 바란다.

물론 원고를 계속 쓰는 건 당연히 좋다. 하지만 자료조사가 더 필요하거나 설정을 변경해야 하거나 오류를 발견해서 수정해야 하는 경우는 사실상 진행이 불가능하다.

대신, 멈추기 전 꼭 해야 할 일이 있다. 플랫폼에 연재 중이라면 관련 공지를 꼭 올린다. 이때 되도록 기한을 정하는 것이 좋다.

그리고 스토리 전체의 흐름이나 연재를 멈추더라도 글쓰기를 멈추지 않을 방법을 강구해야 한다. 크게 문제가 되지 않는 선에서 한 문단씩 진도를 나가거나 나중에 수정하지 않아도 될 장면들을 군데군데 써 놓는다면 글쓰기를 멈추지 않아도 된다. 어쨌든 '멈춤' 기간을 최대한 짧게 끝내고 집필 단계로 다시 들어가는 것을 최우선 목표로 해야 한다.

정말 원고를 멈추게 되었을 때 무엇을 해야 하나요?

추가 자료 조사, 설정 수정 등 기타 작업을 위해 정말로 집필을 멈추게 되었다면 무엇을 해야 할까? 이럴 땐 글 쓰는 텐션을 유지하는 것이 가장 좋다. 그야말로 '글쓰기' 자체를 딱 멈춰 버리면 다시 시작할 때 새로 적응하는 시간이 걸려서 정말 힘들어진다. '글쓰기 모드'에 진입하는 데 시간이 걸리는 것이다. 특히 평소에도 진입 시간이 오래 걸리는 사람은 더욱 신경 써서 텐션을 유지해야 한다.

이른바 '손이 굳었다'는 것은 사실상 '머리가 굳었다'는 의미다. 그러므로 해당 원고 집필을 멈추더라도 손과 머리를 꼭 풀어두는 것이 좋다. A라는 메인 원고가 있는데 이걸 멈추고 자료 조사를 해야 하는 상황이라면, 다른 글이라도 조금씩 쓰면서 글쓰기에서 멀어지지 않도록 할 것. 되도록 비슷한 장르가 아니면서 짧은 글을 쓰는 것이 좋다. 같은 장르를 쓰면 결국 신작병과 유사한 상황이 되고 원래 쓰던 원고에서 멀어지게 된다. 소셜미디어 포스팅, 일기, 플래시픽션(엽편) 쓰기 등 다양한 방법이 존재하니 자신에게 맞는 방법을 찾아보기 바란다.

'부스팅 글쓰기'가
무엇인가요?

북마녀의 글쓰기 스터디 '일요습작클럽'에서는 모임 초반부에 반드시 '부스팅 글쓰기'를 진행한다. 부스팅 글쓰기란 북마녀가 만든 용어로서, 굳은 손과 뇌를 풀며 효과를 증폭시키는 준비운동이다. 본격 글쓰기 단계에 들어가기 전 빠르게 뇌를 깨우고, 글쓰기 모드로 강제 전환하는 방법으로 활용할 수 있다.

　　방법은 매우 간단하다. 여러 단어에 관하여 떠오르는 단상을 순서대로 쉼 없이 적어 내려가는 것이다. 단어가 아니라 사진이나 그림을 소재로 삼아도 된다. 단, 어떤 단어로 쓸지 매번 고민하는 건 시간 낭비니 소재를 미리 준비해 두거나 연습교재를 활용하면 편리하다.

작가의 늪,
슬럼프 극복법

그건 슬럼프가 아니다

일명 '글럼프'라고 불리는 글쟁이들의 슬럼프. 글럼프의 증상은 '글이 안 써진다'와 '글을 쓰기 싫다'라고 할 수 있다. 일반적으로 내글구려병이 왔을 때 글럼프가 시작되며 자괴감, 질투와 시기, 조급증 등의 감정이 덧대어져 최악의 글럼프 단계에 돌입하게 된다.

그런데 글에 관한 슬럼프가 아닌데도 이를 슬럼프로 착각하거나 혼동하거나 합리화하는 경우가 많다.

"오늘 너무 피곤하고 글도 안 써지네. 하루만 쉬자."

이 말을 하루가 아니라 며칠째 계속하고 있다면 문제다. 꼭 글을 쓰지 않더라도 심신의 컨디션은 매일매일 달라진다. 일주일에 최소 이틀도 글을 쓸 체력과 컨디션이 아니라면 지금이라도 본업을 충실히 하는 게 낫다. 웹소설은 몰아서 분량을 채우는 게 거의 불가능하다.

"글 쓸 시간도 없는데 컴퓨터 앞에서 글이 안 써지네."

시간 안배를 제대로 하지 못했거나 글쓰기가 우선순위에서 밀린 것이다. 본업, 육아 등 따로 할 일이 있다는 가정하에 나머지 시간에서 인터넷 서핑, 유튜브 시청, TV 시청(넷플릭스, 왓챠 포함), 게임 등을 하고 남은 시간에 웹소설을 쓰면서 글이 안 써진다고 하는 건 슬럼프가 아니다.

글도 충분한 시간을 들여야 탄력을 받고 잘 써진다. 나머지 활동을 어느 정도 포기하고 웹소설 집필에 시간을 투자할 용기가 있어야 한다. 웹소설 시장에는 낮에는 직장을 다니고 육아를 하며 웹소설을 쓰는 작가들이 수두룩하다.

"최근 애인과 헤어져서,
집안에 우환이 있어서 글에 집중하기 힘드네."

글과는 무관하게 개인적으로 힘든 일이 있으면 글이 안 써지는 것은 당연하다. 창작은 감정을 소모하는 활동이기 때문에 작가 자신의 심리적인 여유가 없다면 글에 몰입하기가 힘들다. 반대로 갑자기 연애를 하게 되는 등 즐거운 일이 있을 때도 글이 잘 써지지 않는다. 그러나 개인사가 집필에 영향을 줄지언정 이 상황 자체가 슬럼프는 아니다. 아직 자신의 집필 텐션을 컨트롤하는 능력이 부족하기 때문에 일어나는 일이다.

슬럼프, 이렇게 진행된다

슬럼프가 왔을 때 그만두게 되면 여러모로 시간 낭비를 하게 된다. 지금까지 글에 관한 슬럼프를 경험한 사람이라면 이미 알 것이다. 자신이 슬럼프를 이겨낸 적이 한 번도 없었다는 사실을.

보통 슬럼프가 오면 결국 포기하고 오랜 기간 쓰지 않다가 어떤 계기로 인해 불붙고서야 돌아온다. 보통 돌아와서 그 오래된 원고 붙잡고 리메이크병 걸리거나 기존 원고 버리고 신작병 걸리는 수순이다. 한참 안 썼으니 손이 굳어서 집필 적응에 시간이 걸리고 내글구려병도 조만간 오게 된다. 그럼 글럼프가 또 온다. 이 악순환이 영원히 계속되는 것이다.

노래하는 사람도 피아노를 치는 사람도 야구를 하는 사람도 피겨스케이팅을 하는 사람도 슬럼프가 왔다고 그 활동을 멈추지 않는다. 아예 그만두고 딴 길 찾으면 모를까. 예체능에 속한 그 어떤 분야에서든 그 누구도 하지 않는 '안 하기'를 오직 작가 지망생들만 한다.

진짜 슬럼프이든 가짜 슬럼프이든 여러분이 스스로 '슬럼프'라고 인식했다면, 글쓰기를 멈출 게 아니라 이겨내면 된다. 그리고 웹소설이라면 이겨내기가 조금 더 쉽다. 다만, 개인의 성향에 따라 슬럼프를 이겨내는 방법이 달라진다는 사실은 염두에 두자.

똑같은 슬럼프라도 다른 분야 작가들과 웹소설 작가는 입장이 다르다. 웹소설을 쓴다면 기계적으로 써야 하고 그래야 살아남을 수 있다. 지금 슬럼프에 들어섰다고 자각했다면, 이런 작업을 해 보자.

STEP 1. 그 글이 아닌 다른 글, 예를 들어 소셜미디어나 블로그에 올리는 조각 글이나 일기 등과 같은 생활 글을 쓴다. 여기서 자신의 슬럼프에 관해 퍼붓고 스스로를 다독여 보자.

STEP 2. "글 써야 하는데!"라고 생각할 시간에 컴퓨터 앞에 앉아서 문서를 띄워 놓는다. 시간을 정해놓는 편이 더 효과적이다.

STEP 3. 강제 마감 프로젝트를 시행한다. 혼자 할 자신이 없으면 합동으로 하는 게 여러모로 낫다.

STEP 4. 매일 물리적인 목표를 세팅해 두고 죽이 되든 밥이 되든 '그' 원고를 퀄리티 상관없이 일단 쓴다.

원래 글쓰기는 지속하기 어려운 작업이고, 방해물이 많은 작업이다. 그리고 슬럼프를 겪든 안 겪든 원고의 차이는 생각보다 크지 않다. 계속 쓰고 있는 것만으로도 여러분은 슬럼프를 이겨내고 있다.

"프로가 된다는 것은 여러분이 하고 싶은 모든 일을 여러분이 하기 싫은 날에 하게 되는 것을 의미한다."

–줄리어스 어빙(NBA 선수)

작가 죽이는
악플에 대처하는 자세

종이책 출판시장은 댓글 문화가 활성화되어 있지 않고, 상품 페이지에 달린 리뷰가 적다. 종이책 소설을 읽고 불만족한 사람들은 블로그나 개인 SNS에 올리니 그걸 굳이 하나하나 찾아보지 않는 한 작가가 독자의 감상을 바로 접하는 것이 힘들다.

그러나 웹소설 시장은 무료 연재, 유료 연재 상관없이 댓글 문화가 자리잡혀 있다. 상품 페이지에 들어가는 순간 댓글이 쏟아지기 때문에 작가는 자기 작품에 대한 평가를 직접적으로 접할 수 있다. 댓글이 많으면 부정적인 댓글이 없기 힘들어서 인기 작가 역시 악플의 고통에서 벗어나지 못한다. 이렇게 댓글 문화가 활성화되어 있다 보니 작품 혹은 작가 관련 이슈가 생길 때 해당 작품의 댓글 창과 작가의 SNS 계정이 거의 쑥대밭이 되는 건 필연적인 결과다.

뱀심은 질투심과 거의 흡사한 단어이지만 100% 동의어는 아니다. 질투심은 나보다 뭔가가 잘되거나 잘난 사람을 향한 심리이지만 뱀심은 훨씬 넓은 대상에게 적용된다.

북마녀가 해석하자면, 뱀심은 '나 아닌 남이 잘되는 꼴, 남이 기분 좋아지는 꼴, 남이 희망을 품는 꼴을 보기 싫어서 방해하고자 하는 마음'이다. 여기서 '남'은 누굴까? 다른 작가 지망생들, 다른 신인 작가들, 다른 잘나가는 작가들을 뜻한다.

작가 지망생과 현업 작가들의 멘탈을 터지게 하는 행동들이 모두 이 뱀심에서 비롯된다. 어떻게 보면 여러분도 서로에게 경쟁자가 된다. 기성 작가들도 여러분에겐 모두 경쟁자이며, 기성 작가들 눈에는 여러분이 자신의 자리를 위협하는 경쟁자일 수 있다.

속으로만 품고 있으면 상관없지만, 이 뱀심을 실질적인 행동으로 옮기는 사람도 없지 않다. 신작이 판매되기 시작한 지 10분 만에 별점 1점 테러가 나오고, 구매자 댓글로 악플이 올라온다. 속독의 제왕이 아니고서야 독자가 이렇게 굳이 할 이유도 없고 가능성도 없다. 합리적인 의심을 할 수밖에 없는 대목이다. 자신의 위에 있는 작품들 혹은 자기 바로 아래에서 올라오려는 작품들에 별테를 하고, 독자들 틈에 끼어서 악플을 달고, 그것도 모자라 익명게시판에 거짓 소문이나 비추 후기를 올리는 사람들이 분명히 존재한다.

> "개연성이 없잖아. 개연성 밥 말아 먹었냐?"

> "내용 전개가 이상함. 산으로 감."

> "어디서 본 것 같은 거 모아서 짜깁기 잘했네. 이거 《OOO》랑 너무 비슷하지 않나?"

> "(이전 작품이 있을 때)이 작가 작품은 계속 별론데 이번에 왜 샀을까? 역시 별로네."

> "(팬이었던 척)지금까지 쭉 지켜봤는데 이번 작품 정말 최악이네요."

위의 내용이 '팩트'일 수도 있다. 하지만 전혀 그렇지 않은 상황에서도 이런 댓글이 나오면 신인 작가들은 멘탈이 날아가고 스스로 의심하다가 내글구려병으로 직행한다.

세상은 넓고 사탄은 많다

치열한 경쟁을 해야 하는 웹소설 시장에서 '뱀심'은 원래 경쟁자 사이에서 생기는 나쁜 마음만 포함되어야 한다. 하지만 놀랍게도 작가가 아닌 사람도 이 뱀심을 갖는다. 바로 독자다.

작가들은 뱀심이 있어도 티를 내지 못하고 속으로 끙끙 앓는 경우가 훨씬 많다. 웬만큼 미친 정신이 아니고서야 다른 작가를 괴롭히는 데 자신의 열정과 시간을 쏟기에는 자기 원고를 쓰느라 바쁜 것이 현실이다.

그러나 독자는 어떨까? 어차피 글을 직접 쓰는 것도 아니고 자신의 가학적 성향을 익명으로 마음껏 표출할 수 있다.

모든 독자가 이러진 않는다. 그러나 모든 독자가 착하고 예의가 있는 것은 아니다. '일부' 독자들이 자행하는 일들은 작가들한테 데미지가 너무 크다. 그 '일부'가 여러 작가의 멘탈을 터뜨릴 수 있기 때문이다.

자신의 시간과 체력과 돈을 들여 군이 왜 저렇게까지 할까 싶은 행동을 하면서 작가 멘탈을 무너뜨린다. 이 사탄들이 이러는 이유는 작가가 괴로워하고 자신의 의도대로 망가져 가는 모습을 보는 게 재미있기 때문이다. 비정상적으로 잔인하고 공격적인 행동을 재미 삼아 하는 인간형이 소시오패스다. 이렇게 작가를 괴롭히는 디지털 테러 역시 전형적인 소시오패스의 행동으로 보면 된다.

댓글 문화는 소통인 것처럼 보이지만 실제로는 아니다. 작가에게는 쌍방향 소통이 아닌 일방적으로 당하는 공격이다. 글자를 쓸 수 있고 인터넷만 연결되면 댓글로 작가 마음을 죽이는 건 너무 쉬운 일이다.

사실상 욕설이나 희롱 등의 댓글이 아니라면 그 댓글을 삭제할 권리는 작가, 출판사, 플랫폼에게 없기 때문에 그냥 당하는 수밖에 없다. 정말 큰일이 아닌 이상 방어를 하거나 대응을 하면 오히려 일을 키우는 꼴이 돼 내버려두는 경우도 허다하다.

악플 때문에 힘들어요.
멘탈 케어 강화 노하우를
알려주세요!

CARE 1. 빤한 악플과 비판 구별하기

밑도 끝도 없이 썼는데 어느 작품이든 어느 작가에게든 통하는 댓글이 있다. 책을 많이 읽은 것 같은 냄새를 풍기고 팬이었던 티를 내면서 작품을 비난하는 댓글에 작가는 더욱 큰 고통을 받는다.

개연성이 충분히 있는데도 스스로 의심하게 된다. 내용 전개가 이상하지 않은데도 자신이 구성한 설정이 정말 옳은 흐름인가 고민하게 된다. 짜깁기를 안 했는데도 혹시나 자신이 체크하지 못한 무언가 있었나 가슴을 졸이게 된다.

하지만 이런 말은 충분히 거짓이거나 왜곡일 수 있으니 상처받을 필요가 없다. 근거 없이 냅다 던지는 비난, 특히 '형용사'만 나오는 댓글은 신경 쓰지 않아도 된다. 독자 한 명의 '느낌'적인 의견에 연연하지 마라.

CARE 2. 비판을 악플로 받아들이지 않기

작품에 대한 비판 댓글이 올라왔을 때 이를 무조건 악플로 취급하며 넋두리를 늘어놓는 작가 지망생들을 쉽게 볼 수 있다. 그러나 비판은 악플이 아니다. 작가 마음에 안 드는 얘기라고 해서 100% 악플은 아니란 뜻이다. 설정 오류나 개연성 관련해서는 상세한 비판이 작가에게 도움이 된다. 이미 진도가 한참 나간 뒤라 이번 작품에 반영하지 못할 수도 있겠지만, 앞으로 글쓴이가 성장하는 데 피가 되고 살이 된다. 정확한 근거를 제시하는 의견이라면 입에 쓰더라도 받아들여야 한다. 또한 모 작품과 비슷하다는 둥 표절 얘기가 나온다면 만일을 위해 해당 작품을 확인해볼 필요는 있다.

CARE 3. 욕, 성희롱, 인신공격은 봐주지 않기

솔직히 욕이나 성희롱은 사람으로서 기분이 나빠질 뿐 작가로서 자존감이 떨어지는 문제는 아니다. 플랫폼 내 신고기능이 있을 테니 철저하게 신고한다. 댓글 중에서도 과도한 인신공격, 개인 쪽지로 오는 주접스러운 이야기들은 모아서 단순 신고가 아니라 관련 부서 센터에 메일로 보낼 것. 적극적으로 사이버 범죄 관련 법적 조치를 취하겠다고 공지하고 실행하는 것도 좋다.

CARE 4. 구매자 악플은 '오예!'입니다

선플이 오조오억 개 달려도 무료로 읽으면서 따라오는 사람들의 칭찬은 작가에게 힘은 되겠지만 통장 현황에 전혀 도움이 되지 않는다.

반대로 악플이 천 개 달렸는데 그게 다 구매자 댓글이라면? 내 책을 사 준 독자들에게 감사하면서 쓰고 싶은 대로 쓰면 된다. 악플이 많이 달리면 출판사에서 매출 걱정을 하지 않는다(작가의 멘탈이 깨질까 걱정은 하지만).

악플이 많은 글은 그만큼 만족한 독자도 많다는 뜻이다. 불만족한 독자는 반드시 댓글을 달고 별점도 꼭 1점으로 찍지만, 만족한 독자 중에는 선플을 굳이 달지 않고 별점도 찍지 않는 사람들이 상당수다.

> **"악플 달 거면 돈 내서 사 보고 구매자 댓글로 욕해라!**
> **무료 회차에서 얼쩡대지 말고!"**

이 정도의 포부와 자존감은 있어야 웹소설 시장에서 작가로 오래 버틸 수 있다. 여러분이 글을 접는다면 누가 가장 좋아할까? 끝까지 글을 쓰고 인세를 받아 챙기며 잘 먹고 잘 사는 것이 악플러를 이기는 길이다.

참고로, 아무리 오래 글을 쓴 작가도, 잘 팔리는 작가도 악플에 무디어지진 않는다. 성격상 댓글에 무관심하거나, 자신의 유리멘탈을 알기 때문에 일부러 안 찾아볼 뿐이다. '100원으로 맞는다'고 생각하면 멘탈 관리에 도움이 될 것이다.

웹소설 시장에서 가장 무서운 것은 무플이다. 그래서 무플일 바에는 악플이라도 좋으니 댓글이 있었으면 좋겠다는 것이 무료 연재 플랫폼에 작품을 올리는 지망생들의 공통적인 바람이다. 모 플랫폼에서는 신인 작가들을 응원하기 위해 댓글이 없는 연재글에 마치 '무플방지위원회'같은 댓글봇을 적용하는 기능을 쓰기도 한다.

무플은 초보 작가들의 불안감을 부추긴다. 차라리 조회수까지 0에 가깝다면 사람들이 안 봐서 댓글이 안 달린 것이려니 하고 포기가 되겠지만, 조회수가 조금은 나오면서 댓글이 없다면 작가들은 조급증이 인다.

'내 글이 재미가 없어서 그냥 나가나?
잘 봤다는 댓글 한 줄 써 줄 가치가 없나?'

상황이 이렇다 보니 짧은 댓글이라도 달리기만 하면 작가 지망생은 그 자체로 감사한 나머지 굽실거리는 티를 내게 된다.

작가의 적은 작가! 자신을 망가뜨리는 근본적 문제

웹소설에 작가 자신을 투영하는 문제

'치유하는 글쓰기'라는 것이 있다. 자신의 고통과 트라우마를 종이 위에 쏟아부으면서 자가 치유 효과를 얻는 것이다. 영미권에서는 이것을 심리치료과정으로 쓰고 있으며, 불량청소년들이 많은 학교들이 글쓰기 수업을 통해 교육 효과를 얻은 사례도 많다.

반드시 이런 목적을 가지고 하는 것은 아니지만 많은 작가 지망생이 자신이 가진 트라우마를 소설에 넣고 소재로 활용한다. 그렇게 소설 주인공한테 스스로 이입하는 것이다. 물론 그렇게 이야기를 구성해 가면서 자신의 트라우마를 극복하게 된 경우도 없지는 않을 것이다.

그러나 웹소설을 쓴다면 반대의 결과가 나타날 때가 많다. 이 책에서 몇 번이고 언급했듯이 웹소설은 해피엔딩을 기반으로 한다. 주인공의 트라우마는 작가가 해결해주면 된다. 그러나 작가 개인의 상처는 소설 내용처럼 아물지 않을 수도 있다. 현실은 웹소설 해피엔딩처럼 진행되지 않으니까. 현실에서는 내게 피해를 입히거나 해코지를 한 인간들이 벌을 받거나 망하기는커녕 잘 먹고 잘 사는 광경을 지켜봐야 한다. 주인공과 자신의 격차 때문에 마음이 더 아파질 수도 있다.

또 웹소설에서 흔하지는 않지만 스토리 분위기가 피폐한 흐름인 경우도 있다. 이렇게 피폐물을 쓴다면 그 자체로 내면의 트라우마가 발현되어서 심신의 고통이 재발될 수도 있다. 이는 집필 컨디션과 직결되기 때문에 절대적으로 지양해야 하는 요소다.

자전적 소설이 아닌데도 주인공에 자신을 투영하는 초보 작가들이 매우 많다. 특히 1인칭 주인공 시점을 쓸 때와 습작 초반일 때 이런 오류를 많이 범한다. 주인공의 직업을 '작가'나 '작가 지망생'으로 설정하는 경우도 마찬가지다. 그래서 필력과 자신의 심리적 안정을 위해서라도 매번 1인칭 주인공 시점을 유지하기보다는 전지적 작가 시점을 활용해서 써야 한다. 작품마다 연령대와 성격 등 캐릭터 설정도 완전히 다르게 하는 것이 좋다. 자기 복제의 위험을 줄이는 길이다.

주인공은 작가의 아바타가 아니다. '나'와 소설 속 '나'를 혼동하지 마라. 주인공과 자신을 분리해야 글을 오래 쓸 수 있다.

작가의 성격과 심리가 스토리에 영향을 미친다

글쓴이의 생각이 어느 방향으로 흐르느냐에 따라 같은 스토리라인이라도 글이 완전히 달라진다. 미스터리한 분위기의 피폐물을 쓰고 있는데 이상하게 캐릭터들이 활발하게 뛰놀고 있어서 피폐한 느낌이 전혀 들지 않는다면 대부분 작가 개인의 성격이 활발하고 긍정적인 경우가 많다.

반대로 작가 개인이 애인과 헤어졌거나 이혼 직전이거나 우울증에 걸렸다면 밝고 행복한 러브 스토리를 쓰는 것이 곤욕일 것이고 소설 속 분위기가 다운될 것이다.

글이 작가의 현재 심리 상태와 타고난 성격에 영향을 받는 것은 사실이지만, 최대한 그렇게 되지 않도록 노력해야 한다. 현생이 너무 힘들어도 웹소설 쓰는 사람들은 행복 회로를 돌려야 한다. 슬픈 이야기를 쓴다고 해서 작가가 우울 모드에 걸려 있거나, 작가가 우울한 상태라서 해피엔딩을 못 쓰는 일이 없도록 자신과 작품을 분리하여 생각하자. 그래야 원고의 방향도 틀어지지 않고 작가 자신의 일상생활에도 문제가 생기지 않는다.

작가가 지켜야 할 윤리

우선 작품 속에서 일정 기준을 지키는 게 이롭다. 주인공이 윤리를 제대로 지키지 않으면 악플이 달리니 쓰는 자신의 멘탈을 위해서라도 지켜주자. 이건 웹소설이 지켜야 할 절대적 가치관 권선징악과도 연결되는 문제다.

스토리에서 주인공이 감정이입에 실패하면 독자가 갈리거나 떨어져 나간다. 특히 도덕적, 윤리적 문제에서 주인공의 생각과 행동이 부적절하다면 대다수 독자의 감정이입에 실패하게 된다. 이때 엄청난 저항을 받게 되고, 비난 댓글이 쇄도한다. 이 부분은 수익에 직결된다.

작품과 분리된 개인으로도 사생활을 잘 다스려야 한다. 아무리 필명을 쓰더라도 이름이 알려지는 순간부터는 작가 스스로 공인이라는 생각을 해야 한다. 누군가가 여러분의 필명을 언급하면서 여러분의 개인적인 잘못에 관해 폭로할 수도 있다. 온전한 거짓이라면 냉정하게 대응하면 되지만, 실제로 윤리적 문제가 되는 행동을 했다면 작가 커리어에 금이 가고, 그 소문이 작가 생활 내내 따라다닌다. 예를 들어 이성 편집자에게 새벽에 연락하며 술자리를 종용한다든가, 다른 작가를 뒤에서 공격한다든가 하는 문제들을 만들면 안 된다. 또한 작가 커뮤니티나 SNS에서 자기 이름을 걸고 비상식적인 행동을 하는 것도 아주 위험하다.

독자를 계도하려다가 발목 잡힌다

과거에는 당연한 흐름이고 클리셰 같은 장면이라도 지금은 욕을 먹게 되는 장면이 있다. 이런 사회적 변화를 원고에 부드럽게 녹여가는 것을 목표로 하자. 교훈을 남발하고 독자를 계도하려는 냄새를 풍겨서는 안 된다. 독자들은 개코라서 바로 안다.

클리셰를 활용하지 말라는 게 아니다. 작가로서 사회적으로 비판하고 싶은 어떤 부분들이 있다면 에피소드로 넣을 수도 있다. 특히 악역 캐릭터에 그 문제를 때려 넣으면 충분히 살릴 수 있다. 여성향 로맨스에서 자주 나오는 장면이 직장 상사가 성희롱을 하는 장면인데 이게 괜히 나오는 게 아니다. 역으로 클리셰를 꼬는 방법도 쓸 수도 있다. 성희롱을 당하는 여주를 남주가 구해주는 흐름이 여태까지의 클리셰였다면, 여주가 나서서 여조를 구해주는 사이다 장면으로 만드는 것도 가능하다.

내 안에 뱀심이 있다

앞에서 다른 사람들의 뱀심에 대응하는 이야기를 했는데, 여러분 마음 속에도 뱀심이 있다면? 딱히 없다고 부정하지는 못할 것이다. 작가뿐만 아니라 우리 모두의 마음 깊은 곳에 있는 진짜 속내니까.

"다들 잘되었으면 좋겠어. 그런데 내가 제일 잘되었으면 좋겠어."

스스로 착한 사람이라고 생각하지만, 사실은 착한 사람이 아닐 수도 있다. 착하고 싶지만 뱀심이 생긴다. 친한 작가가 신작 론칭을 했다고 해서 공유 포스팅을 올려주긴 하지만 속으로 천불이 난다. 어느 작품 때문에 투베 1위를 못 하고 있는데 그 작품 쓴 작가가 친한 사람이라 미치겠다. 지금 매출 1위를 찍고 있어도 웹툰화 진행된 작가가 부럽고, 내 작품들이 모두 웹툰화가 되었어도 드라마 판권 계약한 작가가 부럽다. 질투는 기성과 아마추어 상관없이 누구나 갖는 감정이고 인간의 본능이다.

하지만 뱀심으로 인해 남에게 해가 될 특정 행동을 한 게 아니라면 죄책감을 가질 필요는 없다. 스트레스받을 필요도 없다. 여러분이 아무 짓도 안 한다면 그 뱀심, 아무도 모른다.

그리고 여러분의 마음에 천불이 나는 까닭은 자꾸 찾아보기 때문이다. 모르면 천불이 나지 않는다. 지금 다른 사람 작품 조회수 찾아보고 남 잘된 얘기 들을 시간인가? 단톡방 카톡, 행아웃 할 시간에 흰 화면에 원고를 써라.

매출과 조회수는 작가의 자존감이다. 원래는 자존심에 해당하여야 하건만, 안타깝게도 작가 직군에 속한 이들에게 자존감으로 작용한다.

순문학 종이책 쪽은 실제 판매 부수나 인쇄 부수가 투명하게 공개되지 않고 1쇄 2쇄 개념으로 계산하기 때문에 이 스트레스가 덜하다. 1쇄를 1,000부 찍었는데 완판되어서 증쇄한다면, 대중은 '완판'과 '증쇄'만 인지할 뿐 얼마나 찍었는지는 알지 못한다. 완판이 되지 않았다면 얼마나 팔렸는지 작가는 제대로 모르거나 뒤늦게 알게 된다.

하지만 웹소설 시장은 다르다. 무연에서는 조회수가 오픈되어 있고, 유연에서는 독자수가 오픈되어 있다. 댓글 수만 봐도 얼마큼 팔렸을지 가늠할 수 있다. 플랫폼마다 판매 권수, 판매 회차수가 투명하게 집계된다. 출간 후 출판사에서 보내준 리포트를 보면 판매 현황 내역에 다 나온다. 원한다면 원장부도 볼 수 있다.

잘됐으면 아무 문제가 없다. 그런데 그 작품이 망했다면? 내 작품이 망한 걸 나만 알면 혼자 가슴 아프면 된다. 하지만 웹소설 시장에서는 조회수와 독자수, 댓글이 모두 공개되어 있다. 망한 작품은 누가 봐도 망한 티가 나기 때문에 창피하고 자존심이 상한다(물론 정산 리포트 내역은 예외다. 이는 작가와 출판사만 아는 내용이며 외부로 공개되지 않는다).

자존심이 상해도 자존감은 안 떨어질 수 있다. 어느 날 자존심이 상하는 상황이 오더라도 자존감이 높은 사람은 그 상황을 빨리 떨쳐내고 평소의 행복지수로 돌아오게 된다. 그러나 대부분의 작가는 글과 조회수와 매출 때문에 자존감이 무너져서 땅굴을 파고 들어간다.

글을 버리지 않는 이상, 여러분은 평생 자존감 스크래치와 관종력을 버리지 못하고 계속 이어나갈 것이다. 이게 작가의 운명이고 팔자다.

이런 점이 너무 고통스러운가? 절필하면 모든 고통이 끝난다. 북마녀가 언제나 말하듯이 포기하면 편하다. 하지만 정말로 마음이 편해질까?

꿈을 버리고 싶지 않다면 방법은 하나뿐이다. 그 작품은 여러분 자신이 아니라는 사실을 항상 기억해라. 자신의 창작물을 자신과 동일시하지 않는 연습을 해야 한다. 여러분은 연습이 안 되어 있을 뿐, 발전해 가고 있다. 다음에는 훨씬 더 좋은 작품을 쓸 수 있을 것이다.

관종력을 줄여야 한다

유독 웹소설 작가 지망생들만 '연재 없이 혼자 쓰니까 너무 힘들다', '독자들이 봐주고 댓글 달아주는 걸 봐야 써진다'는 말을 한다. 그에 반해 그 외의 장르를 쓰는 사람들은 이런 소리를 거의 하지 않는다.

왜 웹소설 작가들은 남의 반응을 보면서 쓰려고 하는 걸까? 우선 작가란 직군 자체가 관종이며, 웹소설 시장 자체가 공개 연재 문화와 함께 성장했기 때문이다.

웹소설을 쓰는 사람들은 그냥 연재를 시작하는 것을 당연하게 여긴다. 이런 습관에 길들여져 연재 없이 원고 쓰는 것을 힘들어한다. 댓글을 보고 설정을 바꾸거나 다음 화의 흐름을 변경하는 경우도 많다. 그렇게 독자의 댓글 하나하나에 흔들리면서 연재를 진행하다 보면 내용이 산으로 가기도 하고 자신이 쓰고자 했던 내용과는 판이하게 달라지기도 한다.

그러나 초보의 벽을 넘으려면 그야말로 벽 보고 쓰는 연습을 해야 한다. 안정적인 연재를 위해 비축분을 쌓으려면 당연히 그렇게 해야 하거니와, 작가 데뷔 후 인지도가 올라갈수록 출간 전 비공개를 조건으로 원고를 집필하면서 출판사나 플랫폼 측과 소통해야 하는 일이 자주 발생한다. 이럴 때 '나는 독자 댓글을 봐야 써진다'며 초보 티를 낼 수는 없지 않은가.

표절 논란을 피하려면
어떻게 해야 하나요?

소설이든 만화든 애니메이션이든 드라마든 스토리로 진행되는 콘텐츠에서 '이런 이야기는 어떨까?' 하는 영감을 얻을 때가 있다. 이럴 때 마음속으로 '이거 표절로 오해받으면 어떡하지?' 하는 걱정이 든다면 그냥 안 쓰는 게 속 편하다. 스토리 구성 단계에서 스스로 그런 생각이 든다면 여러분은 글을 쓰는 내내 그 생각을 하게 될 것이다. 이 문제는 작가를 정신적으로 피폐하게 만든다. 불안하다면 멈추는 게 낫다.

예를 들어 드라마 《도깨비》를 살펴보자. 드라마 《도깨비》 방영 후 출간된 도깨비 소재 소설이 모두 드라마를 베낀 것은 아니다. 반대로 드라마 방영 전 출간된 도깨비 소재 소설들을 드라마가 베낀 것도 아니다.

그러나 도깨비와 저승사자가 한집에서 살면서 투닥거리고, 도깨비는 과거 시대의 장군이었고, 진정한 인연을 만나면 업보가 풀린다는 설정을 동시에 한 소설에서 쓴다면 이건 '영감' 수준이 아니다.

참고로 실제로 머릿속에서 나오는 소스가 드라마 설정에 기반한 내용이라면 그건 팬픽, 즉 2차 창작이지 여러분이 직접 창조한 스토리가 아니다. 그 원고는 쓰더라도 출판사를 통해 출간하는 것이 불가능하다.

어디부터 어디까지 표절인가

웹소설 시장에서는 소재가 겹치는 경우가 허다하다. 클리셰 장면도 많이 쓰이기 때문에 이것이 표절 논란의 회피 방법으로 쓰이고 있는 것이 사실이다. 그러나 여러 소재가 동시에 겹친다면 문제다. 아이디어가 겹칠 수는 있어도 흘러가는 패턴과 대사의 골자가 모두 겹친다면 문제가 된다.

내용 전개가 비슷한 경우는 상황에 따라 다르다. 예를 들어 '저녁 식사 후 가족 모두 음악회에 참석하는데 며느리인 주인공이 빠진다'는 흐름은 비슷하더라도 이를 표절로 치부할 수 없다. 그러나 '주인공이 응급실로 실려 가고 알고 보니 임신이었는데 유산했고, 이후 여주가 잠적한다'까지 그대로 나오면서 가족의 반응, 남편의 반응까지 흡사하다면 문제가 생길 수 있다.

또 사람마다 같은 의미의 문장을 쓰더라도 단어의 조합, 단어의 순서가 달라진다. 특히 인기 작가의 독특한 표현이 담긴 문장을 그대로 쓴다면 대번에 걸리고 말 것이다. 실제로 웹소설계에서도 소재나 사건의 흐름보다는 장면 묘사의 유사성과 타 분야 책 속 문단을 통으로 베꼈다가 걸린 문제로 반박불가의 상황이라 사과문을 올리고 사라진 작가들이 꽤 있다.

현실적인 주의사항

기획 단계부터 원고 집필 단계에 이르기까지 다른 사람들의 스토리와 겹치지 않게 하려고 부단히 노력했음에도 불구하고 막을 수 없는 표절이 있다.

여러분이 지금 시놉시스를 결말까지 준비해서 쓰고 있는 원고 내용 그대로 내일 아침 미국 전 지역 서점에 종이책이 깔릴 수도 있다. 그 미국 작가가 한국의 작가지망생 원고를 봤을 리가 있겠나. 우연이 겹친 거다. 다행스럽게도 이를 알게 된 시점이 시작 단계라면 엎으면 그만이니 차라리 낫다. 가장 괴로운 상황은 어느 작품과 너무 흡사한 소재와 설정과 흐름으로 풀어냈다는 사실을 모른 채 완결하는 경우다. 작가뿐만 아니라 편집자 역시 시장에 출간되는 모든 작품을 하나하나 다 확인하지는 못한다. 그래서 출간 전 검토를 하더라도 문제를 못 잡아내고 그대로 출간하게 될 수도 있다. 이렇게 사람의 머리로 생각해내는 스토리라인은 도토리 키재기 수준으로 비슷하다. 이 좁은 한국땅 웹소설판에서 여러분이 짜낸 그 스토리를 몇 명이 생각하고 있을지 모를 일이다. 그렇기 때문에 어떤 스토리든 빨리 써서 먼저 공개해야 조금이라도 우위에 설 수 있다.

♨ 표절 vs 패러디 vs 오마주

표절	다른 사람이 만든 저작물의 일부 혹은 전부를 사용하고 이를 자신이 직접 창작한 것처럼 발표하는 행위. 이 사전적 정의에서 '발표'라는 표현에 주목해야 한다. 글쓰기 연습을 위해 남의 것을 베껴서 쓰고 자신의 컴퓨터에만 저장해두면 상관없으나, 이를 인터넷에 공개하거나 공모전에 내면 바로 문제가 된다.
패러디	다른 사람의 저작물을 차용하지만 원작을 밝히거나, 누가 봐도 원작이 무엇인지 알 수 있도록 쓰는 행위.
오마주	다른 작가나 감독의 업적(작품)을 향한 존경의 뜻을 담아 특정 장면이나 대사를 그대로 쓰거나 모방하는 행위. 오마주의 경우도 주석을 다는 등 따로 표시를 하는 추세다.

알면 알수록 어려운 작가들과의 인간관계

모든 작가가 착하진 않다

많은 작가와 지망생들이 같은 직업인 작가 동료를 만나고 싶어 한다. 일반인들은 글 쓰는 사람의 고충을 잘 모르고 생활 패턴도 다르기 때문이다. 게다가 다른 작가들과 소통하지 못하면 신규 정보에 뒤처지고 소외될까 봐 두려운 마음도 크다. 그래서 웹소설 작가(지망생)들은 웹소설을 쓰는 사람들과 친해지고 싶어 한다.

심리적인 고독감 해결과 정보 공유, 이런 필요에 의해서 작가들은 서로 친해지게 되고 모여서 교류하고 작업도 같이 하는 작가연합을 만들기도 한다. 그러나 웹소설계에 작가연합은 생각보다 많지 않다. 와해된 연합도 부지기수다. 그 이유는 무엇일까?

우선 친했던 작가들의 관계가 소원해지거나 다툼과 이간질로 인하여 모임이 깨지기 때문이다. 그리고 작가들의 친분 관계가 점조직처럼 이어지는 시대로 변화했기 때문이다.

모든 관계는 친할 때 가장 행복하다. 같은 업계에 있으니 연합도 만들고 카페에서 만나 글도 같이 쓰고 밤새 행아웃도 하고 앤솔러지도 만들고. 그러나 어느 날부터인가 분위기가 조금씩 달라지기 시작한다.

> 처음 만났을 때는 인지도가 고만고만했는데, 어느 날 한 명이 신작으로 대박을 치더니 다른 작가들을 대하는 태도가 달라졌다.
> 나는 올해 1천만 원을 벌었는데 1억을 번 친한 작가가 올해 수익이 줄었다면서 울며 넋두리를 하고 있다.

사실 인간관계에서는 당사자가 아닌 이상 어느 쪽 잘못인지 파악하기 어렵다. 어쨌든 작가도 사람이니까 짜증이 나고 배가 아픈 것이다. 나는 널 이만큼 좋아하는데, 너는 나를 좋아하지 않는 것 같다는 시시콜콜한 사춘기적 다툼도 비일비재하다.

애초에 친하지 않았다면 엮일 일이 없었겠지만 친했다가 관계가 소원해지거나 아예 깨지게 되면 그때부터는 사태가 어떻게 돌아갈지 모르는 것이다. 작가 친구에게만 얘기했던 치부가 익명 게시판에 올라와 있고, 소셜미디어로 조리돌림을 하기도 한다. 또 도움을 청하는 지망생에게 기성 작가가 조언을 해줬더니 지망생이 갑자기 돌변하여 저격을 하는 경우도 시도 때도 없이 일어난다.

그래서 의외로 많은 기성 작가들이 별다른 모임 없이 혼자 글을 쓴다. 그렇다고 친분 관계가 아예 없는 것은 아니지만 관계가 점조직처럼 이루어진다. A와 B가 친하고, B는 C랑도 친하지만 A와 C는 서로 본 적이 없거나 서로 딱히 연락하지 않는 식의 관계를 유지한다. 가끔 안부 인사는 하더라도 과도하게 '절친'처럼 지내지는 않는 것이다.

우선 편집자로서 하고 싶은 조언은, 사적인 관계와 공적인 계약을 구분해야 한다는 것이다. 여러 작가가 각자의 단편을 모아서 한 권으로 제작하는 앤솔러지를 만들더라도 한 명한테 몰아서 계약하면 안 된다. 각자 계약서 원본을 갖고 있을 수 있도록 출판사와 따로따로 계약하는 것이 안전하다. 나중에 무슨 일이 생겨서 앤솔러지를 폭파하는 상황이 되더라도 독립적인 계약을 했으므로 그 출판사와 따로 진행을 할 수 있다.

두 번째는 어떤 그룹이라도 억지로 묶여 있지는 말아야 한다. 느슨한 연결이든 쫀쫀한 연결이든 연합, 모임, 행아웃 무엇이든 여러분이 하고 싶으면 해라. 하지만 하고 싶지 않은데 친분 때문에 혹은 친해지기 위해서 억지로 끌려가지는 마라.

또한 '사회에서 만난 사람이 절친이 되기는 쉽지 않다'는 인생의 진리를 잊지 말자. 학창 시절 친구도 절교하게 되는 일이 다반사인데, 서로 경쟁해야 하는 작가들끼리 만나면 별일이 다 생긴다. 독자와 작가에게 착한 사람이 편집자에게 못될 수도 있고, 편집자와 독자에게 너무나 좋은 사람이 작가한테 오히려 모질 수도 있다. 내가 정말 뱀심이 없고 선한 사람이라고 해도 상대가 나 같은 사람이 아닐 수 있다.

작가끼리 친하게 지내지 말라는 소리가 아니다. 느슨한 연결을 추구하면 괴로움이 줄어든다는 뜻이다. 작가 모임에 들어가지 않는다고 해서 소외되는 것이 아니다. 여러분에겐 누군가와 함께하지 않을 '자유'와 '권리'가 있다.

작가 커뮤니티
100% 활용법을 알려주세요!

작가(지망생) 커뮤니티는 네이버 카페, 다음 카페에 다수 존재하며 기본적으로 가입 절차가 있는 폐쇄적인 공간이다. 디시인사이드 갤러리, 노벨정원 등 익명게시판이라고 볼 수 있는 공개형 커뮤니티도 존재한다. 작가 지망생들끼리만 활동하는 경우도 있고 독자와 지망생이 섞여 있는 곳도 있으므로 잘 알아보고 활용해야 한다.

❶ 목표글 & 달성글 올리기

작가 커뮤니티를 가장 쉽게 활용할 수 있는 방법이다. 개인 블로그에 목표글을 올리면 파워 블로거가 아닌 이상 조회수가 없을 것이고 딱히 압박도 되지 않는다. 그러나 목표글과 달성글을 커뮤니티에 올리면 동료이면서 경쟁자들한테 보여주는 것이니 아무래도 심리적으로 '마감'의 압박감이 생긴다. 댓글로 반응이 있다면 힘도 나고 반드시 달성해 목표를 이루겠다는 오기도 생겨 마음을 다잡을 수 있다.

❷ 스토리 질문 올리지 말기

많은 지망생이 작가 커뮤니티에 질문을 올린다. 출판사, 투고, 계약 관련하여 모르는 것을 질문하거나 상담글을 올리는 건 괜찮다. 그러나 '스토리'에 관한 선택 사항을 남의 답변으로 해결하려고 하지 마라.

"제목으로 이게 나을까요, 저게 나을까요?"
"여주가 A로 가는 것, B로 가는 것 어느 쪽이 나을까요?"
"쓰다 보니 서브남 비중이 커졌습니다,
주인공을 바꾸는 게 나을까요?"

이런 내용을 쓰는 본인이 정해야지 왜 남한테 물어보는 것인가? 작가는 그 스토리의 신인데 왜 옆 동네 신한테 물어보는지? 이렇게 물어보는 건 극도로 수동적인 행위다. 이 세상에서 가장 주도적이고 가장 창의적이어야 하는 직업이 바로 작가다. 남의 의견 없이 결정할 수 없다면 작가적 재능이 없는 것이다.

❸ 스토리라인 올리지 말기

기본적인 스토리라인 혹은 자세한 시놉시스를 커뮤니티에 올리면서 이거 괜찮아 보이냐고 확인을 받는 사람들이 많다. 아무래도 비밀이 보장된다고 생각하는 것인지 폐쇄형 커뮤니티에서 더 많이 보이는 경향이 있다. 그런데 거기서 그 글을 보는 회원들은 모두 웹소설을 쓰는 경쟁자 아닌가. 왜 경쟁자 앞에서 자신의 패를 미리 보여주는가?
다른 회원들이 그 스토리라인이 재미없다고 한다면 글을 안 쓸 생각인가?

재미없다는 말을 어떻게 믿을 수 있으며, 반대로 재미있어 보인다는 말은 또 어떻게 믿을 수 있는가? 그 지망생들의 평가를 절대적으로 확신할 수 있는 것인지 생각해 보자.

그중 누군가가 그 짧은 스토리라인을 보고 영감을 얻었는데 원고를 매우 빨리 쓰는 사람이라면? 소재만 남기고 완전히 다 바꿔서 쓴다면? 거의 다 바꿨기 때문에 증거도 없고 저작권 소송을 걸기에도 애매하다.

❹ 커뮤니티 활동은 조금만 하기

작가 커뮤니티에 넋두리를 올리고 또 다른 사람의 비슷한 고민글도 보면서 서로 응원과 위로를 하다 보면 심리적으로 도움이 되는 것도 사실이다. 그러나 커뮤니티 활동의 재미에 빠져서 너무 오래, 너무 자주 커뮤니티에 접속해 있다면 의지력으로 자제를 해야 한다.

커뮤니티 활동을 한다고 해서 딱히 다른 활동을 안 하는 것이 아니지 않은가. 솔직히 TV, 유튜브, 트위터 등등 이것저것 할 것 다 하고 커뮤니티도 들어간다는 사실, 북마녀가 다 알고 있다. 나머지 시간을 글에만 올인하는 사람은 극소수에 불과하다.

소설 연재보다 넋두리 연재를 더 자주 한다면, 다른 사람의 넋두리 글을 하나하나 다 읽고 있다면, 자기보다 작가 지망생 경력 짧은 사람의 고민글에 장문의 댓글을 열심히 달아주고 있다면 반성해야 한다. 여러분이 지금 남한테 위로 전할 상황인가? 도대체 원고는 언제 쓸 건가? 그리고 시장 조사는 시장 즉 플랫폼에서 직접 눈으로 보면서 해야지 커뮤니티에서 같은 신인 작가의 분석으로 확인하는 게 아니다. 다른 사람이 틀린 분석을 했을 가능성도 반드시 염두에 두어야 한다.

❺ 작가의 직업적 성격을 인정하기

어떤 작가들은 혼자 작업하는 것을 딱히 외롭다고 느끼지 않는다. 그러나 고독감을 심하게 느끼는 사람은 시간이 지나고 출판 경력이 높아져도 계속 외롭다. 작가는 경력이 쌓여도 똑같은 작업을 되풀이해야 하기 때문이다.

이 고독감은 앤솔러지를 같이 내거나 작가 모임에 들어간다고 해서 사라지는 외로움이 아니다. 작가 커뮤니티에 들어가서 댓글 달고 수다를 떨면 외로움을 달랠 수 있을 것 같다. 그러나 오늘치 외로움이 사라지더라도 내일 또다시 내일의 외로움이 뜬다. 다음날도 또 다음날도 계속 그 외로움을 달래기 위해 커뮤니티에 접속하여 시간을 보내게 된다. 남들은 원고 쓰느라 바쁜 시간에 커뮤니티에서 상주하는 우수회원이 되는 것이다.

작가는 아주 외로운 직업이다. 글을 쓰는 행위 자체는 옆에서 도와줄 수도 없고 혼자서 모든 괴로움과 싸워야 하는 작업이니까. 출판사와 계약을 하면 편집자와 함께 일하는 것은 사실이지만 글쓰기 외의 업무를 협업하는 것뿐이다.

겸업이 아니라 전업 작가로서 다른 직업 없이 오로지 글만 써서 먹고 사는 게 목표라면 이 직업적 특성을 인정하고 받아들여야 한다.

전업 작가를 꿈꾸는 지망생
뼈 때리는 현실 조언

전업 작가, 섣불리 하면 큰일난다

웹소설 작가 지망생들 사이에서 통용되는 최종 목표는 이른바 '글먹' 이다. 글먹이란, 다른 직업 없이 글만 써서 충분히 먹고 살 수 있는 인생 을 말한다. 실제로 전업 작가들이 출퇴근 걱정을 하지 않아도 되고 상사 나 클라이언트에 치이지 않아도 되고 24시간을 자유롭게 쓸 수 있는 것 은 사실이다. 느지막이 일어나서 햇볕이 들어오는 창가 테이블에 앉아 커피 향기를 음미하며 노트북으로 원고를 쓰는 일상을 실제로 매일 즐 길 수 있다.

그러나 전업 작가가 되는 순간 이것이 '먹고사니즘'을 해결해주는 유 일한 '일'이 되기 때문에 직장을 다니며 글을 쓰는 겸업 작가들이 하지 않아도 될 걱정을 하면서 살아야 한다.

첫째, 수입이 일정하지 않다. 대부분의 지망생들은 데뷔해서 작품을 계속 쓰면 매출이 그대로 유지되어 차곡차곡 쌓일 것이라고 생각한다.

그러나 실제로는 그렇지 않다. 인기작 포함 거의 모든 작품들의 매출은 첫 달 이후 뚝뚝 떨어진다. 중간에 이벤트를 치거나 다음 신작이 나왔을 경우 반짝 동반 상승했다가 다시 하락세를 띤다. 물론 대박작들은 어느 정도 유지를 하기는 하지만 밀리언셀러가 아닌 이상 그 매출이 계속 유지되지는 않는다.

그 때문에 매월 일정 수준 이상의 수입을 유지하려면 계속 신작을 써야 한다. 그러나 이 책에서 여러 번 설명했듯이 내글구려병, 각종 개인사, 질병 등으로 인해 글을 쓰지 못한다면 신작이 나오지 않는 기간이 길어질 것이고 이 기간 안에 수입이 확 줄어든다. 또한 충분한 인지도를 쌓아놓은 상태가 아니라면 신작이 늦게 나올수록 신작의 파워가 줄어든다. 여기서 충분한 인지도란, 엄청난 작품을 하나 내서 계속 회자되고 있는데 신작이 안 나와서 모두가 그 작가 신작 왜 안 나오느냐고 목이 빠져라 기다리는 경우를 말한다.

또 지금 왕성히 활동하고 있는 작가라도 언제 인기가 떨어지고 수입이 줄어들지 모른다는 두려움이 마음속에 항상 자리 잡고 있다. 그래서 많은 전업 작가들이 신작 계약을 줄줄이 하고 쉴 틈 없이 일을 한다. 몰입해서 몇 달 쓰고 몇 달은 편안히 노는 모습이 연상되겠지만 그런 작가는 극소수다. 장편 쓰는 사람은 그렇게 노는 스케줄 자체가 불가능하고, 단권 쓰는 사람은 신작을 빨리빨리 내야 해서 불가능하다.

아마 지망생들은 전업 작가들이 문화생활이나 여행을 여유롭게 즐길 거라고 생각할 것이다. 시간 사용이 자유로우니 일반인보다 여행을 더 많이 다닐 수 있는 것은 사실이다. 그러나 여행 가서도 밤에 원고 쓰고 있는 경우가 태반이다. 아니면 다음 작품 시놉시스를 짜고 있거나.

🔺 지망생들의 매출 상상

🔺 실제 작품들의 매출(예시)

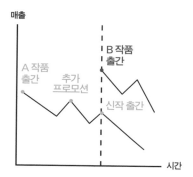

🔺 대박 작품들의 매출(예시)

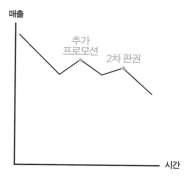

둘째, 프리랜서로서 불편을 겪어야 한다. 직장을 때려치우고 전업 작가를 선언하는 순간 여러분은 프리랜서 신분이 된다. 프리랜서는 직장인들이 회사에 소속됨으로써 자연히 얻게 되는 각종 복지와 혜택을 누리지 못한다. 작가는 출판사와 출판권 계약을 맺는 주체일 뿐, 출판사에 소속되어 사원으로서 월급을 받는 것이 아니다(매지니먼트 개념으로 한 출판사에 소속되어 있는 경우도 있으나, 몇 작품을 다 쓸 때까지 묶여 있는 에이전트 개념일 뿐 현실적으로 크게 다르지는 않다).

또한 전업 작가는 금융권에서 대출을 받을 때 난항을 겪을 수 있다. 어마어마한 인세를 벌어서 현금으로 집을 사는 경우는 있겠으나, 남들 월급 받는 정도만 들어온다면 쉽지 않을 것이다. 건강보험, 국민연금 등을 지역가입자로서 모두 내야 하며, 고용보험료는 내지 않으니 수입이 0원이 되어도 실업급여 혜택도 없다.

셋째, 재택근무로 생기는 문제가 다방면으로 존재한다. 우선 아무리 여러분이 자신의 직업을 '작가'라고 생각해도 타인의 눈에는 백수로 보일 것이다. 바로 옆에 있는 가족들마저도 여러분을 작가로 대우해주지 않을 가능성이 매우 크다. 대학 졸업 후 취직 대신 바로 전업 작가가 되겠다고 선언한다면 부모님의 잔소리 혹은 비난을 듣게 될 것이다.

기혼 남성이라면 아내 포함 모두의 반대에 부딪히며 가장으로서의 압박감을 끊임없이 받게 된다. 맞벌이를 하던 기혼여성이 직장을 그만두고 전업 작가를 한다면, 그 순간부터 모든 가사노동은 전업 작가의 몫이 된다. 반대로 전업주부가 작가가 되어 돈을 번다고 해서 딱히 가사노동의 비율이 달라지지 않는다. 인세 금액 자체가 어마어마하다면 가정 내에서 대우가 좀 달라지겠지만 대부분 이런 고충을 겪고 있다.

직장에서 일할 시간에 전업 작가는 글을 계속 쓸 수 있을 테니 진도가 팍팍 나갈 것 같겠지만, 그렇지 않다. 현실적으로 집에서 머물면 온갖 일들을 도맡게 되고 처리할 일도 생긴다. 심리적으로 느긋해져서 오히려 겸업 작가일 때보다도 느리게 쓰는 경우도 다반사다. 낮에 글이 안 써지거나 집에서 글을 쓸 환경이 안 되는 사람도 많다. 특히 아이가 있다면 진득하게 집필하는 것이 불가능하다. 그래서 카페에 가거나 작업실을 별도로 차리는 작가들도 많다.

결국 이 집필 환경과 시간을 잘 관리하는 사람만이 전업 작가 생활을 오래 버틸 수 있는 것이다.

웹소설 작가의 시간관리

웹소설 작가는 일정 분량을 계속 쳐내야 한다. 그러므로 일정분량을 쓸 수 있는 시간을 규칙적으로 확보하는 것이 중요하다. 글쓰기 일정을 강제로 부과하고, 글쓰기 목표와 시간 관리 목표를 세워야 한다.

휴식도 필요하다. 제대로 쉬지 않으면 괴상한 슬럼프에 들어갈 수 있다. 과한 욕심으로 계속 밤을 새워가면서 글을 쓰면 몸은 금방 망가지고 작가 생활도 오래 할 수 없게 된다. 프리랜서라도 직장인처럼 생활하는 게 건강도 지키면서 글도 규칙적으로 쓸 수 있는 방법이다.

그렇다면 지긋지긋한 회사를 그만두고 전업 작가를 선언해도 괜찮은 타이밍은 언제일까?

문 항	예	아니오
데뷔는 필수! 장편이면 3종 이상, 단편이면 5종 이상 출판한 경험이 있다.	☐	☐
일정한 퀄리티의 속필이 지속적으로 가능한 양질의 집필 능력을 지니고 있다.	☐	☐
웹소설 판매 수익이 대기업 연봉을 뛰어넘었다.	☐	☐
현재 저축한 금액 중 생활비로 쓸 금액을 제외하고도 6개월 치 여유 자금이 있다.	☐	☐

웹소설은 굶으면서 못 쓴다. 위의 사항 중 해당하는 항목이 하나라도 있다면 일단 겸업으로 노력하라(육아나 직장 문제로 본의 아니게 전업 작가가 되는 경우는 제외). 아직 데뷔하지 못했다면 일단 생활비를 벌 수 있는 직업을 유지하면서 당분간 주경야필하길 권한다.

웹소설 작가가
필명 걸고 하지 말아야 할 것

자신의 성별과 개인정보 공개

확률적으로 남성 작가가 로맨스를 쓰는 것, 여성 작가가 판타지를 쓰는 것은 쉽지 않다. 앞에서 자세히 설명했듯이 여자들이 많이 보는 장르의 감성과 로망, 남자들이 많이 보는 장르의 감성과 로망이 판이하기 때문이다.

하지만 본인 성별이 무엇이든 그 장르의 성향에 적합하게 이야기를 풀어낼 수 있다면 충분히 도전할 수 있고 대박을 낼 수 있다. 또 어떤 트렌드를 선도했을 경우 그 감성에서 살짝 틀어져 있어도 허용되고 인기를 끌 수 있다.

그러나 현 웹소설 시장에서 작가가 처해 있는 현실은 잔혹하다. 독자들은 다른 성별이 이 장르를 쓰는 것을 그다지 선호하지 않고 편견 어린 시선으로 본다.

그 작가 여자인가? 남자인가? 이런 소문이 돌면 커뮤니티에서 불매하자는 말이 나오고, 조롱과 비하가 들리며, 쪽지나 메일로 별의별 소리가 다 들어온다. 성희롱을 당하는 경우도 있다. 그 의심이 맞다면 맞는 대로

<u>스트레스고</u>, 아니라면 아닌 대로 스트레스다. 성별 논란에 휘말린 작가들 대다수가 정신질환 증상을 호소하고 병원 치료를 받았을 정도로 심각한 문제다.

나중에 대박 작가가 되어서 악플러들이 판을 쳐도 상관없는 수준에 이르러 얼굴 공개하는 인터뷰를 할 일이 있지 않은 이상, 현재 웹소설 시장에서는 자기 성별을 굳이 공개하지 않는 것이 좋다. 성별뿐만 아니라 나이, 거주 지역 등 개인 정보를 연재페이지나 소셜미디어 계정에 노출하지 않는 것이 안전하다.

타 장르, 타 작가 비하

'웹소설' 분야로 묶여 있지만 각 장르는 하나로 묶기 어려운 시장이다. 같은 여성향이라도 현대 로맨스와 로맨스 판타지, BL이 서로 너무 다르고, 같은 판타지라도 현판과 로판은 공통점이 거의 없다. 그렇다 보니 전체적으로 시장이 흘러가는 분위기가 다를 수밖에 없다. 장르의 감성부터 시장 정책, 작가 대우의 상세사항 등등이 다르다. 이런 상황에서 타 장르를 비하하거나 조롱하는 이야기를 한다면, 그것도 필명을 내걸고 한다면 큰 문제가 생길 수 있다.

다른 작가의 필명이나 유추할 만한 정보를 거론하면서 뒷말을 하고 소문을 퍼뜨리는 것도 마찬가지다. 진짜 팩트라도 얘기를 안 하는 게 이롭다. 서로 얼굴을 붉히는 일이 없도록 조심해야 한다.

출판사 문제 알아보지 않고 SNS에 터뜨리기

웹소설 작가로 활동하다 보면 출판사와 트러블이 생길 수도 있고, 출판사의 실무가 마음에 들지 않을 수도 있고, 의심이 가는 정황이 생길 수도 있다. 그러나 많은 경우 단순 실수나 작가의 오해에서 비롯되는 상황이다. 출판사의 설명이나 조치로 충분히 해결될 문제인데, 다른 작가들이나 커뮤니티에만 물어보고 의심을 부풀려 SNS에 올렸다가 자기 발등 자기가 찍게 될 수도 있다. 특히 매출 내역은 플랫폼에서 겉으로 보이는 숫자만으로 비교할 수 없는 문제이고, 작품과 작가와 시기에 따라 다를 수밖에 없다.

독자와의 댓글 소통

무료 연재 플랫폼에서 독자의 댓글에 감사 댓글을 다는 행동은 인기 없는 작가의 척도랄까? 인기를 끌게 되어 해왔던 서비스를 어느 날부터 멈추게 되면 독자들의 기분이 상하게 되고 누군가는 변했다는 소리를 할 수도 있다.

반대로 독자와 댓글 논쟁을 펼치는 경우도 종종 볼 수 있다. 독자와 싸워서 이겨 봐야 의미 없고, 논리로 지기라도 하면 민망해진다. 어느 쪽이든 작가가 손해다. 악플이라면 신고하고 무시하는 게 상책이다.

무료 연재 때 하던 버릇을 그대로 가져와 출간 플랫폼의 상품 페이지에서 하나하나 감사 댓글을 달고 있는 경우가 있는데, 절대 금물이다. 론칭할 때는 공지 스타일로 인사 댓글 정도만 올리는 것이 무난하다.

북마녀의
까칠한 잔소리

이 페이지까지 왔다면 여러분은 웹소설 작가의 대열에 한걸음 더 가까워진 기분이 들 것이다. 어쩌면 희망과 절망의 단짠단짠을 반복하며 고민이 더 많아졌을지도 모르겠다. 마지막으로 친절하고도 잔혹한 잔소리를 퍼붓고자 한다.

필력은 본인이 키우는 것

북마녀가 하라는 대로, 다른 작가들이 하라는 대로 썼는데 못 뜰 수도 있다. 작법서와 작가와 편집자와 글쓰기 선생님이 하지 말라는 짓을 다 하더라도, 대다수 독자가 싫어하는 불호 키워드로 쓰더라도 필력으로 독자 머리채를 끌고 가는 작가도 분명히 존재한다. 이런 필력은 공부로도 키울 수 없고, 누군가의 노하우를 그대로 따라 한다고 키울 수 없다.

어쩌면 필력은 재능이 반일 수도 있다. 그러나 쓰기를 멈추지 않는다면 일정 수준까지는 필력이 반드시 상승한다. 북마녀가 증인이다. 이 업계에서, 그리고 글을 가르치면서 수많은 제자와 수많은 작가를 만났다. 처음엔 보잘것없는 실력이었더라도 포기하지 않고 계속 써서 당당히 올라가는 사람을 수없이 많이 봤다. 반대로 원고는 안 쓰고 그놈의 '노하우'를 찾아다니면서 질문 컬렉팅이나 하는 사람도 셀 수 없이 많았다. 이런 사람의 필력은 제자리걸음일 수밖에 없고, 지망생 신분을 벗어나는 게 불가능하다.

'일주일 안에' 혹은 '한 달 만에' 필력을 키우는 방법은 세상에 존재하지 않는다는 사실을 기억하자.

'취존'해 주세요

내 취향대로 썼는데 독자들이 너무 좋아한다? 이것이 모든 웹소설 작가가 꿈에 그리는 가장 행복한 팔자이며 운명이다. 웹소설 독자들이 좋아하는 게 무엇인지 알지만 그걸 쓰는 게 너무 힘들고 고통스럽고 재미가 없다면 다른 길을 가는 게 낫다.

웹소설에서 작가 자신의 취향을 직접 존중하는 건 중요하지 않다. 소수의 개취를 취존해서 쓰는 글보다는 다수의 개취를 반영해서 쓰는 글이 당연히 더 잘된다. 이것이 대중문학의 정의이자 특징이자 기능이다. 여러분이 정말 '억대 연봉'을 바란다면 다수의 취향을 무조건 반영해야 한다.

하지만 현재 웹소설 시장이 계속 성장하고 확대되면서 소수의 취향으로 여겨졌던, 즉 다수는 싫어한다고 알려져 검열되었던 키워드가 어느 순간 트렌드가 되고 정말 당당한 주류 키워드로 자리잡는 현상이 일어나고 있다. 단순히 인원만 많아지는 게 아니라 유료구매로 이어진다.

기존 웹소설 시장에서 나오는 뻔한 스토리 말고 다른 걸 쓰고 싶은 욕구와 웹소설 작가로서 성공하고 싶은 욕구를 모두 갖고 있다면? 제발 뜬 다음에 쓰시길. 그러면 사람들이 읽어 준다. 현재 잘 팔리지 않는 소재도, 유행이 지나간 키워드라도, 올드한 노란 장판 감성이라도 인기 작가가 연재하면 다들 읽어준다.

수면 아래 발을 구르는 백조처럼

웹소설을 쉽고 편하게 놀면서 쓰는 것처럼 말하는 분들이 있다. 사실상 허세이거나, 자기 자신만 해당하는 얘기다. 웹소설을 모르는 일반인을 끌어모으기 위한 광고일지도.

순문학은 몰입해서 쓰는 시기와 쉬는 시기를 분리해도 되지만, 웹소설에서는 성실성이 필수 불가결한 조건이다.

대부분의 프로 작가들은 지금 죽기 살기로 쓰고 있다. 북마녀가 대놓고 '어느 작가도 하고 어느 작가도 하는데 여러분은 왜 못합니까?'라고 말할 수는 없겠지만, 편집자로 일하면서 야근 많은 환경까지도 극복하는 겸업 작가들을 너무 많이 봤다. 또한 몸이 아프고 집에 우환이 있고 정신적으로 너무 힘든 사정이 생겨도 이 문제를 버티면서 원고를 계속 쓰는 사람들이 정말 많다. 이게 진짜 프로의 생활이다.

진짜 프로는 살기 위해서 엉덩이 힘을 키우고 쓰기 위해서 건강을 챙기고, 해피엔딩을 위해서 마음의 평화를 유지한다. '내가 프로의 위치에 있는가?'는 남이 결정하는 것이지만, '내가 프로의 조건을 갖추고 있는가?'는 내가 결정하는 것이다.

취미와 '일'의 차이

근래 유튜브에서 힙한 팝송을 큐레이팅한 음악 플레이스트 영상이 인기를 끈다. 그 밑에 요즘 유행하는 주접 댓글을 적거나 '나를 좋아하는 서브남 럭비부 주장과의 썸' 이야기를 적으면 좋아요를 1천 개씩 받을 수 있다. 트위터에도 연예인을 주인공으로 한 상상의 글을 쓴다면 트친들이 여러분의 타래를 리트윗하며 환호해줄 것이다. 이것이 취미이고 힐링이다.

그러나 여러분이 웹소설을 써서 돈을 벌겠다고 생각한 순간, 그 금액이 용돈벌이에 지나지 않을지라도 그것은 '일'이 된다. 창작의 고통은 그만큼 크고 시장의 경쟁과 현실은 쓰리다. 그러나 북마녀가 보장하건대 여러분이 웹소설 작가가 되면 고통만큼 커다란 희열을 느낄 것이다.

웹소설 작가는 '업'이다. 누군가에게는 부업, 누군가에게는 생업이다. 여러분이 웹소설 작가라는 직업을 부업이 아니라 두 번째 본업으로 생각했으면 좋겠다. 그리고 알바비가 아니라 제2의 월급을 받을 각오로 임하길 바란다.

누군가는 돈을 이야기하는 북마녀에게 '문학은 돈이 중요하지 않다'며 속물이라고 비난한다. 이럴 때마다 항상 떠올리는 명언이 있다. 웹소설 작가를 꿈꾼다면 이 말을 꼭 기억해 주길 바란다.

사랑으로 글을 써라.

본능으로 글을 써라.

이성으로 글을 써라.

하지만 항상 돈을 벌기 위해 써라.

— 루이스 운터마이어(Louis Untermeyer)

누군가는 웹소설이 문학적 가치가 없는 글이라고 깎아내린다. 그러나 소설은 작가의 상상력으로 만들어낸 허구적 산문이며, 그게 문학이다. 인간의 욕망과 로망을 극대화하여 풀어내는 소설에 문학적 가치가 없다는 말은 궤변에 불과하다(사실 이런 비하는 웹소설 밖에 있는 사람들만 한다). 순문학과 마찬가지로 작품마다 퀄리티가 다를 뿐이다.

대중이 원하는 스토리를 쓴다면 여러분은 웹소설 작가가 될 수 있다. 절대다수가 원하는 스토리를 쓴다면 여러분은 밀리언셀러 작가, 정말 '억대 연봉'을 받는 작가가 될 수 있다.

이 책이 여러분에게 도움이 되리라 자신하지만, 도움'만' 된다. 스토리를 짜고 글을 쓰는 건 여러분이 스스로 해야만 한다.

이제 책을 덮고, 원고 앞으로 갈 시간이다!